醫嬌百媚 上

風文創 251

上官慕容 著

目錄

寇家人物關係表

- 寇太爺 vs. 薛太夫人
  (寇太爺共生八子，四房&六房為嫡兄弟)
  - <四房> 寇XX vs. 呂老夫人
    - 嫡長子：寇俊傑(禮部侍郎) vs. X氏
      - 嫡長子：寇明羽
      - 嫡長女：寇妍 vs. 鄭世修(寇彤前世夫君)
    - 嫡二子(龍鳳胎)：寇俊豪 vs. 連氏
      - 嫡長子：寇XX
      - 嫡長女：寇瑩 vs. 楊啟軒
      - 嫡次女：寇娟
      - 乾女：嚴雙雙 vs. 安平侯庶長子
    - 嫡長女(龍鳳胎)：寇牡丹 vs. 安平侯
      - 嫡次子：楊啟軒 vs. 寇瑩
  - <六房> 寇道海 vs. X氏
    - 獨子：寇俊英(太醫) vs. 蘇芸
      - 獨女：寇彤 vs. 關毅
        - 嫡長子：關明
        - 嫡二子：關亮
        - 嫡長女：關熙
        - 嫡？？：關X

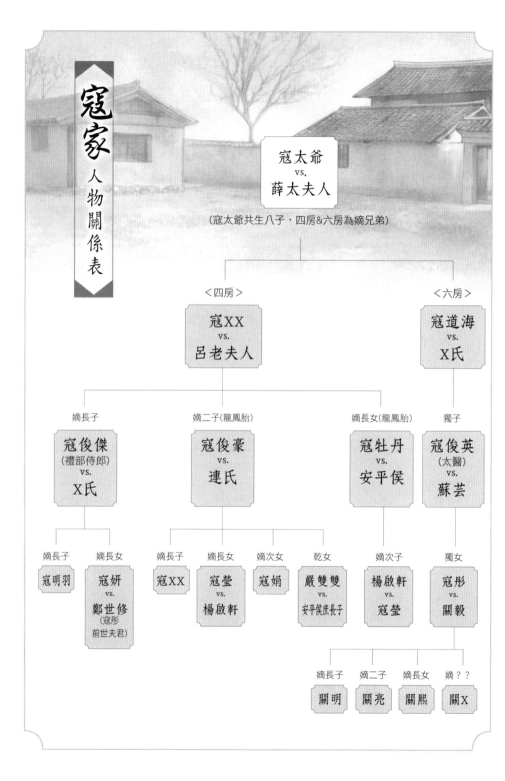

自序

上官慕容

我們一定都聽過這樣一個愛情故事——

英俊帥氣的男主角邂逅美麗溫柔的女主角，兩人一見傾心，愛得難分難捨，卻因為家長棒打鴛鴦而勞燕分飛。

多年之後，已經成婚的男主角再次與女主角相遇，發現女主角竟然還是孑然一身。

這一次，為了心愛的人，他奮不顧身勇敢追求，終於抱得美人歸。

我們深深為之感嘆，有情人終成眷屬，這是多麼美好的故事啊！

我們為主角的愛情而傾倒，卻忘記，在這樣一個曲折的故事裡面，有一個女配角，她深深地愛戀著男主角，最後卻被他無情地拋棄。

人們大多能看見女主角的笑容，卻鮮少有人注意到女配角的眼淚。

當男主角與他心愛的女主角兩兩相擁，女配角便到了落幕的時候。

在這個故事裡面，女配角癡心錯付，覆水難收，注定了她的悲劇結局。

一個女子，付出所有，以為會得到完美的愛情，誰知等來的卻是背叛，這刻骨銘心的痛苦誰能體會？

如果能從頭來過，如果一切能回到原點，她會怎麼做？是選擇繼續原來的生活，還是選擇另外一種人生？

正是有了這個想法，所以才促使我寫了這本書。

本書中的主人公寇彤正是一個被夫婿拋棄的悲劇人物。

她拚盡全力愛上的人對她不屑一顧，她為了他而改變，而他卻無動於衷。

當他揚名立萬之時，卻狠心將她休棄，轉頭迎娶心愛的美嬌娘。

他新婚當天，寇彤，他原來的妻，眼中含淚，口中吐血而亡。

直到最後的一刻，她才明白，她拚盡全力去愛的那個根本不是她的良人。

這樣一個悲劇的女子令我很是心疼，所以，我給了她一次重生的機會，讓她去選擇，讓她去改變，讓她在新的人生中找到幸福。

在構思這個故事的時候，剛好跟朋友去看中醫，那個老大夫醫術高超，三言兩語就指出了我朋友身體的問題，這令我們大為震驚。

我當時靈機一動，為什麼不讓我的女主角學習中醫呢？

一個普通的女孩子，重生之後，不再渾渾噩噩地過那種任人擺布的生活，而是努力學習醫術，幫助別人解決病痛，並以此來改變自己的命運，獲得甜蜜的愛情。

這是一個多麼勵志的故事呀！

寇彤是幸運的，她有了一次重生的機會，可以改變自己的人生，而其他人卻沒有。

所以，我希望自己以及其他的女孩子在遇到困難的時候，都能永不放棄心中的希望，努力向前。

這就是本書的初衷。

這裡，要感謝晉江原創文學城提供了這樣一個可以讓我敘述故事的園地。感謝臺灣狗屋出版社出版本書，這樣我才有機會跟更多的人分享故事。還要感謝一直支持我、鼓勵我的書友，以及默默支持我的家人。

作者文筆雖然有限，主人公的經歷卻非常精彩。現在，請跟我一起去見證寇彤的重生之旅吧！

第一章 此生何必

春意融融的清晨，正是陽光明媚，春色滿園關不盡。

然而這個破敗不堪的側院卻灰濛濛的，好像外面的姹紫嫣紅與鳥語花香都被那剝落了一層漆的木門給隔在了門外。

寇彤卻絲毫不在意這院中的寂寥，她已經從被貶為妾室的傷感與震驚之中走了出來。她放下手中的《神農本草經》，給自己倒了杯茶水。

今天怎麼這樣安靜？原本喜歡跟她頂嘴的兩個小丫鬟都到哪裡去了？罷了，她們不在更好。

只要她們在，不是譏笑她由堂堂正妻被貶為妾室，就是埋怨因為她的連累導致她們在這個偏僻荒涼的側院裡當差。

寇彤走出屋子，看到院中的地上橫七豎八地躺著幾枝光禿禿的掃帚與一個裝著半盆清水的木盆。

她嘆了口氣，走過去準備將那些東西收拾起來，卻突然聽到一陣敲鑼打鼓的聲音遙遙地傳了過來，十分地熱鬧。

不知是誰家娶親辦喜事，這樣大張旗鼓，這樣熱鬧，聲音都傳到這個偏僻的小側院了。

她不由得想到四年前她與夫君成親的時候，也是這樣熱熱鬧鬧的。

雖然婆婆與公公作主，以四年無所出的名義將她貶為夫君的妾室，但是她相信，只要夫君回來，一定會為自己作主的。只要夫君還認她這個妻子，她有什麼好怕的呢？

夫君離開家已經整整一年了，她雖然沒有親眼看見，但是從旁人的口中也聽說了她的夫君在京城的太醫院裡面是多麼的風光。

她的夫君幫太后治好了病，得到當今聖上的誇獎，被封為「鄭妙手」，整個大晉朝無人不知，無人不曉。

她不由得「噗哧」一聲笑了出來，夫君是鄭妙手，那她豈不是妙手娘子，或者妙手夫人？

夫君覺得她太笨，不愛與她說話。為了討夫君歡心，她之前幾年一直學著辨藥，就為著夫君需要的時候，她能一下子就找到那個藥。

每當她拿對藥的時候，夫君總是會對她莞爾一笑，她覺得再幸福不過了。

夫君離家的這一年，她又背了許多介紹草藥、動物藥、礦物藥的典籍，如今她不僅能認得那些草藥，還能流利地將那些草藥的作用說出來。

等夫君回來，他一定會喜歡跟自己說話的。只要夫君喜歡自己，婆婆的刁難她也不怕。只要夫君喜歡自己，願意與自己同房，有朝一日，她誕下麟兒，婆婆看在孩子的分上便再也不會刁難她了。

她從來都不擔心，反正日子長著呢。時間久了，她總能討得夫君的歡心，她沒有什麼好著急的。

她的夫君潔身自好，連個通房侍妾都沒有，身邊只有她一人，所以她一點兒都不著急，她也篤定只要自己夠努力，總有一日，夫君會喜歡自己的。

「吱呀」一聲，門被人推開了。

突兀的響聲嚇了寇彤一大跳。

會不會是夫君回來了？她滿心雀躍，抬起頭來，卻看到一張十分不希望看到的臉。

見那人朝自己走來，她二話不說，轉身就往屋裡走。

那人卻不願意放過她，忙上前一步，拉住寇彤的袖子。

「嫂嫂，妳別走啊！」

一股濃烈的香味伴隨著那令人厭惡的聲音陣陣傳來。

寇彤一甩手，那人沒有準備，一個踉蹌，撲倒在地上。

寇彤大吃一驚，沒有想到自己這樣一甩手，居然會讓對方如此狼狽。

「賤民就是賤民！就算嫁入我鄭家多年，還是改不掉粗鄙的本性！」地上的那個人撕掉了臉上的偽裝，露出了惡毒的本色。

看著她慢悠悠地站起來，輕輕地撣著身上的灰塵，臉上掩不住的譏諷與嘲弄，寇彤不由得想起，就是因為她，夫君才會不喜歡自己；就是因為她，婆婆才會要休掉自己！

新仇舊恨加在一起，讓寇彤再也不想忍耐，反駁的話不由得脫口而出。「賤民？我是賤民，我的夫君是妳的哥哥，那他又是何人？我是賤民，妳叫我一聲嫂嫂，那妳又是何人？」

沒錯，這個人就是寇彤的小姑子鄭平薇。

「妳！」鄭平薇咬牙切齒地看著眼前突然變得伶牙俐齒的寇彤。「幾天不見，嫂嫂變得厲害了許多呀！」

「哼！」寇彤毫不示弱。「那也是拜小姑妳所賜！如果不是妳派了那兩個伶牙俐齒、巧舌如簧、顛倒黑白的丫鬟，估計我寇彤今天還只能像往常一樣，低眉順眼地被妳訓斥吧？我寇彤能有今天，小姑妳功不可沒呢！」

鄭平薇這下子才算開了眼界，從前只會在她面前俯首聽命、任她擺布的寇彤，怎麼今天竟變得這樣長舌如劍？

寇彤在心中冷笑，之前為了討夫君歡心，她討好婆婆與小姑，所以才會事事聽從。現在她已經想明白前因後果，她知道小姑是口蜜腹劍之人，暗中給她使絆子，故意讓自己做一些婆婆、夫君不喜歡的事情。她也知道小姑還趁著夫君不在家，攛掇著婆母休掉自己！她寇彤是不聰明，但是也並非愚蠢之輩，四年的時間，足以讓她認清一個人的真面目。

「嫂嫂……」鄭平薇忙掩口而笑。「唉，瞧我，真是忘性大！我忘了，妳已經不再是我的嫂嫂了，妳不過是我哥哥的一個賤妾而已！嘖嘖嘖……」她連連搖頭，譏諷地說道：「賤民就是賤民，果然只配做賤妾。就憑妳，還想做我哥哥明媒正娶的嫡妻？就憑妳，稍通詩書，不過認得幾個字，就想做我鄭家的當家主母？」她像是聽到什麼天大的笑話一樣，格格笑個不停。

看著她囂張的樣子，寇彤只覺得氣血上湧。突然，她湊到鄭平薇耳旁，說道：「妳真可憐。」

鄭平薇像被踩到尾巴的貓一樣蹦起來，氣急敗壞地質問道：「妳說什麼?!」

寇彤微微一笑。「我可憐妳啊！我寇彤是做妻或者做妾，就算只是做個洗腳婢也罷，好歹我是妳哥哥的人，我可以光明正大地接近妳哥哥。但是妳呢？我的好小姑，妳喜歡自己哥哥，恐怕這一輩子都不能靠近他吧？妳永遠都只能以他妹妹的身分在他身邊，而我，卻是他的女人。」

鄭平薇臉色大變，她驚恐地望著寇彤，然後忙環顧周圍，看到寂靜的側院安靜無人，只有她們兩個之後，她才放下心，尖叫著否認。「妳胡說！妳胡說、妳胡說！」她太過於震驚，以至於說來說去，便只有「妳胡說」這三個字。

寇彤看著她驚恐的樣子，只覺得一陣暢快淋漓。然而，她的暢快還沒有持續幾分鐘，便聽到鄭平薇問道——

「我哥哥去了京城這麼久都沒有回來，難道妳不擔心他去找妳堂姊嗎？」

寇彤聽了這話，心頭一個咯噔。堂姊寇妍長得漂亮，人又嬌憨，夫君之前喜歡的人一直是堂姊……

隨即，她立馬否定了自己的不安。堂姊是寇家最出色的姑娘，人長得好，受長輩疼愛，嫁得也好。

堂姊嫁給了她嫡親姑姑寇牡丹的兒子——安平侯世子，據說夫婦和順，恩愛異常。

寇彤心神一凝，告誡自己千萬不要被鄭平薇一句話就弄得自亂陣腳。

「妳胡說什麼？夫君已經娶了我，堂姊也是有夫之婦，妳這樣說讓人聽見了，壞的可是夫君的名聲！」

鄭平薇瞥了寇彤一眼，看見她臉上的慌亂，痛快的感覺就壓過了心頭的酸澀。她反問道：「若是妳那世子表哥是個短命鬼，病死了，留下妳堂姊一個人守寡呢？」

寇彤聽了，大驚失色。「世子怎麼會死？妳聽誰說的？」

「妳別管我聽誰說的。」鄭平薇又咄咄逼人地問道：「若是妳們姑母捨不得妳堂姊守寡，要她再嫁又如何？若是我哥哥因為受聖上褒獎而請求聖上賜婚，堅定不移地表示非要求娶妳堂姊寇妍，妳又待如何？」凌厲的逼問一聲又一聲。

寇彤只覺得腦袋裡面嗡嗡作響。*若是夫君非要求娶堂姊，我待如何？我待如何……*

突然，她衝著面前的鄭平薇喊道：「妳騙人！夫君不會這樣的！夫君他……」寇彤張了張嘴，發現自己竟連一句反駁的話也說不出來。

看著寇彤這呆若木雞、大受打擊的樣子，鄭平薇痛快地笑了。

「我告訴妳吧，我哥哥治好了當今太后的病，今上問他要什麼賞賜，我哥哥道他別無所求，唯願求娶守寡的寇妍！聖上感其深情，當場就下了聖旨。何止聖上感動，整個京城都被我哥哥的癡情所感，今天便是我哥哥與妳的好堂姊寇妍成婚的好日子呢！」她拉扯著寇彤的衣服，將她拖到門外。「妳聽聽這絲竹聲，妳聽聽這喧鬧的聲音，全是那些賓客來賀喜的聲音！妳聽到沒有？」

寇彤聽到了！

她何止聽到了，她彷彿還看到了喧鬧的鄭家廳堂賓客如雲，賀喜聲與觥籌交錯的聲音交織在一起，她的夫君眉目清秀，英俊無雙，穿著逼人的大紅喜袍，笑容滿面。就像四年前，與她成親時一模一樣。

可不同的是，夫君手中牽的新娘不再是她，而是她的堂姊！

耳邊傳來鄭平薇譏諷的聲音。「妳苦辨藥材有何用？妳苦讀藥書有何用？妳那堂姊一根藥材也不認識，一本藥書也沒讀過，我哥哥還是待她如珍似寶。妳這一輩子，永遠也休想得到我哥哥的心！妳這一輩子不過是個笑話，是個笑話罷了！」

寇彤心頭一熱，一口鮮血便嘔了出來。

她冷笑著倒地，心中還迴蕩著鄭平薇的那句話——

妳這一輩子，不過是個笑話罷了……

第二章　南柯夢醒

寇彤倒地的瞬間，鄭平薇惡毒的話還一陣陣傳來，片刻之後她只能看到鄭平薇的嘴巴一張一合，卻再也聽不見半個字。

她絕望地閉上了眼睛……

也不知過了多久，她聽見有人呼喚自己的名字。

「彤娘……彤娘……妳醒醒，妳醒醒……」

彤娘……

寇彤一陣心酸，眼睛雖然閉著，但鹹澀的眼淚卻從眼角流了出來，怎麼也止不住。

彤娘是她的乳名，這世上只有父親與母親這樣喚她。父親在她八歲的時候離開了寇彤，母親也在她十六歲那年離開了她。

自從四年前母親去世之後，再沒有人叫過她彤娘了……

這溫柔的聲音帶著焦急與擔心，與母親的聲音別無二致。

原來她快死了，是母親來接她了。

母親，妳為何來得這麼晚？

母親，妳知不知道女兒這幾年活得多麼窩囊？

母親，妳知不知道女兒有多麼悔恨？

是的，此刻寇彤的心中充滿了悔恨。

她恨自己愚蠢，她恨自己無能，她更恨自己的不孝！若不是她執意要嫁到鄭家，就不會得罪本家四房的四伯祖母一家，若不是得罪了四伯祖母，母親也不會孤身一人病死在寇家。

若有來生，我一定離鄭家遠遠的，再也不會將希望寄託在夫君的憐愛之上！

母親，女兒知錯了！

有一雙手溫柔地為寇彤拭去眼角的淚水。

寇彤睜開眼睛，一把抓住那隻手，淚如泉水一般湧了出來。

「母親，真的是妳？母親！」寇彤一把坐了起來，撲到母親的懷中，像離別多年的遊子，終於回到家鄉的懷抱般緊緊地抱著她。「母親，妳不要丟下我，不要丟下彤娘……」

母親的身上有好聞的皂角的味道，母親的身體還是那麼柔軟，就和她記憶中一模一樣。

寇彤的樣子嚇了蘇氏一大跳，她感覺到女兒的不安與驚恐，忙回擁著寇彤，手掌輕輕地滑過寇彤的後背，像小時候那樣哄著寇彤。「彤娘不怕啊，母親在這裡，母親沒有離開，彤娘不怕不怕……」

母親的聲音還是那麼溫柔，與她小時候一模一樣。

只是母親的聲音裡面帶著幾分虛弱，不僅如此，連母親的體溫、母親的呼吸，她都能清清楚楚地感覺到。

這夢境太過真實！

寇彤不由得大駭，忙從蘇氏懷中抬起頭來。

她看到了蘇氏那張熟悉的臉，這張臉雖然有些憔悴，但絕對不是寇彤出嫁時那飽受病痛折磨的樣子！

她瞪大了眼睛，連連往後退了幾步，不由得環顧起四周。這……寇彤像篩糠一樣發起抖來。

寇彤發抖的樣子讓蘇氏又著急起來，她連忙用手去摸寇彤的額頭，焦急地問道：「彤娘，妳怎麼了？是不是又發燒了？」

寇彤卻往後退，避開了蘇氏的手。

這到底是怎麼回事？她剛才明明在鄭家的側院，她剛才明明還在與鄭平薇爭吵，怎麼片刻的工夫，她就出現在百里之外的范水鎮？不僅如此，居然連母親都活了過來！母親比記憶之中還年輕了許多歲。

這室內的擺設居然也跟八年前一模一樣。

她忙低下頭看看自己，她穿著粗布做的衣裳，身板瘦弱。再伸出手在眼前晃晃，手指十分纖細。

記憶中，她的手因為長期挑選藥材而變得粗糙難看了。

這一切都在隱隱地告訴她一個事實……她突然瞪大了眼睛，不敢相信自己內心的猜測。

她不顧自己赤著腳就跑出門外，想看看自己現在是什麼樣子。

她深深地吸了一口氣，才將頭伸到水井旁邊，水中露出了一張十一、二歲姑娘青澀的臉。

這一刻，她無聲地笑了。她猜得沒錯，時光倒流了，時光為她倒流了！

她回到了十二歲那年！

多好！母親還在，她也沒有回到本家，沒有被本家族親們刁難，也沒有……也沒有嫁給鄭世修。

蘇氏被寇彤一會兒哭、一會兒笑的模樣嚇壞了，寇彤好說歹說地說自己沒事，蘇氏才慢慢放下心來。

到了晚上，寇彤一個人躺在床上，摸著粗糙的寢被，聽著母親走來走去忙碌的腳步聲，覺得再也沒有什麼比現在更滿足了。

這一夜，寇彤睡得香甜無比。

第二天一大早，天剛微微亮，寇彤就在清晨的鳥鳴中醒了過來，多年苦讀醫書讓她養成了早起的習慣。她覺得自己現在精力充沛，全身都充滿了力量。

她一骨碌地從床上爬起來，穿好衣服，拿著木盆到井邊打水，洗漱之後，天已經大亮了。

她打了一桶水拎到廚房，然後又打了一桶水將木盆裝滿，用來給母親洗臉，這才去叫蘇氏起床。

記憶中母親都是很早就起床了，哪怕是病中也鮮少睡懶覺，怎麼今天這樣反常？

……不好！

寇彤放下木盆，忙朝蘇氏房內跑去。

蘇氏臉色蒼白，正在穿衣服，她搖搖晃晃地站在那裡，要不是寇彤手快，蘇氏幾乎要摔到地上了！

「母親，妳這是怎麼了？」寇彤焦急地問道。

蘇氏由寇彤攙扶著坐到床邊，虛弱地說道：「母親沒事，就是有些瀉下，可能是昨晚著涼了，喝點熱水就好了。」

「嗯！」寇彤點點頭。「那妳歇著，我這就去燒熱水來！」

蘇氏掙扎著要起來。「妳病剛好，身子弱，需要將養著，還是我自己去燒吧……」

寇彤按住蘇氏的手說道：「母親，我身體已經好了。如今妳才是需要將養的那一個，妳若是執意起來，累壞了，可怎生是好？」

蘇氏聽了，點了點頭。「好吧，那妳小心點，仔細火燒了手，仔細水燙著，掀鍋的時候，仔細熱氣哈了手。」

寇彤朝蘇氏笑笑。「母親，妳放心吧，我不是小孩子了！」

然後寇彤就到廚房添水、生火、燒水。

等水開了後，她用熱水燙了燙一個黑黝黝的粗陶碗，然後舀了大半碗開水，雙手端著碗，小心翼翼地來到蘇氏房內。

寇彤一跨進房門，眼前的景象就讓她大吃一驚，手中的粗陶碗也掉到了地上。

她連忙撲到蘇氏身邊。「母親！母親妳怎麼了？」

蘇氏面白如紙，嘴唇慘白，汗出如漿，雙手還捂著下腹。

寇彤突然就想起來了一件事。

那一年，她發燒不退，母親為了照顧她，兩天兩夜沒有合眼，等到她醒了過來，母親卻因為太過勞累，還腹瀉不止，到最後幾乎去了半條命。

後來，雖然治好了，母親的身子卻大虧。

她後來才知道，為了讓她退燒，母親先蹲在水缸裡，等身子涼透了，再抱著身子滾燙的她，幫她降溫……

現在已經是九月初，就算范水鎮是在南方，可是到了晚上也已經有些涼意。這個時候泡冷水，身體要承受多大的寒涼？更何況母親還兩天兩夜不眠不休地照顧自己。

她之前不明白，不知道母親做出的犧牲，可是現在，她讀了這麼多醫書，自然知道百病由寒起，更知道婦人最是忌諱涼寒。

她記得那一次就是因為母親的病沒有及時醫治，耽誤了病情，導致身體大虛。能下床之後，為了生計，又不得不幫別人洗衣物來賺錢養家。

寇彤的淚水漸漸模糊了她的視線，她用袖子粗魯地擦了擦眼淚，看了一眼昏迷不醒的蘇氏，然後就撒開腿朝鎮子中心的一條街跑去。

寇彤一口氣跑到這個鎮子唯一的大夫柯大夫家，看到柯大夫正坐在中堂裡面給一個人把脈，她就收住了腳步，在門口站定。

等了一會兒，柯大夫跟那人說了一會兒話，然後，那個人就拎著幾包藥材出來了。

寇彤忙蹬蹬幾步跑到柯大夫旁邊，哀求道：「柯大夫，我娘親病重，腹瀉得厲害，如今起不了床，求你幫幫我，救救我娘親！」

柯大夫看了看這個穿著補丁衣裳的小姑娘，撇了撇嘴。「要我出診是需要給診費的，小丫頭，妳有錢嗎？」

錢？

寇彤忙道：「柯大夫，我現在身上沒有錢，但是請你放心，只要你醫好了我娘親，我一定會好好掙錢，絕不會拖欠你診費的！」

看著他不相信自己的樣子，寇彤這才想起來自己不過是個十二歲的小姑娘，她忙解釋道：「我娘親病好了之後，就可以幹活了，你放心好了，我們不會不付錢的！」

她這樣一說，那柯大夫才恍然大悟地說道：「喔……原來是妳呀！妳娘親不是說妳病得快死了嗎？怎麼今天還能這樣生龍活虎、活蹦亂跳的？」說著，他一把推開寇彤道：「妳們母女倆都一樣，沒病裝病！」

寇彤忙道：「不是的！柯大夫，我娘親是真的生病了！哪有女兒詛咒娘親生病的呢？柯大夫，求你救救我娘親！」

柯大夫卻翻著白眼道：「有病又如何？妳母親還說妳病得要死了呢！沒有我去醫治，妳還不是好好地活過來了？都說女兒肖母，想必妳娘跟妳一樣命硬，沒有人醫治也死不了的！」

「你——」這個柯大夫怎麼如此不通人情！

但他再壞，也是這個鎮子上唯一的大夫，眼下寇彤還指望著他救蘇氏的性命，根本不敢與他爭辯。

寇彤見柯大夫無動於衷，乾脆跪了下來，給他磕頭。「柯大夫，求求你，發發善心，救救我娘親！你好人有好報，我會給你立長生牌位，一天三炷香供奉你，你的大恩大德我永生也不會忘記。柯大夫！我只有我娘一個親人，求求你，求求你了！」

柯大夫的家就在范水鎮最繁華的街上，這一會兒的工夫，門口已經站了不少的人。

當著眾人的面，寇彤跪下去給柯大夫磕了好幾個響頭，但她並不覺得難堪。在鄭家時，比這難堪的事情她都經歷過，如今為了母親，只要母親的病能好，磕幾個頭算什麼呢？

柯大夫卻說道：「我不要什麼長生牌位，那個不中用！只要妳能拿銀子來，我就出診！」

門口開始有小聲議論的聲音響起。

柯大夫是大夫，臉面總是要顧的，這樣為難一個小姑娘，不是君子所為。想到這裡，寇彤彷彿受到了鼓舞一般。

她跪著，往前挪了挪，抱著柯大夫的小腿，哭著哀求道：「柯大夫，我與我娘親相依為命，若是我娘親有個三長兩短，我……」

說到這裡，寇彤想起了前世母親離開她之後的那段日子，眼淚不禁潸潸而下，哽咽難當，再也說不下去。

門口有人看不下去了，幫忙說道：「柯大夫，你行行好，幫幫她吧！」

「就是，這小姑娘多可憐啊！」

「是啊！是啊！」

寇彤感激地望著門口的人，說道：「謝謝，謝謝你們！」

柯大夫卻一腳把寇彤踢開，十分不耐煩地說道：「去去去，別在這兒煽動人心壞我名聲！我告訴妳，沒錢，休想我出診！」

「柯大夫，你怎麼能這樣？」不待寇彤開口，門口就有人氣憤地說道。

柯大夫卻威脅地看了那人一眼。「怎麼，想做好人啊？那以後你再也別來請我出診！」

這哪行啊？他家中的老母親還指著柯大夫的藥呢！那人忙噤聲，不再說話了。

其他的人見了，想到誰也不能保證自己跟家人不生病，便也不敢再說話了。

柯大夫得意地望著寇彤，寇彤卻忽地從地上站了起來，說道：「原來是個黑心肝的惡醫！浪費了我半天的口舌！」

柯大夫不怒反笑。「惡醫？妳還不是跪下來求我了？我現在給妳一個機會，只要妳繼續跪下來求我，向我認錯，在我門口一直跪到日落，說不定我會大發慈悲，施捨妳一些治腹瀉的藥！」

寇彤眼睛一亮！隨即，她看到柯大夫臉上嘲諷的笑容。

寇彤冷笑一聲，突然拔高聲音，對著眾人說道：「我跪下來求你，是因為我當你是個人，沒想到，你卻沒有把自己當人。是我寇彤今日眼拙，到了此刻才發現你是個不折不扣的畜生！」

她聲音朗朗，不卑不亢，絲毫不見剛才的謙卑懦弱。她的話，像一個響亮的耳光，打在了柯大夫臉上。

周圍一片寂靜。

他們沒有想到，這個衣著破舊的小姑娘，居然能說出這樣的話。更多的人在心中叫好，他們被柯大夫壓榨了多年，今天終於有人為他們出了一口氣。

憤怒！憎恨！柯大夫死死地盯著寇彤，那目光好像要將寇彤生吞活剝一般！

寇彤卻毫不畏懼，在眾人的注視之下，昂首出了柯家的門。

她先是鎮定自若，接著越走越快，遠離了街市之後，乾脆跑了起來。

她一邊跑，一邊擦著眼淚，心裡也在責怪自己：寇彤啊寇彤，妳怎麼這麼沒用！妳這個樣子，怎麼能救得了母親？請不到大夫，抓不到藥，就治不了母親的病，難道要眼睜睜地看著母親像前世那樣被病痛折磨嗎？

「不！」寇彤大喊一聲。她顧不上滿頭大汗，心中告訴自己，一定有辦法的，一定有辦法的……一定有辦法止住母親的腹瀉的……

突然，她停下了。

止腹瀉……她緊急地在腦海之中搜索著曾經看過的草藥書。

山藥……山藥補虛，除寒熱邪氣，益腎氣，健脾胃，止泄痢，化痰涎，潤外相，正對母親的病症！

可是，到哪裡去買山藥呢？

對了！她突然拔開腳步，朝鎮子西頭跑去。
九月，正是山藥成熟的季節。
寇彤的記憶沒有出錯，鎮子西頭的小山坡上，的確長了許多野生的山藥。這個時候，山藥還只是一味藥材，還沒有被人發現它可以拿來做吃食，所以，這一大批野生的山藥才得以毫髮無損地繼續在小山坡上生長。
直到四年之後，山藥才被發現可以用來吃，那時候山上的山藥將會被人一掘而盡。
寇彤氣喘吁吁地來到小山坡，謝天謝地，緩緩的山坡上有一片片微微隆起的地皮，地皮上覆蓋著黃色的蔓藤，蔓藤上掛著零星的葉子。
正是山藥！
寇彤高興極了，忙跑過去跪在地上，用手挖掘。土壤比她想像中的鬆軟了許多，可還是很難挖。若是有小鏟子就好了，她這樣想著。
就在她這樣想的時候，竟發現自己腿邊就有一把小小的鐵鏟子！
真是天助我也！
寇彤美滋滋地想著，除了那個柯大夫之外，今天的一切好像都十分順利。她順手抄起小鏟子，挖得十分起勁。
「哪裡來的賊？光天化日之下就這樣明目張膽地偷東西！」一個氣憤的聲音大聲喝斥著。
寇彤沒有想到這小山坡上還有人，她忙抬起頭來，看到一個十三、四歲的少年正義憤填膺地望著自己。

寇彤放下鐘子，站起來對他說道：「這位小哥，你是不是弄錯了？這山藥是野生的，怎麼說就是你的呢？」

「這山藥怎麼不是我的？我日日澆水施肥、拔苗除蟲，這山藥自然是我的！不僅是山藥，這地裡面種的其他東西，也都是我的！」

寇彤忙環顧四周，果然，這塊山藥地四四方方的，一看就是有人精心打理的。除了山藥地之外，這山坡上還有許多方方塊塊的土地，裡面分別種著不同的藥草。

這些藥大部分寇彤都認得，有白朮、益母草、金銀花、威靈仙等多種中草藥。

從目前的情況看來，眼前的少年說的沒錯，這塊山坡現在是有主的。

這塊山坡因土地並不肥沃，在上面種植作物既費力又收成不好，所以時間久了，就成了無人的荒山。

大晉朝律法有明文規定，對於無人管理的荒山，誰在上面種植作物，所有權就歸誰。

所以，這個少年說她是賊倒也沒有冤枉她。

可是，自己明明記得這小山坡是無主之地，怎麼突然間就有人了呢？難道是自己記錯了？

就在寇彤發愣的片刻，那少年走到寇彤旁邊，一隻手拾起被寇彤放在地上的鐵鐘，另一隻手抱著寇彤挖出來的山藥，用拿著鐵鐘的手指著寇彤說：「妳偷了東西還裝傻？快別發呆，跟我見師父去！」說著，還十分粗魯地推了寇彤一把。

寇彤被他推得一個趔趄，踉踉蹌蹌地朝前走去，回頭白了他一眼。緩坡上搭了幾間茅屋，茅屋門口坐著一個鬚髮皆白的老者，那老者正躺在藤椅上，看上去十分悠閒安逸。

他看到二人過來，大致就明白了怎麼回事，但是他並沒有生氣，反而笑咪咪地望著她說：「小姑娘，是誰讓妳來挖山藥的？」他說話的時候，眼睛瞇成一條縫，幾乎要看不見了。

寇彤看他十分好說話的樣子，便說道：「沒有人告訴我。我娘親得了腹瀉症，我聽人家說山藥能治腹瀉，所以就想挖一些山藥煮粥給我娘親吃！」

「喔?!」那老者聽了寇彤的話，立馬從藤椅上坐了起來，本來瞇成一條縫的眼睛也睜開眼來，綻放出異樣的神采。

他對著寇彤點點頭，聲音越發和藹。「小姑娘，那妳告訴我，妳是聽誰說山藥能治腹瀉的？」

「這個……」寇彤低下頭，想了一會兒後，說道：「我不記得了。」

「喔……」那老者似乎有些了然，又似乎有些失望，繼續躺回到藤椅上去，瞇上了眼。

寇彤見了，連忙說道：「老丈，我不是故意要偷您家的山藥，我以為這山藥是沒有人要的。我家就住在鎮子裡的劉地主家後面，我娘親是真的生病了！這山藥既然是您種的，我絕對不會白拿，這山藥算是我買的，等我娘親病好了，我就把錢送過來！您看，行嗎？」寇彤的語氣越發焦急與謙卑。

那老者睜開眼睛，望著寇彤看了一會兒，然後擺擺手。「不用了，幾根山藥而已。」說著便衝她身後的少年說道：「子默，把山藥給這丫頭吧！」

「師父——」那喚作「子默」的少年十分不快，還欲阻止。

那老者又擺擺手道：「不必多說，給她吧。」

「……是！」

那個少年這才十分不情願地將山藥遞給寇彤，氣沖沖地說道：「給妳！不勞而獲的傢伙！」

寇彤拿到山藥，十分高興，也不在意那少年的臉色，笑逐顏開地衝那老者跟少年一人鞠了一躬。「謝謝！」然後不待回答，就抱著山藥跑下了小山坡。

寇彤回到家後，先看看蘇氏，給蘇氏餵了一點清水之後，就急急忙忙地清洗山藥、削皮、剁成泥，然後淘米、兌水，煮起粥來。

鍋灶裡面的火燒得熱氣騰騰的，不一會兒，寇彤就聞到米香伴著山藥的清香飄了出來。寇彤嚥了嚥口水，這才發現自己還沒有吃早飯。

還好，粥煮了不少，母親應該吃不完。

她用手摸著肚子說道：「肚子啊肚子，你別叫，等母親吃過了，我再餵你。」

寇彤端著熱騰騰、香噴噴的山藥粥，去往蘇氏房裡。

第三章 前塵往事

來到蘇氏的床邊，寇彤細心地把蘇氏的頭托起來，在蘇氏身後放了兩個枕頭，然後輕輕地喚著蘇氏。「母親……母親，醒醒。」

蘇氏悠悠醒轉，看見寇彤正笑咪咪地望著自己。

「母親，妳餓了吧？來，我餵妳喝粥。」

蘇氏看著臉上黑一塊、灰一塊，花貓一樣的寇彤，心中不知是欣慰還是酸澀，強忍著眼淚點點頭。

寇彤見蘇氏盯著自己，忙用手背擦了一下臉，發現手上有灰，遂笑著說道：「瞧我，真是笨，母親可不許笑話我。」

寇彤餵完了蘇氏後，體貼地給她擦了擦嘴角，又給她洗了臉，然後讓蘇氏繼續躺著，在蘇氏的腹部蓋上薄被。

她這才鬆了一口氣，說道：「母親，妳先歇著，我去喝點粥，去去就來。妳有事情就大聲叫我，我能聽得見的。」

寇彤見蘇氏點點頭，這才出去了。

寇彤剛剛出去，蘇氏的眼淚就落了下來，她的女兒長大了……

寇彤吃過飯，洗乾淨臉，去看過蘇氏後，又燒了熱水給自己洗了個澡。她跑了一個早上，身上臭烘烘的，實在難受。

等她洗過衣服之後，又陪著蘇氏說了一會兒話，轉眼又到了中午。

她還是煮了山藥粥。

直到吃過晚飯，蘇氏的精神比起早上已經好了許多，她不由得問道：「彤娘，這粥怎麼與我平時吃的不一樣？妳加了什麼在裡面？」

「是山藥。」寇彤答道：「我到鎮西頭的小山坡上挖了一些山藥放到裡面煮。」

蘇氏大吃一驚。「山藥能熬粥？」

「嗯！」寇彤點點頭道：「山藥能治療妳的腹瀉，所以我就拿來熬粥了。」

蘇氏聽了若有所思地道：「怪不得，我早上吃過粥後就覺得精神好了許多，腹部也不那麼疼了，只覺得暖暖的，也沒有下瀉了。」

「那就對啦，山藥是治療腹瀉極好的藥。」

「可是……」蘇氏疑惑道：「山藥能治腹瀉，彤娘妳是怎麼知道的呢？」

寇彤心中一個咯噔。

她忙抬頭看著蘇氏，眼角卻瞥到蘇氏床頭擺放的一個大箱子，她收斂了心神道：「父親從前留下了許多醫書，我前段時間無意中看到，就記下了。今天看到母親病得這麼重，我去求柯大夫，沒想到柯大夫不僅不願意出診，還說母親妳裝病，我情急之下想起了書上說過山藥能治腹瀉，所以就抱著試試的想法，沒想到真的有效。」

「那柯大夫有沒有為難妳？」蘇氏聽說寇彤去找了柯大夫，滿心都是擔心，哪裡還會在意剛才的問題。

「沒有。」寇彤搖搖頭。「我沒有錢，柯大夫不願意出診，所以我就回來了。」

「喔。」蘇氏放下心來，然後又問道：「那妳沒有說什麼話得罪柯大夫吧？」

「沒有。」寇彤低聲說道。

「嗯。」蘇氏這才真的放下心來。

這一天晚上，寇彤躺在床上，卻怎麼也睡不著。

她回到了十二歲這一年。這時的她還沒有回到南京，沒有回到四房的本家，也沒有嫁給鄭世修，但是事情卻在朝著這個方向發展。她重活了一回，難道還要沿著老路走下去嗎？難道還要回到鄭家的偏院嗎？

不！

想到婆婆的為難，想到鄭平薇惡毒的話語，想到鄭世修娶了自己的堂姊寇妍，寇彤只覺得心口悶得生疼。

不，不要，我不要重複那樣的生活！那樣的生活過一次就夠了！黑暗中，寇彤握緊了拳頭。

旋即，她坐了起來。她記得，今年她十二歲，這一年自己生了一場大病，本來就拮据的生活因為她的病而變得更加捉襟見肘。後來母親也病了，母親病重之時，曾一度以為自己活不了，所以給南京的本家寫了一封信，託南京的本家派人來接自己，可是卻遲遲沒有等到回音。後來母親的病好了，這件事情就不了了之。但是，一年半之後，南京寇家終於來信，讓母親帶著寇彤回去。

寇彤就是從那個時候起，一步一步踏上不歸路的。

現在母親的病沒有前世那麼嚴重，這樣一來就不會給本家寫信，自己也就不用沿著原來的路線走下去了！

寇彤深深吸了一口氣，感覺到胸中充滿了力量。她已經透過自己的努力改變了母親的病情，那麼是不是意味著，她可以改變命運，她可以保護自己與母親呢？

是的，寇彤堅定了信心，她可以，她一定可以的！

今生今世，她寇彤的命運只能掌握在自己手中，不是寇氏一族本家的親戚，不是鄭家，也不是別的任何人，她的命運只能由她寇彤來決定！

轉眼過了幾天，蘇氏的身體漸漸好了起來。

為了生計，母女兩個一起幫劉地主家洗衣服，在洗衣服的時候，寇彤一直在想一個問題——她與母親怎麼會來到這個范水鎮的？

她記得自己幼年的時候是在京城度過的，她記得父親是太醫，她還記得十三歲回到南京本家的時候，她受盡了堂姊妹的嘲笑，她們總說寇彤的父親是犯官，是寇氏一族的恥辱。

「母親。」寇彤抓住衣服的一邊，蘇氏抓住衣服的另一邊，兩個人齊心協力將衣服擰乾。

「累了吧？」蘇氏抬起頭，笑著對寇彤說道：「妳先歇歇吧，這些母親一個人就行了。」

「我不累。」寇彤咬咬牙，還是硬著頭皮問了。「母親，我們為什麼會來范水鎮？父親是怎麼死的？」

蘇氏聽了一怔，手中的衣服差一點就要掉到地上，她愣了一會兒才道：「先幫我把這些衣服晾起來。」

母親這個樣子，分明是有什麼隱情！

「母親！」寇彤急了。「母親，妳不能總把我當作小孩子，妳不能總是這樣不告訴我！就算妳不說，別人也會問我，為什麼我沒有父親？我的父親哪裡去了？妳讓我怎麼回答別人？」

「怎麼，有人在妳面前說什麼風言風語了？」

寇彤沒有想到蘇氏會這麼問，乾脆低下頭不說話。

寇彤的沈默讓蘇氏以為自己猜對了，她嘆了一口氣，聲音溫柔了許多。「妳先幫母親把衣服晾起來，待會兒母親告訴妳，好不好？」

寇彤點點頭。

晾好衣服後，母女倆對面而坐，蘇氏看著寇彤半晌才說道：「我也不知道這是怎麼了，一切都沒有任何徵兆，有一天晚上，妳父親突然要我收拾東西帶著妳離開京城。我十分著急，不知道發生了什麼事情，妳父親只告訴我，當天晚上會有大事發生。

「我自然不願意離開，可是妳父親卻告訴我，我還要照顧妳。他說若是平安無事，很快就會接我們回去，若是他出了事情，讓我們安安靜靜地躲起來。他還說，若是蕭家人還是朝廷中的權貴，就永遠不要回京城，若是有朝一日蕭家敗落了，我們才能回去。

「我那時雖然不知道發生了什麼事，但是卻也明白其中的危機，所以聽從妳父親的叮囑，連夜出了京城。馬車剛剛駛出京城幾天，在路上就聽人說，妳父親因為謀害蕭貴妃而被賜死了。我當時肝腸寸斷，痛不欲生，只想追隨妳父親而去，可是那時妳尚小，只有八歲，還需要母親的照顧，母親就苟延殘喘地活了下來。」

寇彤聽了，默然了半晌，好一會兒才問道：「那後來呢？」

蘇氏苦笑道：「後來我陸陸續續聽人說，除了妳父親，當時參與的還有聖上的妃子穆妃，我聽說穆妃被打入了冷宮。」

寇彤聽了，不由得陷入了沈思之中。

母親說的這些，讓她想起了一些事情。她記得很清楚，上一世她與母親回到南京，那時從四房的姑姑寇牡丹口中得知，蕭家因為謀逆罪被抄，十五歲以上的男子全部斬首，十五歲以下的男子及婦人則悉數發配邊疆，蕭貴妃聞言吊死在重華宮中。

赫赫揚揚數百年的蕭家，一夜之間就崩塌了。

另外一方面，穆家也在頃刻之間成為炙手可熱的新貴。穆妃從今上寵妃變成冷宮棄妃，再由冷宮棄妃變成風頭無兩的穆貴妃，這在世族權貴之間掀起了不小的波瀾。特別是婦人們，更是津津樂道穆貴妃是如何花容月貌，如何才色雙全。就連穆貴妃的哥哥，也被今上封為承恩侯。

這中間是不是有什麼問題？寇彤不由得想到。

父親醫術不錯，在杏林界一直口碑頗佳，而且與蕭貴妃並無私仇，怎麼會下毒謀害蕭貴妃？

另外，父親怎麼會想到提前安排母親與自己離開？這一切太巧合了吧？父親是不是有難言之隱呢？

前一世，她只知道父親因為做錯事而丟了性命，卻不知來龍去脈如何，更不知父親是犯了什麼事情。她只曉得父親是犯官，做錯了事情，所以受了懲罰。

在她遭受堂姊妹恥笑的時候，在婆婆嫌棄她、鄭平薇奚落她的時候，她甚至怨過父親為什麼要做錯事，導致她被人嘲笑，抬不起頭來。

現在看來，真正可笑的是她，居然因為那些人而埋怨疼愛自己的生身父親。

她要知道父親究竟是怎麼死的，她需要弄明白！母親床頭的大箱子裡面藏著滿滿的書，全是父親留下來的，她相信裡面定然有跡可循。

想到這裡，寇彤突然像被踩著尾巴的貓一樣跳了起來，她想起來一件非常重要的事情！父親留下的醫書裡面有一本十分重要的書籍──《李氏脈經》。她前世為了嫁入鄭家，就提出以這本書做嫁妝，公公……不，鄭世修的父親，當即就決定讓人到寇家提親，因此，她自然知道這本書有多大的價值。

當初鄭世修憑藉兩本醫書揚名於大晉朝杏林界，一本是《大劑古方》，另一本就是《李氏脈經》。就是這兩本書讓他成為新一代御醫中的翹楚，為他日後幫皇太后治病打下了根基。

想到這裡，寇彤再也按捺不住，她忙跑進室內，打開了母親床頭的大箱子。看著箱子裡面擺滿了各式各樣的醫書，寇彤只覺得心口一熱，這是父親留下來的。

她小心翼翼地拿起最上面的一本放到一邊，又拿起另外一本放到一邊，這樣連續拿出了幾本之後，突然，她眼睛一亮，像發現了獵物一樣欣喜。她急忙把那本書拿在手中，不停地撫摸著。就是它，就是這本書，就是這本書成就了鄭世修！

今生今世，絕不能讓它落入鄭世修手中。

毀了它！

這個念頭一出，寇彤的心便怦怦直跳。毀了它，鄭世修就得不到它了；沒有它，鄭世修就不會娶自己；沒有它，自己就不會踏上從前的路了。

她把書抓在手中，微微發起抖來，這畢竟是父親留下來的呀。她兩隻手抓著書的兩邊，輕輕地用力，接著眼眶微濕，不由得閉上了眼睛。

不，不行。這是父親留下來的，這是父親留給我的，我不能就這樣毀了它。

寇彤睜開眼睛，小心翼翼地把它放到一邊，這本書還是先放起來吧。

她把《李氏脈經》放到一邊後，便繼續尋找起來，她要找父親留下的醫案，她相信裡頭一定會有蛛絲馬跡可尋。

她找到了父親留下的手劄，這手劄已經微微泛黃了，書皮上面是父親的筆跡。

寇彤再一次濕了眼眶。

……現在不是傷心的時候！她告訴自己，要找到父親出事的真正原因，她不能就這麼糊裡糊塗的，連父親是怎麼死的都不知道。她已經重活了一回，她不能像原來那樣渾渾噩噩。

父親的手劄裡面清晰地記載著他出診的紀錄，包括請脈、診斷以及後來的治療都記錄得清清楚楚的。從字裡行間可以看出，父親是個非常負責任的大夫。

寇家講究詩書耕讀傳家，到了寇彤的祖父那一輩，兄弟八個裡面就數寇彤的祖父寇道海出息最大，官職最高。

寇彤的祖父排行行六，除了六房，嫡親的兄弟便是四房了。

其他的都是庶出，早就分出去了，或經商、或出仕，都沒有六房、四房出息大。

士、農、工、商，商人地位最低，而大夫的地位尚在商人之下，除非能做到名聲赫赫的大夫或者成為太醫、御醫之流，否則便會一直被人瞧不起。

六房只有寇彤的父親寇俊英這麼一個男丁，寇俊英從小身體就不好，一年之中有半年的時間都躺在床上，身子這樣弱，能不能活下去都是問題了，更何談苦讀詩書？

愛子心切的寇道海便不在學業上要求寇俊英，而寇俊英因為自己身體不好，便開始接觸大夫，時間久了，就對醫藥產生了興趣。

就這樣，寇俊英踏上了做大夫的路。

寇道海雖然十分不願意，他寧願兒子做個世事不問的富家翁，也不想他從事大夫的行業，奈何寇俊英認準了這條路，更揚言「不為良相，便為良醫」。
於是，寇道海最後還是默認了兒子的選擇。
後來寇俊英慢慢嶄露了他在醫術上的天賦，成為了太醫院中的佼佼者。
而寇道海卻在上任的過程中病故了。
寇俊英醫術不錯，卻沒能挽救自己父親的生命，這是他人生最痛的遺憾。
寇彤看到自己父親的手箚，既羨慕又敬佩，父親的醫術真是高明，單單靠號脈就能知道對方得了什麼病，居然連人家懷孕多久都能診斷出來，當真神奇。
我若是有父親一般的醫術，那日母親生病，我也就不用那樣乞求別人了。事實證明，求人不如求己。
看了父親的手箚，寇彤證實了自己的猜測，她的父親是冤枉的。父親不過是小小的太醫，他怎麼可能會去謀害聖眷正濃的蕭貴妃？
除了父親，還有那個被打入冷宮的穆妃。
寇彤之前認為父親是受了穆妃的指使，或者是受了穆妃的要脅，所以才會做出這樣的事情。
可是事實證明，並非如此。
父親留下的手箚裡面，清清楚楚地記載著蕭貴妃脈象平穩，胎兒健壯，根本不需要服用藥物來保胎，因此，父親什麼藥也沒有開。
既然父親沒有開藥，那蕭貴妃落胎又怎麼會怪到父親頭上？

寇彤越想越覺得奇怪，不由得低下頭去，仔細看那醫案，發現醫案下面還有幾行小字——

蕭家勢大，功高震主，聖上與太后對貴妃娘娘這一胎異常看重，特命我照看貴妃這一胎，同僚非常嫉妒，然而這並非我之福……罷了，是福不是禍，是禍躲不過。食君之祿，為君分憂，這是為人臣子的本分……

後面的半頁被撕掉了！

照看蕭貴妃的胎本是極其榮耀的事情，為什麼父親卻不覺得高興，反而說這是禍事？還有，為什麼當年父親會提前安排自己與母親離開京城？

蕭家勢力那麼大，父親為什麼要冒那麼大的風險得罪蕭家呢？而聽父親的口吻，像是皇帝交給了父親一件很重要的任務。

蕭家勢大……異常看重……為君分憂……

後來蕭家一夜之間倒臺……

寇彤心頭一震，將這些零零碎碎的線索連在一起後，她一瞬間明白了事情的來龍去脈！

父親不過是替死鬼，父親沒有害人！

寇彤的眼淚潸潸而落，她受了那麼多的委屈，受了那麼多的冷眼與嘲諷，終於在今天知道了，她的父親是好人、是良醫，他沒有害人。

穆妃也好，父親也罷，都不過是聖上手中的刀子，用來收拾蕭家的刀子。或者，連刀子都不如，不過是這場權術陰謀裡面被犧牲的棋子而已。

不同的是，蕭家倒了之後，穆妃這顆棋子被聖上視為功臣，事成之時，自然加官晉爵。而父親，這個小小的太醫，早就被皇帝遺忘得一乾二淨了。

怪不得，怪不得父親會說，蕭家不倒，她與母親就不能回京城，原來是怕蕭家人報復啊！

父親啊，你猜錯了，蕭家人沒有報復。而且恐怕你作夢也沒有想到，你的妻女沒有得到家族的庇護，反而受到了嘲諷與奚落；你的女兒沒有得到夫家的疼愛，反而受盡了侮辱。

不過，那是以前，也只能是以前。今生今世，從現在開始，她寇彤再也不依靠任何人，她要把命運握在自己手中！

她的心突然怦怦直跳，若她可以改變自己的命運，可以給母親治病，那是不是也意味著，她還可以為父親正名，為父親洗刷這不白之冤？

寇彤陷入了沈思之中……

「彤娘！」

蘇氏的呼喚拉回了寇彤的思緒。

她轉過頭來，看到蘇氏身邊站著一個有些面熟的老嫗。

蘇氏說道：「上次妳不是用山藥治好了我的腹瀉嗎？李婆婆家的小孫子虎子不知怎的，也有些拉肚子，要不妳去幫他看看？」

寇彤想起來了，這是住在隔壁的李婆婆。可是，自己並不是大夫，雖然知道一些草藥的用途，但畢竟從來沒有幫別人治過病，萬一診斷錯了怎麼辦？她不由得躑躅了起來。

「彤娘，我家虎子現在病得都起不來床了，那麼乖的孩子，要是有個三長兩短可讓我怎麼活啊？」李婆婆與孫子相依為命，一提起孫子的病，不禁老淚縱橫。

李婆婆一哭，旁邊的蘇氏便著急地望著寇彤。

寇彤忙安慰道：「李婆婆，妳先別哭，我娘親之前病得那麼厲害不也都治好了嗎？妳別擔心，先跟我說說虎子是怎麼回事。」

「我也不知是怎麼回事，就是拉稀，今天都第三天了，總是不見好，小臉都瘦一圈了，這讓我見了，心裡實在是……」李婆婆又哽咽了起來。

不怪李婆婆，拉肚子、傷風就導致人死亡是再正常不過的事情了。

「這樣吧，我跟妳去看看，妳看行不行？」寇彤不由得問道。

「行行行！」李婆婆連連點頭，說完好像怕寇彤反悔似的，忙抬腳往外走。

寇彤一把拉住她。「妳先把眼淚擦擦，虎子還要妳照顧呢，妳這個樣子，仔細嚇著了他。」

「哎、哎！」李婆婆忙擦了眼淚，引著寇彤與蘇氏朝她家去。

本來李婆婆只是抱著試試看的心態來的，她可不相信十二歲的寇彤能治病，但是蘇氏原本病得很重，現在卻好端端地站在她面前，便由不得她不信，況且她也根本沒有錢去請大夫給孫子看病。

但是，剛才寇彤說了那一句話，便讓她立馬刮目相看了。這孩子，說話做事像大人一樣。她心裡先就對寇彤信服了幾分。

蘇氏聽了寇彤的話，不由得覺得女兒長大了。轉眼她又想到，女兒本是世家女，雖然不是貴族，在南京寇家也算名門了，寇家小姐個個都有丫頭陪著，吃的是山珍海味，穿的是綾羅綢緞，都是自己這個做娘親的沒有用，不僅沒有照顧好女兒，還生了重病讓女兒照顧。

蘇氏在心中感嘆良久，又偷偷地拭了拭眼角的淚水。

第四章　再用山藥

一會兒的工夫，她們就來到了李婆婆家，室內的竹床上鋪著薄薄的被褥，上面躺著一個小小的身軀，正是李婆婆的孫子——虎子。

寇彤走過去，坐在床邊看了看，虎子此刻睡著了，他的臉色很黃，看得出來很虛弱。

寇彤摸了摸虎子的頭與手心，又摸了摸蘇氏的頭與手心作對比，然後鬆了一口氣。

她轉過頭來對李婆婆與蘇氏說道：「還好，沒有發熱。若只是拉肚子，熬點山藥粥就行了。」

「真的？」李婆婆這樣問倒不是不相信寇彤，剛才寇彤的一番舉動讓她覺得寇彤是有醫術在身的，她這樣問是因為覺得自己孫子的病有希望了，所以非常驚喜。

寇彤朝她點了點頭。

李婆婆高興地拉著寇彤的手說：「謝謝妳，彤娘！若不是妳，我都不知道該怎麼辦才好。」

蘇氏說道：「這有什麼好謝的？我們彤娘也沒有做什麼，妳老不用這麼客氣。」

這時，床上的虎子動了動。

寇彤笑著站了起來，沒有說話，指了指虎子，然後又指了指外面。

李婆婆恍然大悟，領著蘇氏與寇彤來到外面。

既然已經看過了，蘇氏與寇彤就要告辭了。

看她們要走，李婆婆又十分著急地說道：「彤娘，妳剛才說的法子好是好，就是我要到哪裡弄山藥呢？」她十分為難地說道：「我們家的情況，妳也看到了，我……」

寇彤想了想，便道：「山藥的事情妳別擔心，我來想辦法。妳先照顧好虎子，我去找找山藥，待會兒給妳送來。」

「這、這……」李婆婆聽了，高興得不知怎麼是好，她的眼淚又落了下來，只不過這次是高興與感激的眼淚。

寇彤朝鎮子西頭走去，出了鎮子，黃綠相間的小山坡就映入眼簾。

小山坡被切割成了一塊塊「口」字形的田地，每一片田地的顏色都不盡相同，現在是秋天，有的田地是黃燦燦的顏色，有的還保留著夏季的碧綠，有的則開著紅色的小花。

這些田地從緩坡慢慢向上延伸，層層遞進，遙遙望去，甚是好看。

在田地的另一頭，有幾間茅屋，沐浴在陽光之下。

這裡的景色真好！寇彤不由得讚嘆道。

上次自己實在是跑得太著急了，居然沒有發現這山坡的變化，更沒有心情與閒暇來欣賞這秋季的美景。

上一次，因為母親的病，她險些做了賊，這一次可不能那麼魯莽了。

寇彤滿滿地吸了一口氣後，朝茅屋走去。

這一次，老人並沒有在茅屋前，而是蹲在山藥地裡面採收山藥。

那個叫子默的少年先發現了寇彤，他遙遙地對著寇彤喊道：「妳又來做什麼？」十分不友好的樣子。他戴著草帽，拿著鏟子，臉上有著一絲氣憤。

看著他的樣子，寇彤不禁想著，自己就那麼討人厭嗎？

那個老人聞聲轉頭，一看到寇彤就站起來，笑咪咪地說道：「小姑娘，妳又來了。」

寇彤點點頭，說道：「是的。老丈，謝謝您上次給我的山藥——」

她的話還沒有說完，子默就叫道：「妳定然是又來要山藥的對不對？」

寇彤聽了，臉上不由得一熱。她的確是來要山藥的，如今被這少年一說，她反而不知道該怎麼開口好了。

「子默，不得無禮！」

子默聽了老者的話，不服氣地撇撇嘴，瞪了寇彤一眼。

「妳母親的病如何了？」

聽到老者的問詢，寇彤忙感謝道：「多謝老丈掛念，家母的身體已經痊癒。多虧了老丈仗義相助，若不是老丈給我山藥，恐怕母親的身子不會好得那麼快。」

「嗯。」老者聽了點點頭，然後笑道：「不用謝我，要謝還是該謝妳自己。若不是妳小小年紀就知道用山藥治病，妳母親的病恐怕也不會好得這麼快。」說完，老者臉上含笑，目光炯炯地盯著寇彤，像是要從她臉上看出什麼來。

「話雖如此，還是要感謝您仗義相助。」寇彤再次感謝道。

的。

「山藥還夠嗎？若是不夠，從我這裡再拿一些回去吧！」老者像是看穿了寇彤的想法似的。

寇彤聽了，忙感激地說道：「多謝老丈！其實家母的病已經好了，只是隔壁鄰居李婆婆家的孫子虎子也得了腹瀉之症，如今連床都下不了，那孩子小小年紀就要遭這樣的罪，實在可憐。李婆婆的兒子早年就死了，只留下虎子這一個獨苗，家母不忍老人家傷心，將此事告知與我，所以，我今日才冒昧來求老丈。」

老者聽了點點頭，好像十分欣慰，笑著說：「醫者父母心，妳小小年紀便懷有仁愛之心，十分難得。」

寇彤很少聽人這樣誇她，忙道：「是家母心慈，我不過是受人所託，當不得老丈您這樣的誇獎。」

她臉紅的樣子，讓老者哈哈一笑。「這樣才對！明明是個小姑娘，做什麼非要一副苦大仇深的樣子呢？」

苦大仇深？寇彤苦笑。自己可不就是苦大仇深嗎？

那老者遞給她一根山藥。「去吧！不夠了再來找我。旁的沒有，山藥多得是。」

「是！」寇彤精神一振。「謝謝老丈，我代李婆婆祖孫謝謝您！」

老者卻打趣道：「怎麼？許妳做好人，我就不能做好人嗎？」

「能能能！」寇彤連連說道：「您仁心仁德，是再好不過的人了！」

老者擺擺手。「行啦，別在這裡奉承我啦，還是去照看病人要緊。」

「是！」寇彤行了個禮，就忙轉身往回走。

因為有了山藥，虎子的病很快就好了。李婆婆非常感謝寇彤，拉著寇彤的手誇讚個不停。

蘇氏聽了，卻拿著手絹抹眼淚。

「母親，妳這是怎麼了？」

蘇氏嘆了口氣，半是遺憾、半是欣慰地說：「咱們彤娘長大了，知道給人治病了，母親真是高興。若是妳父親在，還不知道該高興成什麼樣子呢？」

寇彤給蘇氏擦了擦眼淚，說道：「就是啊，彤娘長大了，父親知道了，一定會笑著誇獎彤娘的，絕對不是像母親這樣流眼淚。母親，妳快別哭了！」

蘇氏止住眼淚道：「彤娘，妳若是個男丁該有多好！妳若是男丁，便可以學醫術，可以行醫治病，繼承妳父親的衣缽。可是妳偏偏是個姑娘家，出去行醫治病，難免要遭人口舌，妳這麼好的悟性與天分，終究是可惜了。」

寇彤也十分難過，若自己是男兒家就好了，就可以像父親那樣懸壺濟世，妙手回春了。父親的手劄上寫的那些醫案，無不證明父親是個杏林高手，若是自己像父親那樣厲害就好了。

「彤娘，妳別難過，母親不是嫌棄妳的意思。」看到寇彤不說話，蘇氏以為是自己的話傷了寇彤的心。她焦急地解釋道：「都是母親不好，胡亂說話！彤娘，妳要相信母親，母親絕對沒有嫌棄妳的意思。」

看到蘇氏焦急的樣子，寇彤心中一暖，這個世上，真正關心自己的，只有母親一個人，甚至連自己的情緒，母親都時時刻刻放在心上。

寇彤低下頭，掩去眼中的淚水，再抬頭時，已是笑盈盈的模樣。「母親，彤娘不難過！彤娘雖然是女子，但是也可以學醫，也可以幫別人治病的。妳看，彤娘不是治好了母親的病，也治好了虎子的病嗎？」

蘇氏猶豫道：「這樣……可以嗎？」

「怎麼不可以呢？」寇彤解釋道：「橫豎我現在沒有什麼事情，學一門技藝在身上並沒有什麼不好，就算學了醫術不幫別人治病也不要緊，若是母親或者我自己生病了，咱們就不用去看大夫了，畢竟看大夫也需要花不少錢的。」

這個時候，蘇氏的臉色不由得一僵。女兒本來應該過著大家小姐的生活，卻因為自己這個做母親的沒用，不得不委屈在這個小鎮子上，過著貧寒的生活，還要為了錢而斤斤計較，她這個母親真是太不稱職了。

寇彤不知道母親在想什麼，她以為母親不同意，忙說道：「若是遇到像李婆婆這樣的人家，咱們幫他們治病，還不收錢，也是好事一樁。幫助別人，也是為自己積福。母親，妳說是不是？」

蘇氏收斂了情緒，想了想，越發覺得寇彤說的有道理，不由得連連點頭。「對，還是彤娘聰明。」

寇彤笑了笑。「那也是母親教得好。」

母女兩個說了一會兒話後，轉眼天就黑了。

蘇氏說道：「咱們一連兩次都從人家那裡得到了山藥，怎麼也要去謝謝人家才是，可惜家中沒有什麼像樣的東西……」

「咱們窮，沒有什麼能拿得出手，但是我可以幫他們採收山藥啊！這個時候，很多東西都到了成熟的時候，我可以幫他們把這些東西採收起來。」

蘇氏聽了便道：「這倒是個好辦法，只是苦了彤娘妳。」

「比起母親幫別人洗衣服，我這算什麼苦？母親，妳不要擔心，我不辛苦的。」蘇氏愛憐地摸著寇彤的頭髮。

蘇氏嘆了口氣。「天冷了，人家不像夏天那般勤洗澡了，連衣服也換得不勤了，這兩天讓我洗衣服的人越來越少了。」

寇彤說道：「那正好，母親可以休息一下了。」

蘇氏卻想著，若是不洗衣服的話，哪有銅板買糧買米呢？她看著寇彤的笑臉，到了嘴邊的話，終究化作一聲輕輕的嘆息。

下定了要學習醫術的決心後，當天晚上寇彤就把她父親留下來的書悉數搬到她的房間，其中就包括《李氏脈經》。

寇彤翻著《李氏脈經》苦笑。

拜鄭世修所賜，自己上一輩子讀了很多醫書，但是全部都是介紹草藥的藥性的，關於診脈，自己可真是一丁點兒都不會。

作為大夫卻不會號脈，不能判斷病人的病理，不能對症下藥，就算是把那些藥性全部都記在腦海裡面又有什麼用？

她翻開《李氏脈經》後才發現，裡面有很多都是介紹不同脈象的，而她一點都不懂。這本書顯然是給行醫多年，有實際經驗的人看的，對於寇彤這個對行醫問診一竅不通的人來說，無疑是天書一般。

雖然如此，她到底是不死心。她不禁將右手搭在自己的左手上，給自己號起脈來。

過了好大一會兒，她終於還是死心地嘆了一口氣。

何為浮脈？何為滑脈？她之前都沒有接觸過，也沒有病人讓她號脈，沒有實際的操作，光靠她憑空想像，她真是一點也想像不出來。

她不由得倒在床上。光靠她一個人這樣摸索，恐怕一輩子也成不了大夫，要是有人願意教她就好了。

可是一想到柯大夫那張嘴臉，寇彤就不禁洩氣，要是鎮上還有別的大夫就好了……

寇彤抱著《李氏脈經》睡了一夜，夢中還念念不忘學醫術的事情。

蘇氏叫寇彤起床的時候，發現書還被寇彤抱在懷裡，她心疼地紅了眼圈。

寇彤醒的時候，就看見蘇氏眼圈紅紅地站在自己床前。

她一骨碌地從床上爬起來，問道：「母親，妳這是怎麼了？怎麼一大早就眼睛紅紅的？」

蘇氏哽咽道：「彤娘，我看妳這樣實在是辛苦，要不，這醫術咱們就不學了吧？」

「那怎麼行！」寇彤一本正經地說道：「昨天才是第一天而已，我還什麼都沒學呢！再說了，這一切都只是開始，不過是晚上看了一會兒書罷了，怎麼能算辛苦呢？若要說辛苦，母親妳幫別人洗衣服不是更辛苦？」

「話雖如此，但是彤娘妳畢竟是堂堂寇氏的千金小姐，怎麼能——」

「母親！」寇彤打斷了蘇氏的話。「彤娘不覺得辛苦，父親是太醫，醫術高明，彤娘是父親的女兒，就該繼承父親的衣缽。父親出事這幾年來，家族何曾給過我們庇護？」

寇彤心中冷笑。寇氏一族早就沒有自己的至親了，所謂的親人也不過是捧高踩低的人罷了，見她們母女落魄，便將她們母女往死裡踩，這一點寇彤一直沒有忘記。

「至於千金小姐，彤娘早就不是了，哪有住在這種地方的千金小姐？女兒沒有父兄，更應該依靠自己。母親沒有丈夫、兒子依靠，女兒更應該努力成為母親的依仗。母親，就算女兒資質愚笨，也知道求人不如求己這句話。就算今天再辛苦，也好過他日看別人臉色度日。」

寇彤的一番話，讓蘇氏聽了震驚不已。她沒有想到，她的女兒居然有這麼大的決心，更沒有想到被她小心保護的女兒，思想已經這麼成熟了。

她這個做母親的，當真是太不稱職了。

寇彤見蘇氏眼中淚光閃閃，這才意識到自己說了這麼多話，她補救似地說道：「母親，妳不要難過，彤娘從不覺得辛苦。只要母親在彤娘身邊，彤娘就是天底下最幸福的人。」

看著女兒小心翼翼、帶著幾分緊張與討好的表情，就與小時候她打碎了碟子怕自己責罵時一模一樣。

蘇氏的心酸酸的、軟軟的，反駁的話就怎麼也說不出口。

寇彤說服了蘇氏，陪著蘇氏用過早飯後，拿著蘇氏烙的幾張餅，就朝鎮子西頭走去。

果不其然，那一老一少師徒二人正在收山藥。

寇彤將蘇氏烙的餅遞給老者，說明來意。「家母十分感激老丈兩次相助，特命我送這些餅過來。東西不多，也不是什麼好東西，是家母親自做的，味道還不錯，希望您不要嫌棄。」

「不嫌棄、不嫌棄。」那老者笑咪咪地說道。「我們一老一少兩個人都不會燒飯，平時都是湊合著吃的，今天難得妳送了烙餅過來，我們高興還來不及呢！」

「您不嫌棄就好。除了這些餅，家母還說了，讓我過來，看看有沒有什麼能幫得上忙的。」因為真心感激，寇彤的話說得特別真誠。

「哼！我們山藥都快收完了才說要幫忙，騙誰呢？不過是說著玩罷了！」說話的是那個叫子默的少年。

寇彤聽了並不生氣，畢竟他說的也是實話。寇彤笑著說：「山藥收完了也沒關係，橫豎白朮、益母草還要過一個月左右才能收，到那個時候，我再來幫忙也可以。」

那老者聽見寇彤隨手一指，便將兩個藥草的名字說出來，不禁十分驚奇，問道：「丫頭，妳是怎麼認識這兩種藥草的？」

寇彤聽了，這才驚覺自己說出了兩個草藥的名字，但是她覺得自己學習醫術並不是什麼丟人的事情，也沒有什麼不能對人言的，所以稍稍吃驚一下之後，就說道：「我是從醫書上看到的。」

「喔？」老者的眼睛一亮。「丫頭不繡花，看醫書做什麼？」

「我想學習醫術。」寇彤坦坦蕩蕩地說道。

「丫頭，妳師從何人？」

寇彤聽了，臉一紅，然後十分不好意思地說道：「我沒有師父，只能自己看醫書，所以只認得一些草藥，並沒有什麼醫術。」

「那這些草藥妳都認得嗎？」

寇彤聽了老人的話，抬起頭來，看了一會兒之後，說道：「那裡大葉子的是金銀花、小葉子的是威靈仙，那開紫花五角形的是桔梗，那開紫色小花的是藿香……」

這裡的草藥，寇彤能認個七七八八。她每說出一個，那老者臉上的笑容就盛了幾分。

說完之後，寇彤羞澀地笑著說：「還有幾個我不認識。」

那老者哈哈一笑，十分開懷。「那幾個是我從苗疆帶回來的，妳不認識也很正常。只是丫頭妳小小年紀，居然就能認得這麼多的草藥，著實讓我吃驚，真是不簡單啊！」

寇彤聽到老者的誇讚，十分高興，但是她口中仍謙虛道：「老丈您謬讚了，我當不得您這樣誇獎。」

「怎麼當不起？我說當得起，妳就當得起。」那老者眼睛一瞪，好像寇彤說當不起，他就要發火似的。

「我當初像妳這麼大的時候，跟著師父學醫術，也能認識這麼多，當時我已經十分自負了，因為其他師兄弟都比不過我。我覺得自己已經十分了不起了，沒想到丫頭妳居然自學成才，比我強，比我強啊！」

寇彤聽了眼皮一跳，這個老者會醫術！而且十幾歲的時候，就能認得許多草藥了。自己認得這些草藥，是因為自己從前看了幾年的書；而這個老者，卻是實實在在、真的本領。自己是為了討好鄭世修，所以只看介紹草藥的書；而這個老者，肯定不會像自己這樣。他認得草藥，也會醫術。

寇彤心中正暗自猜測，就聽那老者說道——

「妳來了也有半日了，堪堪就到中午了，這裡山藥還有一點點，今天下午我跟子默兩個人就可以弄好了。妳回去吧，代我向妳母親致謝，這烙餅很好。」

寇彤點點頭道：「嗯，等過一段時間，我再來幫您收白朮、益母草。」

那老者揮揮手，笑咪咪地趕人。「行啦，丫頭，快回去吧！到時候妳就是不來，我也會去叫妳的。」

他說話的語氣裡，帶著一種熟稔與親切，寇彤聽了，也對他莞爾一笑，這才轉身離去。

第五章　暗夜取財

寇彤剛剛走到巷子口，就聽見蘇氏低低的告求聲，她不由得放慢了腳步。

「……旺根嫂子，我現在手上的確沒有銀子，我們家現在的情況妳也看到了，不是我不繳房子的租賃錢，實在是我現在沒有錢。求求妳再跟劉老爺說說，再寬限幾天，等我有了錢，一準給妳送去！」

就在這時，寇彤突然聽到了炸雷一般的聲音響起——

「寇家妹子！」

這聲音又響又亮，簡直就像炮仗在耳邊炸開一般，嚇了寇彤一大跳。

這個人，嗓門可真是大呀！寇彤突然想起來，她就是前院劉地主家長工旺根的老婆，人稱旺根嬸。

「寇家妹子，不是我不幫妳。我家那口子一直在劉老爺家做長工，劉太太心善，就讓我過來幫她的忙。這房子，當初也是我要租給妳的，妳的人品我是信得過的，但是現在已經拖欠了兩個月，實在是不能再拖了。妳要是再拖，我在劉太太那裡實在說不過去。我們兩口子就指著劉家過活，要是劉太太發起火來，罵了我是小事，若是她一氣之下要趕妳走，我也沒有辦法呀！」

蘇氏聽了無言，半晌才低低地說道：「旺根嫂子的意思我明白了，這些日子是我讓妳為難了。妳容我想想辦法，這錢今天肯定是拿不出來了，明天吧。」蘇氏咬咬牙，狠下心道：「明天我一準把錢給妳送過去！」

「哎！」旺根嬸說道：「寇家妹子，我也知道妳難。不是我逼妳，若是以往，我手裡頭有閒錢，先幫妳墊上也沒什麼的，但是妳不知道，我們家現在也……」旺根嬸說到這裡，突然長長一嘆。「寇家妹子，我先走了。妳明日若是不方便，我明兒晚上再過來一趟。」

「哎！多謝妳了，旺根嫂子。」

寇彤聽了，忙抬起腳步，往前走去，正遇上旺根嬸那壯碩的身軀。

她勉強地衝寇彤笑笑。「彤娘回來了？幾天不見，彤娘越長越俊了。」

寇彤發現她神色哀傷，眼圈紅紅的，便裝作沒有看見，也掛起笑臉。「旺根嬸好！」

「哎，真乖……」旺根嬸說完之後，就有些神色恍惚地走了。

寇彤與站在門口的蘇氏面面相覷。

「母親，旺根嬸這是怎麼了？」

「不知道。」蘇氏搖搖頭。「剛才她本來想跟我說的，但是話還沒說就要掉眼淚，所以她又止住了。」

畢竟是鄰近巷子口，有些話可能不方便說，所以旺根嬸剛才又止住了話頭。

「喔。」寇彤點點頭，望著旺根嬸走過的巷子，沒有說話。

「母親，妳答應了旺根嬸明天繳房租錢，可是咱們並沒有錢。」

「妳都聽見了？」蘇氏很驚訝。見寇彤點點頭，蘇氏便說道：「我也沒有什麼好辦法，家中已經沒有什麼值錢的東西了，只有幾床被子還在，為今之計，只能明天我起早點，去集市上把被子賣了換錢繳房子租金。」說著，她長長一嘆。「好在，這兩天天氣漸漸冷了，被子也好賣。」

寇彤一愣，家中竟然窘迫到這個程度了嗎？

「可是，母親，天漸漸冷了，被子賣了，咱們晚上蓋什麼呢？」

蘇氏聽了，刮了寇彤的鼻子一下。「妳放心，妳的被子好好的，母親不會賣。母親年紀大了，抗凍，用不了那麼多被子的。」

寇彤聽了，又是一陣心酸。

母親，妳總是把我當孩子，可是我已經不是孩子了呀，怎麼能讓母親沒有被子蓋呢？

蘇氏見寇彤發呆，知道寇彤心裡難受，就對寇彤說道：「來，彤娘，母親要做飯，妳來幫母親生火。」

寇彤聽了默然無語，跟在蘇氏身後進了廚房。

這一天下午，蘇氏把被子抱到外面晾曬，寇彤手中捧著醫書，心思卻跑到了九霄雲外。她一會兒想像到冬天裡母親沒有被子，凍得瑟瑟發抖的樣子；一會兒想到她們在南京寇家受到奚落的樣子；一會兒又想到自己嫁入鄭家之後，母親病重，自己得知消息趕去的時候，母親卻已經是強弩之末，不過是吊著一口氣，等著見自己的樣子……

這一幕幕在她面前顯現，她害怕極了。

這一生，怎麼也不能重蹈原來的老路！

她需要錢，如果有錢，就不用賣被子。可是，她怎麼樣才能掙到錢呢？

寇彤從來沒有一刻覺得自己竟然如此無用，對於掙錢養家這樣的想法，她這兩輩子來是第一次思考。

若是能從天上掉銀子下來就好了，就算天上不掉銀子，能撿到銀子也行呀！她不貪心的，只要能撿到夠繳房子租金的銀子就行了。

可是到哪裡撿呢？

……撿？寇彤靈光一閃！突然從凳子上蹦了起來！

她怎麼忘了，是有人撿到過銀子，而且撿了許多的銀子，一下子風頭就蓋過了劉地主啊！

想到這裡，她激動地走來走去，彷彿看到白花花的銀子就在自己眼前晃。

寇彤讓自己冷靜下來，她喝了一點水，然後裝作突然想起來的樣子，對蘇氏說：「母親，這被子妳先不用賣，我可以借到錢。」

蘇氏聽了，很是高興。「是嗎？那太好了！」然後，她狐疑地問道：「妳到哪裡借錢？」

「母親，妳忘了，我今天下午剛剛去過鎮子西頭，那老人種了許多草藥，他說這些草藥有的自己用，有的是要賣出去的。他這幾天賣了一些錢，我剛好可以問他借一點。他人非常好，又幫過我們幾次，想來，借點錢他應該不會拒絕的。」

寇彤說話的時候，不敢看蘇氏的眼睛。第一次對著母親撒謊，她實在是心虛得很。

好在蘇氏並沒有看出寇彤的異樣，她聽了十分高興。「那可真是太好了！只是我們總是這樣麻煩人家也不好，妳要好好謝謝人家才是。」

寇彤見蘇氏相信了，便鬆了一口氣。「母親，妳放心好了，等用過晚飯我就去吧。」

「晚上太晚了吧？」

「不晚，明天白天他們還要忙呢！反正也不遠，鎮子就這麼小，我不會走丟的。」

得到了蘇氏的應允，寇彤便裝模作樣地拿起了醫書看，其實她的心裡一直在想著銀子的事情。

她記得，鎮子東頭有一座三間房屋組成的破廟，有一個人無意間在破廟的牆壁裡面發現了銀子，發了很大一筆橫財。那個人有了錢之後就過上了驕奢淫逸、揮霍無度的生活，姨娘也娶了一個又一個，風頭蓋過了范水鎮最大的財主劉地主，甚至還跟劉地主的一個小妾有些不清不楚，為此，劉地主跟他吵了好幾次架。

可惜好景不長，那個人有錢之後漸漸喜歡上賭博，不過大半年時間，就輸得一發不可收拾，不僅輸光了幸運得來的橫財，還將家裡面種的三畝地、兩個小妾都輸了進去。最後連他自己與老婆、孩子都賣身為奴，才還清了賭債。

原本雖不富裕，但好歹日子也還不錯，卻因為發了一筆橫財夢，夢醒之後，還落得個賣身為奴的下場。

這件事不僅范水鎮的人知道，連南京那邊的人們後來也都知道了，沸沸揚揚了好長一陣時間。

現在，那個人還沒有發現這筆橫財！寇彤心中激動不已，她要搶在那個人前面得到這筆錢！

在寇彤左等右等、左盼右盼之下，天終於黑了。

寇彤告別了蘇氏，走出了家門，朝鎮子中間的十字大道走去。

她站在大道交叉的地方，看了看前後左右都沒有人，這才朝鎮子東頭走去。

范水鎮在離南京一天車程的地方，鎮子西邊是緩緩的小山丘，鎮子東邊是一個大大的湖。因為那湖的水質好，曾經有富商到這裡來飼養珍珠，後來卻不了了之。

那座破廟之前就是那富商的住宅，那富商搬走之前，便將住宅改成了土地廟。

寇彤看著眼前黑乎乎的破廟，像隻張著大嘴的猛獸一樣，心中不由得打起了鼓。她在廟門口站了一會兒後，還是毅然走進了廟裡。

廟不大，一共三間，一明兩暗。寇彤記得，聽人說好像是東邊屋子的牆壁夾層裡面有銀子。

她小心翼翼地摸到東邊的屋子，卻看到一隻黑乎乎的東西從她眼前跳過去，嚇得她一下子跌坐在地上。

那黑影跳出門外，回頭對她「喵」了一聲。

「呼！嚇死我了……」原來是隻貓，寇彤鬆了一口氣。

她站起來，悄悄摸到東邊屋子與明堂之間的那一面牆，拿出自己帶來的小木棒，輕輕地在牆上敲了一下。

嗆！

暗夜裡，這悶悶的聲音十分明顯。

不是這裡。寇彤換了個地方，繼續敲擊。

這樣換了十來個地方後，寇彤終於聽到與剛才明顯不一樣的聲音。

她不由得精神一振，用木棒另一頭的尖錐在牆上鑿了起來。

噗嗤！有什麼東西滾落在地上。

寇彤低頭一看，一個又白又胖的銀元寶在月光的照耀下微微發著光。

成了！

寇彤忙蹲下來，喜不自勝地撿起銀元寶，揣在懷裡，將牆上的土磚放好之後，才小心翼翼地出了東邊的屋子。

寇彤來到廳堂後，對著廳堂上倒在一邊的土地公說道：「神明在上，小女子出此下策純屬不得已，求土地公公莫怪，莫怪！」說完，她拔腿就跑。

九月的秋風帶著涼爽，在她耳邊呼嘯而過，寇彤這才意識到，她身上都汗濕了！可是，她臉上卻掛著幸福的微笑。

她有錢了，土地廟裡的那些錢足可以讓她與母親生活一輩子，母親再也不用受苦受難了！她的心情就像三月裡放飛在天上的風箏，輕盈而愉悅。

她跑得很快，腳步踏得地面「噗噗」響，驚得鎮子上的狗「汪汪」叫起來。寇彤忙收住腳步，慢慢地朝家中走去。可是她剛走幾步，腳步又不由得輕盈地跑了起來。

快到家門口的時候她才站定，堪堪過了一會兒，寇彤覺得自己的情緒平靜下來了，這才來到門口，敲了敲門。

裡面立馬傳來蘇氏的詢問聲——

「是彤娘嗎？」

「是我！母親！」寇彤答道。

剛敲門，蘇氏就開口問了，聽得出來，蘇氏一直站在門後等寇彤。

寇彤心裡不禁湧起一股罪惡感，這樣欺騙母親，真是十分不好呢。可是，現在自己也沒有什麼更好的辦法了。

不是她不願意告訴母親，只是她不知道母親能否接受她說的事情。或者在寇彤的心裡，她覺得，有些事情自己一個人知道就行了，沒有必要讓母親承受。

「快進來！怎麼去了那麼久？剛才他們說有狗衝著鎮子東頭的破廟吠，可讓我好一陣擔心呢！」蘇氏關切地問道。

寇彤心中有鬼，自然知道狗為什麼叫了。她心頭一跳。「擔心什麼？」

「擔心妳被嚇到。那鎮子東頭有湖，蚊蟲多，還有蛇，罕有人至，怕是有小偷或者乞丐跑到那裡去了，我怕妳碰上了會害怕。」

聽了蘇氏的話，她這才放下心來。「母親，妳放心吧，彤娘膽子大著呢！況且我去的是鎮子西頭，跟那個湖是兩個方向，妳放心好了！」

「妳不怕就好。錢有沒有借到？」蘇氏給寇彤倒了一杯茶，問道。

「借到了，但是他們現在也沒有錢，需要去錢莊取，老丈讓我明天中午再去一趟。」

蘇氏聽了，這才真的放下心來。「他們可真是好人，我們要趕緊想辦法還錢才是。以後他們田裡種的東西要收的時候，妳便去幫忙，回來的時候，把他們的衣裳也帶回來，我幫他們洗。彤娘，咱們要知恩圖報，不能不放在心上。」

「嗯。」寇彤喝了一口茶水，點點頭。「知道了，母親。」

第二天中午，寇彤就像昨天晚上打算好的那樣，懷裡揣著一個銀元寶，到錢莊的櫃面上換成了五吊錢，然後將其中的三吊錢存在錢莊裡，拿著一張存契跟兩吊錢離開。

回到家後，她給蘇氏留了半吊錢，接著拿著錢朝劉地主家走去。

劉地主家就在寇彤家前面，是個二進的院子，雖然不大，院子的第二進卻有一個小小的閣樓，這可是范水鎮裡的第一座閣樓。雖然後來街上的商戶也紛紛蓋起了閣樓，但是說到閣樓，人們往往還是會想起劉地主家。

朱紅的大門是開著的，門頭上的牌匾上寫著「劉府」二字，很是氣派。

寇彤來到旺根嬸住的屋子門口，正準備進去時，就聽見裡面傳來一陣陣抽泣的聲音。

寇彤站在門口，不知是進還是不進。考慮了一會兒後，她還是決定進去。

她故意放重了腳步，然後大聲喊道：「旺根叔、旺根嬸，你們在家嗎？」

說完，她便聽到裡面響起旺根嬸的聲音——

「在呢、在呢！」

說著，門口的棉布簾子被人掀起，露出了旺根嬸的臉。

寇彤一愣，不過一個晚上沒見，旺根嬸竟就憔悴了許多，眼睛還紅紅的。想必剛才的抽泣聲正是她在哭吧？

「快進來，在門口站著做什麼？」說著她側著身子，把寇彤往屋裡讓。

寇彤進了屋坐下，旺根嬸給她倒了水，寇彤又站起來道謝一番，兩個人這才坐下說話。

寇彤把那一吊半的錢取出來放到桌子上，對旺根嬸說道：「這是這三個月的房子租金，旺根嬸妳點點。真是非常抱歉，拖了這麼久。多謝妳幫我們在劉太太面前周旋，還請妳幫我們把錢送給劉太太才是。」

旺根嬸吸了吸鼻子，邊點錢邊說道：「嗯，今兒早上太太還問呢，趕巧妳送來了，就跟我到太太面前走一趟吧。」

寇彤點點頭。

兩個人這才一起來到劉家上房。

劉太太長得白白胖胖的，一副富態的樣子，但是她身上穿著半舊不新的衣裳，看上去很和藹。

旺根嬸把錢交上去，然後說道：「因著她們連欠了幾個月的房子租金，心中十分不安，所以特意來向太太道謝。」說著，旺根嬸朝寇彤使了個眼色，輕輕推了她一把。

寇彤反應過來，忙對劉太太道了個萬福，然後說道：「請太太安。因家母病重，連著幾個月都沒能繳上房子租金，幸得太太憐憫，一再允我們拖延時間。若不是太太心慈，我們母女恐怕早就露宿街頭了，家母特命我來向太太道謝。」

「好伶俐的孩子。」劉太太說著招招手，讓寇彤站到她身邊。「妳幾歲了？」

「回太太，我今年十二。」

劉太太聽了說道：「喔，比我們家二小姐小了兩歲呢，卻比二小姐伶俐多了。有妳一比，二小姐簡直就像是木頭上刻了兩隻眼睛！」

這話說的，寇彤不知怎麼接，就低下頭，沒有說話。

劉太太嘆了口氣。「若說伶俐，都沒有妳家大丫頭伶俐。可惜這孩子怎麼就得了這麼個病……」

旺根嬸聽了，便就眼淚汪汪的。「打小就是太太最疼她，還作主給她嫁了那麼好的人家，是她命薄，沒命享福……」

「唉！」劉太太長嘆一聲。「罷了，妳下午不用當值了，去看看大丫頭吧。別忘了買點補品，家裡的雞蛋也帶一點去。」說著，將寇彤繳來的房子租金又遞給了旺根嬸。「多買點，也算是我的一番心意。」

「多謝太太，我代大丫頭謝謝您！」說著竟泣不成聲。

回到旺根叔家裡後，寇彤才問道：「旺根嬸，大丫姊得的是什麼病？」

旺根嬸找到了傾訴的對象，不由得嚎啕大哭起來。

寇彤就一直不說話，靜靜地聽她哭著。

半晌，旺根嬸的哭聲漸漸小了，寇彤才給她擰了帕子，讓她擦擦臉，又給她倒了一杯茶水。

旺根嬸哽咽道：「我的大丫頭怎麼就這麼命苦，這剛嫁到好人家一年，怎麼就得了這樣奇怪的病？」

「是什麼病？大夫說不能治嗎？」寇彤問道。

旺根嬸一籌莫展。「大夫不知道是什麼病，怎麼治呢？」

「那有什麼症狀？」

「這說起來都持續大半年了，也沒有什麼症狀，就是人沒有精神，臉色差，後來連床都下不了了。到了現在，臉蠟黃蠟黃的，月信越來越少，幾乎就沒有了。也不是害喜，也查不出來什麼毛病，現在只能挨日子了……」說著，她眼淚又掉了下來。

看來真的很嚴重。寇彤不是大夫，只能從最簡單的方面去想。若是不來月信的話，當歸倒是可以補血活血，調理癸水。只是不知道大丫姊適不適用？寇彤這一想，就不由得嘀咕了出來。

旺根嬸像抓住了救命稻草一般，忙問道：「好孩子，妳說什麼適不適用？」

「旺根嬸，我從書上看到，說當歸可以治療月信少，只是不知道對不對大丫姊的症候？若是不對——」

寇彤的話還未說完，旺根嬸就說：「現在已經這個樣子了，就是有一丁點兒的希望也要試試，還管什麼對症不對症呢？妳儘管把方法告訴我就是了！若是救了我家大丫頭的命，妳就是我的大恩人，我做牛做馬地報答妳！」

寇彤忙說道：「旺根嬸妳先不要急，我告訴妳就是。要是能幫到大丫姊，也是我的功德，報答什麼的就不用了。」寇彤就將當歸的療法告訴了旺根嬸。

旺根嬸細心地記下了，然後問道：「這當歸哪裡能買到？貴不貴？」

寇彤回答道：「不貴，柯大夫家就能買到。」說完她又細心地叮囑道：「妳就說是幫老爺太太買的，想必他就不會亂要價了！」

旺根嬸聽了眼睛一亮。「還是彤娘有辦法！若是真治好了大丫頭的病，嬸子我買肉給妳吃！」

第六章　小寇大夫

時間過得很快，轉眼間又是一個月過去。

到了十月底，天氣就逐漸冷了起來。

天氣越冷，劉地主家換洗的衣裳就越少，蘇氏沒有賺錢的營生，就擔心著不知今年怎麼過冬。

看著她一籌莫展的樣子，寇彤十分為難，不知道該不該告訴蘇氏，自己手中有錢。

這一天中午，娘兒倆剛吃過午飯，就聽見有人叩門。

蘇氏嘆了口氣，站起來道：「算算日子，應該又到了繳房子租金的時候，真希望來的人不是旺根嫂子。」

她的話剛落下，就聽見門外傳來響亮的聲音——

「寇家妹子在家嗎？是我，妳旺根嫂子！」

旺根嬸的聲音可真大，隔著門，寇彤還是聽得一清二楚。

蘇氏打開門，心中思量著如何跟旺根嬸說暫時不能繳房子租金的事，卻看見旺根嬸手裡拎著細細長長的一小塊五花肉，正眉開眼笑地望著自己。

「寇家妹子，小寇大夫在家嗎？」旺根嬸聲音嘹亮地問道。

蘇氏不由得一愣，這個場景，直讓她回到了四年前。那時候她的夫君寇俊英還在太醫院當值，因為常救助一些無錢治病的人，所以經常會有患者本人或家屬提著禮品上門來感謝。

那些人通常拎著肉，或者是自己家養的雞、雞蛋，也是這樣笑逐顏開，也是這樣滿心歡喜地問自己「寇大夫在家嗎？」

可是，夫君已經不在了！而且自己也從來沒有跟人說自己的夫君是大夫，怎麼旺根媳婦會找上門來？

「寇家妹子，妳發什麼愣？」旺根媳婦推了蘇氏一把。「小寇大夫到底在不在家啊？」

蘇氏這才回過神來，她直接忽略掉了旺根媳婦說的「小寇大夫」中的那個「小」字，而是問道：「旺根嫂子，妳是不是走錯地方了？我夫家是姓寇，可是我們家並沒有寇大夫啊！」

旺根媳婦還想再說，屋裡的寇彤卻走出來說：「母親，旺根嬸是來找我的！」

蘇氏不解。「彤娘，妳是寇大夫？」

寇彤點點頭。「是的。」

旺根媳婦卻拎著那一小塊五花肉，樂顛顛地走到寇彤面前。「小寇大夫，妳可真是有辦法，若不是妳的方子，我們家大丫頭這會子還不知道怎麼樣呢？妳這個方子好得很，比柯大夫強多了！」

寇彤聽了，眼睛一亮，大丫姊姊的病真的治好了！她心裡不由得美滋滋的。

寇彤抿嘴一笑。「這也是趕巧，我不過是照著書上說的告訴妳罷了。這也是大丫姊姊有造化，合該趕上這個巧合。嬸子妳要謝，還該謝妳自己，畢竟這藥是妳買的不是？」

「話雖如此，若不是小寇大夫妳，大丫頭的病鐵定好不了。」說著，她一副感恩戴德的樣子。「這些肉還請妳不要嫌棄，我既然答應了要買肉謝妳，就一定會做到的。我雖然是粗人，但是也知道說出去的話就是潑出去的水，小寇大夫妳別嫌少，千萬要收下！」

「旺根嬸，妳怎麼這麼客氣，妳還是像原來那樣叫我彤娘就行了，這小寇大夫我真的當不起。」

「怎麼當不起？」旺根媳婦把臉一沈。「那柯老頭收了我的銀子不說，治不好我閨女的病，還說我閨女沒救了，把我們一家唬得三魂去了兩魂，就他那樣的人，都敢腆著臉說自己是大夫，妳治好大丫頭的病，怎麼就不能是大夫了？妳治好了我閨女的病，就是大夫，還是個高明的大夫！」

寇彤聽了哭笑不得。「好吧，旺根嬸，妳要是喜歡的話，就這麼叫吧！只是這肉，我是萬萬收不得的。」

「怎麼收不得？」旺根嬸又不高興了。「妳是嫌棄嬸子割的肉少還是咋地？」

「不是嫌肉少——」

寇彤還欲解釋，蘇氏已接過旺根媳婦手中的肉，說道：「彤娘，妳旺根嬸說的對，既然她親自送了肉過來，咱們怎麼著也要收下才是。」

旺根媳婦笑咪咪地道：「寇家妹子說的對。」

寇彤看了看蘇氏，對旺根媳婦說道：「謝謝妳了，旺根嬸。」

「謝啥！這不值當什麼，真要說謝，也是我們謝謝妳。」旺根媳婦捏了捏寇彤的肩膀道：「瞧這小身板瘦的！嬸子特意挑的五花肉，可肥了，讓妳娘親燒了給妳補補身子，身子骨養好了，就去開個醫館，嬸子要是身子不爽利，鐵定不找那柯老頭，一準來找妳給嬸子看病！」

寇彤心裡高興，笑著說：「瞧嬸子這話說的，嬸子身子比牛還壯，哪裡用得著看病！」鄉下人憨厚，喜歡聽人家誇壯，因此旺根媳婦聽了寇彤的話，十分高興。「小寇大夫就是嘴甜！那啥，寇家妹子，沒事我就先回去了，別忘了燒肉給小寇大夫吃啊！」最後幾句話，卻是對蘇氏說的。

蘇氏自然應承了，然後親自送她出了門。

旺根媳婦雖然走了，寇彤卻依舊沈浸在她剛才帶來的喜悅裡面。

她用自己知道的藥物知識，又一次治好了別人的病，而且是對症下藥治好的！天哪，這可真是令人歡喜！寇彤高興得一會兒站起來，一會兒坐下，簡直不知道怎麼辦才好。

旺根嬸剛才誇我醫術高明，而且還稱呼我為「小寇大夫」，我是大夫，我是大夫，我居然成了大夫了！

寇彤高興得傻乎乎地拉著蘇氏，語無倫次地把事情的緣由說了一遍。

蘇氏聽了自然也是又驚又喜，她不由得雙手合十。「這可真是上天庇佑呀！」然後又說道：「這可是大喜事，我得跟妳父親說說！」說著就急匆匆地轉進了屋裡。

寇彤知道，母親這是給父親寇俊英上香去了。

她高興地望著母親的背影，笑著笑著，不禁流下了眼淚。

之前自己苦讀醫書，就為著能跟鄭世修說上話，只要鄭世修跟她說話，她就能激動好幾天，因為她總覺得自己看到了希望，鄭世修總有一天會看見自己的好，會喜歡上自己的。

後來，她發現這些介紹草藥的書籍非常有意思，因此她埋頭於草藥與書籍之間，廢寢忘食，忘記了一切。

不僅僅為了取悅鄭世修，還為著自己真的有興趣。一旦去讀書、去辨識草藥，自己就能忘記時間，就能忘記整夜整夜的寂寞。

但是，那些都抵不上今天的喜悅！

到了現在她才真正體會到，自己當初讀醫書的好處。用自己知道的東西去幫助別人、去治療別人的病痛，更有甚者，去救別人的性命，這才是人世間第一暢快之事！

她寇彤從今天起便是大夫了，她是救死扶傷的大夫！她要努力學習醫術，用醫術去幫助別人，也要用醫術來改變自己的命運！

她心中激動萬分，跑到室內，看著床頭整整齊齊擺著的醫書，她用手一一撫摸過去，這些就是她的希望。

雖然讀醫書枯燥了些，沒有研究草藥那樣有意思，但是，經過了今天的事情，她再也不覺得枯燥了。她一定會好好研習這些書籍，總有一天，她會成為像父親那樣真正的大夫！

從那一天起，寇彤除了吃飯、睡覺，就整日間跟醫書打交道。

轉眼就到了年底，家家戶戶都忙碌起來，從臘月二十三開始，祭灶神、打掃庭院、辦年貨，就是蘇氏也每天都高高興興的，將年貨置辦起來，還扯了幾疋粗布，給寇彤和她自己各做了一身新棉衣。

最忙碌的莫過於寇彤家前面的劉地主家了。

劉地主家大業大，每到年底佃戶都會成群結隊來給劉地主繳地租，還要給劉地主送節禮、磕頭拜年。

劉地主是個甩手掌櫃，大事不管、小事不問，整天過著鬥雞、遛狗，東家逛、西家竄的日子。

這一樁樁、一件件的事情，全部都由地主婆娘劉太太張羅。

這年下正忙之際，劉太太突然病倒了。

劉家門前倒著劉太太吃過的藥渣子，寇彤無意間看到了，就用腳搓了搓地上的藥渣子，煮過的藥都碎了，但是有一些寇彤還是認得的，加上有些藥遺留的味道，寇彤大致可以判斷劉太太得的是傷寒病。

現在天氣一天比一天冷，劉家每天迎來送往的人多，劉太太不小心著了涼，也是有的。因此，寇彤並不曾將這件事放在心上。

到了年二十八這一天，天上竟淅淅瀝瀝下起了零星小雪來。

蘇氏給寇彤添了衣裳，又拿出了新買的炭燒上，母女兩個一個看書，一個做針線，厚厚的門簾擋住了外面的嚴寒，這樣一來，外面寒風呼呼，室內卻溫暖如春。

蘇氏看著寇彤比之前又長高了些，心中又是高興，又是焦急。高興的是女兒長大了，焦急的是翻年寇彤就十三了。十三、十四可以議親，十五、十六可以出嫁，可是，丈夫如今不在了，女兒就算有婚約，卻不知有誰可以來張羅婚事？

寇彤看著母親一針一線做繡活，覺得十分溫馨。

之前的年關，她總要受到小姑子的嘲諷，說自己沒有任何陪嫁，沒有任何進項。婆婆也會怪她粗笨，不會管家，不會看帳本，更不能幫她應酬那些官家太太。

她受著婆婆的埋怨，心中十分委屈。婆婆從來不讓她做這些事情，總說她做不好，最後卻還責怪她懶，她真是有苦無處訴，有怨無處說。

而現在，沒有白眼，沒有冷嘲熱諷，她做著自己喜歡的事情，更重要的是，母親陪伴在她的身邊。寇彤覺得，這是她兩輩子加在一起最舒心的一個年關了。

就在此時，突然聽到一陣急促的拍門聲，「砰砰砰」的聲音一下子打破了這室內的溫馨。

不知道是誰現在來拍門？蘇氏掀了簾子出去，一陣寒風吹進來，寇彤手中的書頁嘩啦啦直響，同時，寇彤還聽到了旺根媳婦那響亮而焦急的聲音——

「小寇大夫！小寇大夫在家嗎？」

不知道旺根嬸這麼急著找我有什麼事情？難道大丫姊的身子又不好了？寇彤這樣想著，趕緊從鋪著棉墊子的榻上滑下來，穿上鞋子，準備迎出去。

她穿好鞋子，剛剛站起來時，簾子又一掀，蘇氏跟旺根媳婦就走了進來。

旺根媳婦忙上前一步，拉著寇彤的手說道：「小寇大夫，妳趕緊跟我走！」她不由分說，拉著寇彤就往外走，她的手又冰又涼，冷不防地握上來，寇彤不由得一個哆嗦。

蘇氏見了十分心疼。「旺根嫂子，妳拉著彤娘去做什麼呀？」

旺根媳婦心急火燎地說道：「唉呀，太太病得厲害！那柯老頭子一點辦法也沒有，現在只能小寇大夫去瞧瞧了！」

寇彤說道：「劉太太的病十分嚴重嗎？」

「是呀！」旺根媳婦一跺腳，罵道：「都是那庸醫柯老頭，先前耽誤了我家大丫頭不說，如今連太太的病也耽誤了！他總說是傷寒，治了五、六天了，卻一點效果都沒有，現在只能指望妳了，妳快跟我走吧！」

「等一下，旺根嬸！」寇彤急著說道：「不是我不願意去，傷寒病我真的不會治呀！」

旺根媳婦道：「現在誰也不知道是不是傷寒病，那柯老頭就是按照傷寒病治的，藥吃了一服又一服，結果太太的病卻越來越嚴重。不管怎麼樣，妳先跟我去看看再說吧！」

寇彤看了看蘇氏，說道：「母親，我跟旺根嬸去前面看看，一會兒就回來，妳莫擔心。」

蘇氏道：「妳去看看也好，若是能治，就幫劉太太看看，若是不能治，妳千萬別逞強啊！」說著，蘇氏又對旺根媳婦說道：「彤娘還小，嫂子妳在劉老爺家千萬照看著些。」

旺根媳婦聽了點點頭，拉著寇彤走了。

寇彤迎著小雪，裹緊了身上的外衣，片刻工夫就來到劉府。

劉太太為人很不錯，雖然是地主家的，但是向來面慈心善，前段時間還在街上搭棚施粥救助窮人，所以這次劉太太病了，鎮子裡倒是有不少人家都聞風而來。

有的是關心劉太太的身體，有的則是想看熱鬧。劉地主這麼富裕的人家，要什麼買不到？可就是這樣的人家，太太的病卻治不好，反而一天重似一天。

鎮子上的人都在劉府裡面圍著。

鄉下人沒有什麼見識，不像高門大府那樣不許人隨意出入，他們也習慣了一家有事，多家來幫忙，倒是有不少人提供了偏方給劉地主。

劉地主擔心劉太太的病，倒不吝嗇，不管多稀奇古怪的方子，總找人拿來試，可是試了很多，總是不見效。

劉地主急得團團轉，大罵柯大夫是庸醫。

寇彤到的時候，正聽見劉地主氣急敗壞的聲音——

「太太的病你治了這麼久，收了這樣多的銀子，卻總是不見效，你不是庸醫是什麼？」

劉地主是范水鎮首富，柯大夫自然不敢像對尋常人那樣隨意辱罵，但是劉地主越說越難聽，讓柯大夫也有些受不了，他脹紅了面皮，站起來說：「太太這病實在是奇怪得很，您若是嫌我治得不好，再另尋名醫就是，我留在這裡也是無用。」說著就要走。

劉地主一把拉住他。「你不許走！醫不好太太，你不許走！」

柯大夫想走卻又不敢與劉地主正面衝突。

寇彤見柯大夫被罵，心中覺得十分痛快。本來以為他是個狠角色，原來也是個欺軟怕硬的孬貨罷了！

「快讓開，讓小寇大夫給太太看看！」旺根媳婦的聲音像響雷一樣，炸在眾人耳邊。

鎮子裡明明只有柯大夫這一個大夫，什麼時候又來了個小寇大夫？這小寇大夫又是何方神聖？柯大夫都醫不好的病，小寇大夫能治好？

就在眾人十分不解的時候，劉地主鬆開了柯大夫的衣袖，急急忙忙地說道：「快請小寇大夫進來！」

柯大夫聽說鎮子上還有別的大夫，自然也不願意走了。

寇彤越過眾人，跟著旺根媳婦一起，來到劉地主家的廳堂上。

劉地主眼睛一瞪。「旺根家的，妳不是帶了小寇大夫來嗎？怎麼不見人呢？」說著還不停地往人群後面張望。

寇彤直接被他忽略掉了。

旺根媳婦將寇彤推到劉地主面前，說道：「老爺，這就是小寇大夫！」

劉地主還沒有說話，柯大夫就哈哈大笑起來，彷彿聽了天大的笑話一般。

劉地主見他笑得放肆，惡狠狠地瞪了他一眼，見柯大夫噤聲了，才對旺根媳婦說道：「旺根家的，妳開什麼玩笑？這丫頭才幾歲，怎麼可能是大夫？太太病得這麼重，妳怎麼不幫忙，反倒添亂？」

旺根媳婦著急地說道：「老爺，太太病重，我比你都著急，怎麼敢添亂？這小寇大夫雖然年紀小，但是醫術了得，我家大丫頭的病就是小寇大夫給治好的！」

劉地主聽了，眼睛一亮，隨即上下打量了寇彤一遍，半信半疑地道：「事到如今，也沒有其他的法子了，且讓她試試吧！」

寇彤聽了，鬆了一口氣，然後跟著旺根媳婦進了東廂房。

劉太太躺在床上，緊緊閉著眼睛。

寇彤看了看劉太太的臉色，帶著不正常的潮紅。

劉太太聽見動靜，睜開了眼睛，十分虛弱地看了看寇彤，一副不解的樣子。

寇彤對她微微一笑，讓她安心。「太太，聽說您病了，我來看看您，順便幫您看看，這病有沒有偏方可以治？」寇彤沒有直接說自己是來幫她看病的。

劉太太幾不可見地點點頭。說來也奇怪，聽了寇彤的聲音，劉太太便覺得十分安心，不像面對柯大夫，有些焦躁。

旺根媳婦見了，心中讚嘆寇彤有法子，又在心裡把柯大夫罵了一通。

寇彤掀開被子，伸手摸了摸劉太太的胳膊，發現劉太太身上有些發熱，而且胳膊上有潮濕的汗。

她站了起來，給劉太太蓋上被子，輕聲說了幾句安慰的話，然後才回到廳堂上。

旺根媳婦見了，只覺得寇彤行事十分成熟，一點也不像十幾歲的小孩子。

劉地主急得團團轉，走廊下站著的人也是翹首以待，柯大夫卻是一副瞧好戲的鄙視模樣。

寇彤一掀簾子出來，劉地主就迎上前。「怎麼樣？」

寇彤看了看劉地主，又看了看門口圍著的人，吸了一口氣才說道：「劉老爺，太太的病，我治不了。」

此言一出，門口的人都嘆了一口氣，十分失望的樣子。

有些人甚至想，自己真是傻了，怎麼會把希望放在一個十幾歲的孩子身上？

動作最明顯的就是柯大夫，他臉上先是鬆了一口氣的樣子，緊跟著便重重地「哼」了一聲來顯示自己的不滿，鄙視的神色更重了。

劉地主卻反問寇彤。「怎麼治不了呢？那怎麼辦？那怎麼辦？」

門口有人安慰劉地主。「劉老爺您別著急，太太好人有好報，蒼天有眼，一定會保佑太太平安無事的！」

「就是啊！劉老爺，您千萬不能急壞了。」

眾人的安慰不過是隔靴搔癢，怎麼能解決劉地主的燃眉之急呢？所以劉老爺反而更著急了，焦慮地在屋內走來走去。

寇彤見劉地主焦急，突然想起了一個人。

她忙說道：「劉老爺，我知道有一個人，應該能治太太的病。」

「什麼？」劉老爺一驚，好像沒有聽清楚。

「我知道有一個人，能治太太的病！」寇彤又重複了一遍。

剛才寇彤說的時候，還帶著幾分不確定，可是再重複一遍的時候，不知怎的，寇彤的直覺告訴她，那個人的醫術一定十分高明！

她這句話，眾人都聽見了。

柯大夫又是重重地一哼。「剛才旺根媳婦也是這麼說的，結果怎麼樣呢？大家不是都看見了嗎？」

劉地主聞言，臉上就顯現出不確定的神色來。

寇彤有些不高興，但是隨即一想，劉太太為人不錯，而且現在患病，是非常時期，管他劉地主高興不高興呢！

「劉老爺，現在太太已經是這樣，不如您讓旺根嬸跟我一起去請，若是能請來，就讓他給太太看看；若是請不來，那就當我沒說吧！」

「什麼？」劉地主跳腳道：「請不來?!怎麼會請不來？我派人去請他也不來？」

寇彤眼睛一轉。「人家是神醫，尋常人家一般都請不來的。」

劉地主一聽，這下真是相信了寇彤的話。

「對，對對，神醫一般架子都比較大！」然後便對旺根媳婦說：「旺根媳婦，快跟小寇大夫去請神醫！」不忘再叮囑道：「小寇大夫，妳可一定要跟神醫好好說話呀，務必要將神醫請到家中來！等太太病好了，我重重地謝妳！」

這個時候寇彤也不說客套話了，點了點頭就跟旺根媳婦出了門。

第七章　神醫下山

順著鎮子中間的大道一路往西，兩個人頂著風雪來到小山坡下，又相互攙扶著上了坡道。

寇彤的到來，讓坡上的兩人十分驚訝，子默嘀咕道：「下著雪，妳還上山，真是陰魂不散！」

老者卻問寇彤是什麼事情。

寇彤將來意說了一遍，然後說希望老者能去鎮子上幫劉太太看病。

老者並沒有問寇彤是怎麼知道他會看病的，而是問道：「劉太太與妳是何關係？」

「劉太太與我並無關係。」寇彤老老實實地答道：「我與娘親租的是劉家的房屋，劉太太宅心仁厚，我們母女拖欠房子租金的時候，並不曾為難我們，所以我十分感激。我來請您，並不為我自己，為著劉地主見太太病了，十分著急，甚至還親自試那些偏方給劉太太治病。至親生病，劉老爺的做法令人動容。人皆有父母妻兒，我母親生病之時，我也是這樣著急，所以見劉地主如此，我也感同身受，便想以一己之力幫助他。而且劉太太是好人，經常幫助鎮子上的窮人，前一段時間還施粥給鎮子上的人，我想著，這樣的好人總要有好報才是，所以想請您下山。」

老者望著寇彤，眼神閃了閃，十分讚賞。「妳小小年紀，便知感激別人，可見妳心地仁厚；能由人度己，由己推人，證明妳能設身處地為他人著想，具備醫者的濟世之德。妳經歷苦難，還能保持仁善之心，十分難得。」說完他長嘆一口氣。「這些並非人人都能做到，實在難能可貴。」

站在他身後的子默聽到這話，身子像被雷擊一樣，定住不動了，只盯著寇彤，若有所思。

老者站起來，從床底下拿出一個陳舊的花梨木手提式醫藥箱，邊擦拭邊說道：「老夥計，你也歇夠了，以後還得你陪著我呀！」那語氣就像對一個多年不見的老朋友，十分感慨。

寇彤卻聽得明白，老者這是準備下山了。寇彤心中一喜，高高興興地施了一禮。「多謝老丈仗義相助！」

老者笑著說：「客套話不用多說了，咱們還是快些走吧！」

寇彤也不說其他的，率先推開門，頂著風雪走在前面。

旺根媳婦緊跟其後。「小寇大夫，那神醫是答應救太太的命了嗎？」

寇彤點點頭。「是呀！」她的話剛落下，就看見子默與老者一起出了門。

旺根媳婦這才相信寇彤說的話，她一隻手撐著油布傘，另一隻手放到嘴邊哈了哈氣道：「真有妳的，小寇大夫！」

寇彤笑而不語。

一行人來到劉地主家，旺根媳婦嗓門大，向來是人未到，聲先至，她剛走到門口就拉高了嗓門。「老爺！老爺，小寇大夫把神醫給請來了！」

寇彤聽了，直想上去捂住她的嘴。她剛才順口說了老者是神醫，不過是權宜之計，自己還沒有來得及跟旺根嬸說清楚情況，也沒有跟老丈說明原因，萬一穿幫了怎麼辦？

可是現在，就算她要解釋也來不及了。

劉地主聽見了，直接從屋子裡面衝了出來。「神醫大人，終於把您給等來了！您可一定要救救我妻子啊！」

圍在門口的人自覺地閃開了一條通道，讓劉地主直接衝到老者面前。

周圍的人都在交頭接耳地竊竊私語，不外乎討論神醫什麼的。

寇彤見了，更加不知所措了。剛才撒的那個謊，不知道老丈會不會怪罪？

就算老丈醫術高明，也不見得就是神醫啊！自己這樣誤導別人，若是那無良的柯大夫，一定會高興地應承了，可是老丈並不是柯大夫那樣的人，恐怕老丈會生氣的……

寇彤心虛，不由得朝老者望去，這一望，倒讓寇彤愣住了。

老丈身上穿著玄色的粗布交衽直裰，腰間繫著同色的腰帶，外面穿著墨色的粗布棉衣，鬚髮皆白，乍一看上去，就是個再普通不過的老者，若不是他身上揹著花梨木的藥箱，別人恐怕只會以為他是個普通的人。

可是，老者眼神清明，精神矍鑠，十分健壯，雖然鬚髮皆白，但也可以稱得上是鶴髮童顏了。

寇彤見過一些或貧窮、或富有的老者，他們大多死氣沈沈，眼神平靜並飽含著歷經世事的滄桑與荒涼。可是老丈與其他人都不大一樣，明明是垂暮之年，老丈卻不是暮靄沈沈的，他的眼中充滿著對別人的悲憫與看透世事的大智慧。

在劉地主一口一個「神醫」的稱呼之下，他沒有任何詫異，彷彿別人稱呼他神醫就是天經地義一般，彷彿這些場景他已經司空見慣一樣。他身邊的子默，也是一副見怪不怪的樣子。

寇彤的心不由得怦怦直跳，她有一個預感，自己歪打正著了，這個老者的的確確是個神醫。

寇彤反應過來的時候，老者已經由劉地主陪著進了內室。

寇彤站在門口，十分想知道結果。

而門口站著的眾人，與寇彤一樣，也都眼巴巴地望著屋內。可惜，一張繡著喜鵲登枝的門簾遮住了眾人的視線。

也不知道結果到底怎麼樣？劉太太的病嚴重嗎？老丈能不能治好？

寇彤想著，又啐了自己一口：老丈醫術高明，什麼樣的病不能治？我真是沒用，只能在這裡胡思亂想……

不知過了多久，只聽見有人說道：「出來了！」

寇彤聞聲抬頭，果然見劉地主笑呵呵地將老丈引到廳堂的官帽椅上坐下，然後十分高興地說：「老神醫，我妻子的病，您當真醫得嗎？」

「自然是的。」老者回答得很是篤定。
「我妻子得的是個什麼病?」劉地主問道。
老者回答道:「不是大病,就是外感傷寒之症。」
寇彤愣住了。
劉地主也愣住了。
外面站著的眾人都愣住了。
這個與柯大夫先前說的一模一樣啊!
那為什麼柯大夫沒有治好劉太太的病呢?莫非是柯大夫用錯了藥?或者是故意不用對的藥,然後想讓劉家花高價來給劉太太醫治?
寇彤覺得柯大夫不是什麼好人,所以便想,柯大夫是極有可能做出這樣的事情的。
寇彤能想到,旁人自然也能想到。
大家不由自主地望向柯大夫,柯大夫的臉上露出了慌張的神色。
劉地主忙問道:「柯大夫也是這樣說的,為什麼卻治不好呢?」說著,他揚聲喊道:「旺根媳婦,趕快把太太剩下的藥拿來給老神醫看看!」
旺根媳婦三步併作兩步地跑了出去,不多時又像一陣風似的端著藥罐子跑了進來,把藥罐子放到老者面前的茶几上。
劉地主忙道:「老神醫,您給瞧瞧,是不是藥有什麼問題?若真是藥有問題……哼!」
劉地主惡狠狠地拉長了聲音,又意味深長地剜了柯大夫一眼,那涵義不言而喻。

柯大夫見了，不由得往後退了幾步。

老者拿起藥罐子，寇彤忙站到老者身後，也伸長了脖子想看看裡面有什麼藥材。

老者見寇彤如此，便笑咪咪地說道：「丫頭，妳幫老夫看看，這裡面有什麼藥材？」

寇彤看了老者一眼，看到他眼中的鼓勵與信任，便拿起藥罐子嗅了嗅，她邊聞邊辨認道：「有大黃……嗯……厚朴、枳實，嗯……好像還有點芒硝。」

然後她放下藥罐子，看著老者說道：「不知道我說的對不對？」

「妳說的非常對！」老者十分滿意地點點頭，讚賞道：「那妳知不知道這些藥材的用量？」老者希冀地問著。

寇彤低頭想了想，努力回憶剛才聞到的味道，然後搖了搖頭。「我實不知。」

「不知？」老者眼中不見失望，反倒是十分疑惑。「這大承氣湯專治外感傷寒，難道妳從未聽說過？」

大承氣湯？是這些藥方子的名稱嗎？寇彤再次搖頭。

老者若有所思地點點頭，沒有再說什麼話。

寇彤心中卻有些懊惱了，她看得出來，老者十分喜歡她，甚至可以說是欣賞她，剛才問她的問題，有一些考校的意味在裡面。寇彤多麼希望自己的回答能讓老者滿意啊！她甚至隱隱希望能得到老者的賞識，然後由他指點一二，總好過自己這樣瞎子過河（注）。

「這方子沒有問題。」老者的聲音十分平穩與篤定。

這話一出，柯大夫明顯鬆了一口氣。

同時，眾人卻十分不解，那怎麼會治不好劉太太的病？

劉地主也問出了這句話。

老者卻示意劉地主附耳過來，跟他說了一句話。

劉地主先是一愣，然後進了內室。

過一會兒，劉地主出來了，他對著老者點點頭道：「老神醫所說的一點兒都沒錯！那這病，已經有定論了嗎？」

老者點點頭。

劉地主大喜。「快，筆墨伺候！」

老者不做推辭，也不避人，提筆就在紙上寫藥方。

寇彤瞪大了眼睛看著老者落筆，劉地主、柯大夫、門口站著的眾人，也像寇彤一樣，都伸長了脖子。

只見老者在紙上寫下了五個字——

威靈仙三錢

這是很普通的一味藥，看到這三個字，寇彤的腦海中自然而然地就想到威靈仙的藥性。有些東西一旦形成了習慣還真是可怕，當然，這個習慣對寇彤來說，應該是利大於弊的。

有利之處，便是她熟悉了這些草藥的藥性、藥理，這對於做大夫的，會產生事半功倍的效果。很多大夫要用過許多方子、治過許多病，才能準確地記住某味藥的藥性，而寇彤現在

注：瞎子過河，歇後語，摸不著邊，心裡沒底。

就知道了，並且還十分清晰。

至於它的弊端，便是寇彤每每想起這些草藥，就會不由自主地想到她當初努力背藥性，就是為了討好鄭世修，但是鄭世修最後卻娶了對醫藥一無所知的寇妍。

真是諷刺！

鄭平薇那句話還真說對了。

我寇彤苦讀藥書，鄭世修還不是娶了我堂姊寇妍？我以為他對我的冷淡是因為他醉心於醫術，所以才千方百計學習辨識草藥來討得他的歡心……我真是傻，以為自己能認識那些草藥，他就會喜歡上我，我真是傻透了！

寇妍對醫術絲毫不通，對藥材一丁點也不知道，他還不是娶了她？

他不喜歡我，自始至終都沒有喜歡過我，所以連體面都不留給我。我被休為妾，可不是正好給寇妍挪位置了嗎？寇彤突然間恍然大悟。自始至終，他對我都是毫無情義的！那我又何必想著一個對我無情無義的人？

寇彤，忘掉鄭世修吧！忘掉鄭家，忘掉鄭平薇，那只是個夢，現在夢醒了，沒有鄭家，也沒有鄭世修。妳今世要做的，是學好醫術，保護好母親，為父親正名！這才是妳該去想的，這才是妳該去做的。

寇彤閉上眼睛，深深吸了一口氣，將思緒集中到老者的筆端上。

威靈仙，又名青龍鬚、老虎鬚、鐵掃帚，白花綠葉褐色根莖，氣微，味微苦，其根及莖入藥具有祛風濕、通經絡、消骨梗之功效，入膀胱，兼入腸、胃經。

寇彤在想，不知道老者接下來要開什麼藥？

可是，老者卻停住了。

眾人不解。

劉地主卻突然想起來了，說道：「請移至客房寫方子！」

眾人聞言，恍然大悟。

這個時代，很多人有了藥方都會藏起來，不肯輕易示人，就怕別人拿到了方子後，搶走了自己的飯碗。有很多人靠藥方子傳家，在小地方，甚至只要幾個靈驗的藥方，就能支撐起一個大夫的名望了。

老者是不想自己的藥方子外傳，所以才停筆不寫了啊！

柯大夫卻恨得咬牙切齒。哪裡來的老騙子，居然跟這個黃毛丫頭一起說出了我大承氣湯的方子及成分！本來想看看他要開什麼方子的，沒想到他居然不寫了！非人哉！簡直非人哉！呸！柯大夫在心中啐了一口。什麼東西！自己的方子不公布，卻來公布我的方子，真不是人！

眾人也十分失望，本來還想著從神醫這裡弄個傳家的方子，以後要是有人得了類似的病症，也可以照著方子抓藥，沒想到……唉，這些大夫都是如此，方子捂得比什麼都緊，就連神醫也不例外。

或許，根本就不是神醫，不過是來招搖撞騙的罷了！眾人暗自揣測著。

老者卻笑著對劉地主說：「不必麻煩，方子已經開好。」

什麼?!方子已經開好?這……怎麼可能?眾人都大眼瞪小眼,你望望我、我望望你。寇彤也愣住了。

劉地主瞅著紙上的五個字看了半天,才遲疑地問道:「老神醫,你沒有開錯吧?你確定就只有這一味藥?」

「是的。」老者點點頭,成竹在胸地說道:「取威靈仙三錢,研磨成粉,熱水沖服即可。此一味藥下去,不出半個時辰就有藥效,不出一個時辰,發熱就能退下去。」

這麼重的病,就用這一味藥?這不是天方夜譚嗎?

劉地主看了看老者篤定的臉,咬了咬牙,對站在一邊兀自發愣的旺根道:「愣著做什麼?快去買藥!」

「是!」旺根一陣風般地衝了出去。

很快地,旺根買了威靈仙回來,旺根媳婦負責研磨,伺候劉太太沖服。

眾人翹首以待,在劉地主家門口坐了下來。

過了好大一會兒,旺根媳婦在裡面喊了一句。「快拿恭桶來!」

有小丫鬟立即送了恭桶進去,過沒多久,簾子一掀,旺根媳婦拎了恭桶出來,同時伴著一股異樣的味道。

眾人紛紛捂住了鼻子。

劉地主卻樂了。「老神醫說的果然不錯,還不到半個時辰,就有效果了!太太已經好幾天沒有出恭了!」

柯大夫卻嗤之以鼻。「若早說要出恭，不用威靈仙，巴豆也行，何必他來？我就可以！」

劉地主聽了自然不高興，反唇相稽。「你懂個屁！你那點雕蟲小技，也想跟老神醫比？簡直笑死人了！」

老者卻道：「無妨，我們不妨再等半個時辰，自然會有定論。」

眾人見老者說得這麼篤定，心中已經信了七、八分了。

時間很快地過去了。

這時，一個小丫鬟高興地跑出來喊。「老爺，太太身上的熱退了！」

「真的?!」劉地主既驚且喜，從椅子上彈起來就往室內鑽。「真的嗎？我去瞧瞧！」

旺根媳婦也跟著劉地主一起進了內室。

片刻之後，劉地主從室內出來，激動萬分地抓著老者的手。「老神醫，真是謝謝您！若不是您，太太指不定要受什麼樣的罪呢！您……您真是我的恩人！」說著就吩咐道：「快給老神醫拿上兩疋松江綾布，再取二十兩紋銀來！」

嘶！劉地主這話一出，眾人不由得倒吸了一口冷氣。

兩疋上好的布也就算了，沒想到還有二十兩紋銀？是紋銀哪，不是銅板！一兩紋銀就是一千個銅板，就是兩吊錢，二十兩紋銀那該是多少錢哪？

劉地主的大手筆，讓眾人羨慕不已。

柯大夫也是其中一個，只是其他人是羨慕，而柯大夫卻是記恨。

同樣是大夫，同樣為劉太太治病，我治了這麼多天，才一兩銀子不到，還丟了我的名聲！而這個不知是從何處跑來的騙子，不過只開了一味藥就賺了二十兩紋銀，心太黑了吧？

柯大夫眼紅地看著老者毫不推辭地將二十兩銀子納入懷中，心中好似在滴血。

那本來是我的錢啊，怎麼就被他拿去了？我開的可是大承氣湯，這個方子百試百靈，怎麼今天就沒有用了呢？

他心中懊悔不已。

……不對！大承氣湯一定有用，只是時候沒到，這個騙子開的威靈仙不過是掩人耳目罷了，起作用的還是我的大承氣湯！我才是真正出了力的那一個人呀，憑什麼讓他坐享其成？我要揭穿他的真面目！

柯大夫看著老者名利雙收，心中記恨，便不由自主地走上前去，想拆穿老者的真面目。但是，他走上前幾步就停下了。他聽見了眾人在誇讚老者，而且，別人在誇老者的同時，還不忘貶低他一下，說他怎麼怎麼缺德、怎麼怎麼不好。

原本自信滿滿的他，突然就不敢說話了，他怕這個時候引起眾憤，因為從眾人的口中，他可以聽得出來大家對他的排斥，甚至是怨恨。

柯大夫看著在眾人的恭維聲中走出去的老者，怎麼也壓抑不住內心的怨氣，但是他只能眼睜睜地看著、聽著老者接受別人一聲聲「神醫」的誇獎。看了半天，都沒有人理會他，柯大夫只好灰溜溜地走了。

第八章　神醫授課

寇彤跟著老者還有子默三個人出了劉地主的家，往回走。

外面的雪已經停了，南方的雪存不住，落到地上就變成了水，若不是樹枝上零星掛著些瓊玉，寇彤幾乎忘記了剛才下過雪。

剛才到底是怎麼回事呢？為什麼威靈仙有那麼大的功效？寇彤一直在想這個問題。子默與老者沒有說話，都顯得有些心事重重。

一行人沈默地回到了小山坡的茅屋裡。

寇彤揉了揉凍得發僵的臉，想要開口問老者剛才是怎麼回事？卻又怕涉及到病理，老者不會外傳。她還不想回家，一時間倒不知道怎麼是好了。

老者看著她糾結的樣子，微微一笑，問道：「丫頭，妳實話告訴我，妳怎麼就那麼篤定我會醫術呢？」

老者乍一說話，寇彤本來分散的心神突然一凝，她慢騰騰地說道：「我看您地裡面種的全部都是藥材，所以猜測您應該是大夫。」

「嗯。」老者點點頭。「今天這劉太太病得不輕，那個柯大夫都束手無策，妳怎麼就篤定我一定能治劉太太的病呢？」

這個是直覺。寇彤想這麼回答，但是話到嘴邊就變成了——

「我看您手姿卓絕，飄飄欲仙，仙風道骨，頗有仙人之相，便猜測您一定不同凡響，醫術高明。」她笑嘻嘻地說道：「果然，真被我猜對了！您有如華佗再世、扁鵲重生，妙手回春，出手不凡啊！」這馬屁拍得呱呱叫。

子默瞪大了眼睛，不敢置信寇彤居然會說出這樣的話！

老者聽罷哈哈大笑，好像寇彤說的十分可笑。

在他的笑聲裡，寇彤不禁覺得兩頰發燙，有些訕訕的。

「哈哈哈……」老者笑著說道：「還是丫頭妳有眼光，一下子就猜了個準！」

「不是我有眼光，您的確是手有神通，與眾不同，不信您問子默。」

寇彤朝子默揚了揚下巴，示意他說話。

子默憋紅了臉，半天也沒有擠出一個字。

老者開懷一笑。「好了，妳別跟我繞彎子了。說吧，妳到現在還不回家，留在這裡到底想問我什麼？」老者說著，就往後一仰，躺在藤椅上。

聽了老者的話，寇彤摸了摸鼻子。心中的小心思被人看穿，她有些不好意思，可是就這麼轉身離開，又實在不甘心……她抬頭看了看子默，發現他正眼觀鼻、鼻觀心地站著，根本不看自己。

算了，還是回家吧！這樣子窺探別人的醫術，實在不是她寇彤的作風。她打定了主意，就想跟老者告辭，可是不知為什麼，她看著老者慈眉善目的樣子與笑咪咪的臉，突然間覺得老者並不厭惡她，而且還十分喜歡她。

她咬咬牙、跺跺腳，還是說出了心中的話。「老丈，您那威靈仙為何有如此大的功效？那威靈仙具有治療風濕、通經絡、消骨梗之藥效，入膀胱經，兼入腸、胃經，跟劉太太所患的傷寒病沒有一丁點的關係，怎麼就能治好傷寒病呢？」

老丈點點頭。「丫頭，妳對於草藥的醫理十分精通嘛！」

寇彤卻說道：「無用，只精通草藥無用。我想知道為什麼要用威靈仙？請老丈教我。」說著，就插蔥一樣深深地拜了下去。

寇彤鄭重的樣子，老者好像十分滿意，他說道：「妳倒是個知禮的。」

他說這話的時候，子默的眼皮明顯抖了幾下。

「丫頭，妳知道威靈仙的藥理，也知道劉太太患的是什麼病，根據病的症候來看的話，那柯大夫的藥也是對症的。既然知道病理，藥也對症，那為什麼不見效果呢？妳有沒有想過？」

是啊！老丈說的沒錯，明明是對症下藥，為什麼久久不見效果，而老丈的一劑威靈仙下去，就藥到病除了？

「老丈，請您教我！」寇彤又說了一次，眼中掩飾不住的是求知的慾望。她想知道原因，她想知道答案！就在這一刻，她心中所想所念，再無其他。

老者見寇彤眼神之中全是認真，也愣了一愣。他有多久沒有見到過對醫理這樣渴求的人了？是十年前？二十年前？抑或是更久？久到他自己都不記得了。

老者被寇彤的認真所打動，也收起了笑意，鄭重地說道：「在杏林界，很多人都喜歡收集醫藥聖手的方子，原因無他，有了藥方子，就可以根據病症直接下藥，往往會起到一針見血、藥到病除的奇效。知道病症，對症下藥，本是不錯，但是，就是因為如此，很多大夫都忘記了行醫問藥本來應該講究的是望、聞、問、切，再加上詢問患者、家屬，充分瞭解病理，這樣才能結合前因後果，真正做到對症下藥。

「這是因為，除了現有的病症，可能還會有其他的病症牽連，所謂牽一髮而動全身就是如此，切不可頭痛醫頭，腳痛醫腳。若只是知道照方子抓藥，不考慮實際情況的話，便是再厲害的方子也無效。」

寇彤聽了，心中十分激動，沒想到老者講得如此細微，這分明就是諄諄教導了！

她連忙說道：「那柯大夫就是犯了這樣的錯誤，所以他用大承氣湯治療傷寒病其實是沒有問題的，但是沒有考慮其他的因素，才導致一直遲遲不見效，對嗎？」

「是的。」寇彤的反應讓老者很滿意。「妳好好回想一下，我那劑威靈仙下去之後，那劉太太後來怎麼樣了？」

「唔……」寇彤低頭想了一會兒，威靈仙服下去之後……她突然想起來了！「劉太太出了一回恭！」寇彤又問道：「可是，這跟傷寒病有什麼關係呢？」

「我給劉太太號了一會兒脈，發現劉太太的外感傷寒病因為之前治療不當，外邪化熱，與腸中乾燥的糞便結合在一起，不能排泄，造成陽明腑實之症，所以糞便不能通下，發熱、四肢汗出。」

「嗯！」寇彤點點頭，想起了她去看劉太太的時候，的確發現劉太太身上有汗。

老者繼續說道：「陽明腑實之症，需要瀉下才能排出體內的邪熱。用大承氣湯中的大黃、厚朴、芒硝來瀉下是沒有問題的，但是柯大夫只知道照著方子開藥，沒有詢問病人的情況。因為天氣冷，劉太太受了寒，導致經絡不通，氣機不能運化，所以雖喝了大承氣湯，卻因為經絡阻滯，被鬱滯於腹中，不能發揮藥效。」

寇彤眼睛一亮。「所以，您就開了威靈仙給劉太太通經絡，經絡一通，大承氣湯的效果自然就到了，而劉太太一排泄，體內的邪熱就隨著穢物一起排出去了！」

寇彤的回答，讓老者微笑頷首。

「居然是這樣！」寇彤激動地在屋子裡面走來走去。「竟然是這樣……」老丈真的很厲害，寇彤的心怦怦直跳。

她不禁想到，若是自己能像老丈這樣厲害……不，只要自己能有老丈的一半，一半就足夠了！老丈輕輕一點撥，不過是幾句話，就讓自己恍然大悟，見識了一片新天地，這是自己讀一輩子醫書也學不到的！

我……我遇到貴人了，我寇彤遇到貴人了！她壓抑不住內心的激動。老丈就是我的貴人，我要留在老丈身邊，哪怕是做牛做馬，只求老丈能點撥一二！

寇彤下定了決心，便覺得以後無論如何都要跟老丈常來常往，一定要跟老丈打好關係！憑著老丈現在對自己的喜愛，她再努力努力，一定不能讓老丈厭煩了自己，這樣，老丈隨便露一點，也夠她寇彤受用一輩子的了。

她這樣想著，不由得走到老者面前，豎起大拇指。「老丈，您好厲害啊！您當真不愧為神醫，您的醫術當真是非常高明。我果然沒有說錯，您就是華佗再世、扁鵲重生！您今天當真讓我大開眼界，我對您萬分拜服。這樣的醫術，別說是范水鎮，便是整個南直隸，甚至全大晉朝，也再難找出第二個了！」

老者看著寇彤的臉蛋因為激動而變得紅撲撲的，看著她為了討好自己而說著溜鬚拍馬的話，不由得樂了。

他重新躺回到藤椅上，不經意地問道：「妳說的沒錯，我的醫術整個大晉朝的確找不出第二個了。那，丫頭，妳想學嗎？」那模樣就像在問寇彤「妳要不要吃飯？」、「要不要休息？」一樣的輕描淡寫，像是再尋常不過的一件小事。

可是，寇彤卻愣住了。

妳想學嗎？

這四個字從老者口中吐出來後，就在寇彤的腦海之中形成山呼海嘯之勢，寇彤已經不能思考了，她也忘記了思考了！

就像一個衣衫襤褸的乞丐，一個窮得連飯都吃不上、無處容身的人，你突然間給了他一座宮殿，還告訴他：宮殿是你的！宮殿裡面的成群奴僕任你驅使，廚房裡面的山珍海味任你吞食，宮殿裡風流婉轉的宮娥任你為所欲為！穿不完的綾羅綢緞、用不完的金銀珠寶，全部都是你的！

妳想學嗎？老者這四個字，給寇彤帶來的震撼不亞於此。

她想學！她一千個、一萬個想學！

她的頭腦還沒有反應過來，人已從善如流地跪伏下去，口中的話也十分順溜地說了出來。「師父在上，請受徒兒一拜！」說著便恭恭敬敬地磕了一個響頭。

「嗯，果然十分乖覺！」老者鄭重地坐起身，說道：「但是，這拜師還為之過早。」

「莫非老丈門下不收女弟子？」寇彤問得十分焦急。

「不是，我這一輩之中便有一個師妹。現在妳不能拜師，是因為我們這一派，在入門之前先要經過一段時間的學習，學習通過之後方能正式拜師學藝。沒有通過考試，還不算我門中子弟。因此，妳接下來的時間，要跟著我學習，我隨時都有可能對妳進行考核，考核通過，便可真正成為我門下徒弟。」

「是！我知道了！」寇彤說道：「老丈，我一定努力跟您學習，爭取早一日通過考核，成為您門下的弟子！」

「起來吧！」老者點點頭。「妳盡力就好，也不必操之過急。」

寇彤站了起來，感覺到子默盯著自己看，她心情大好，十分開心，便咧開嘴對子默笑了笑，但是子默卻面色不豫地將臉轉向一邊。

寇彤也不以為意，畢竟今天發生的一切太出乎她的意料了，並且一切都朝著好的方向發展。劉太太的病治好了，老丈願意教她醫術，雖然現在還不是正式的弟子，但是寇彤相信，自己絕對可以通過老者的考核的！

寇彤懷著激動的心情，一腳深、一腳淺地下了小山坡。

回到家中，寇彤把今天的事情仔細跟蘇氏說了一遍，然後又告訴蘇氏，因為自己推薦老者給劉太太看病，所以老者給了寇彤一筆報酬。

說著，她從懷中拿出兩錠一兩的銀子，交給蘇氏。

其實這筆錢是寇彤早就準備好的，一直沒有合適的時機拿出來，現在藉著這個機會，寇彤覺得再合適不過了。

蘇氏接了銀子，一點都沒有懷疑，只是嗔怪道：「妳只是去告訴了人家一聲，本沒有出太多的力氣，怎麼能收人家這麼多錢？以後萬萬不可如此！」

「母親，妳放心，君子愛財，取之有道，我不會亂收別人的錢。這筆錢非偷、非搶，我也沒有做什麼傷天害理的事情，更何況，咱們現在真的很缺錢，所以我就拿了。母親，妳不會怪我的，對不對？」寇彤的眼中，有著隱隱的緊張。

這些日子以來，她心中其實是有些負擔的，雖然她知道這筆錢是無主的，不知道是誰哪年、哪月留在破廟裡的，但是她依然覺得自己這樣做是不對的。

所以，她想從蘇氏口中得到肯定：她沒有做錯。

蘇氏看見寇彤緊張的眼神，心中一個咯噔，又是酸澀又是自責。自己這是怎麼了？為著這麼一點小事，竟把女兒嚇成這個樣子！彤娘會如此，還不是因為自己沒有用？若是自己有能耐，怎麼會讓女兒小小年紀就為吃穿用度操心？

她心中十分難過，若是夫君還在，女兒現在就是大家的小姐，怎麼會過這樣的苦日子？可是，她也知道，她的夫君永遠都不會回來了。

她紅著眼圈，握了握寇彤的手，聲音有些哽咽。「彤娘沒有做錯，彤娘沒有做出傷害任何人的事，自然是對的。現在咱們的確很缺錢，是母親沒用，讓彤娘受委屈了。若是妳父親還在，哪裡需要妳操這些心？都是母親沒有用……」

「母親，彤娘不覺得委屈。能跟母親在一起，彤娘覺得很滿足！」寇彤反握了蘇氏的手說道。突然，她跳起來說道：「對了！母親，我有一件很重要的事情要告訴妳！」

「什麼事？」蘇氏見寇彤情緒很高，便也打起精神問道。

「老丈見我聰明，所以決定讓我跟著他學習醫術，等過一段時間就會考核我，若是我通過考核，老丈就會正式收我為徒弟，到時候，我就是神醫的弟子了！有朝一日，我的醫術一定會像父親那樣厲害的！母親，妳說這是不是一件大喜事？」雖然已經過去一會兒了，但是現在說出來，寇彤依然覺得十分激動。

「真的嗎？」蘇氏也非常驚喜。「那可真是太好了！我今天聽他們說老神醫的醫術十分高明，若是妳能在他門下學習，醫術一定會突飛猛進的。這真是蒼天有眼，妳父親得知，也一定會很高興的。」她高興地走來走去，不知道該怎麼辦才好。「我要去告訴妳父親！」說著，就朝屋內走去。

寇彤一把拉住她，撒嬌道：「母親，我餓了。我從早上出去到現在，一直都沒有吃飯呢！」

蘇氏笑呵呵地說道：「瞧我，一高興就什麼都忘了。飯菜都是現成的，母親馬上給妳熱熱。還有，妳能跟老神醫學醫術是件大喜事，得慶祝慶祝，我下午到鎮子上買點肉，晚上煮餃子給妳吃。」

寇彤聽了，不由得嚥了嚥口水，她已經好一陣子都沒有吃到肉了。

「太好了！母親最好了！」她歡呼地抱著蘇氏，快活得像個小孩子。

蘇氏笑道：「我先幫妳熱飯去，看妳，口水都要淌出來了。」

下午，母女倆高高興興地剁了肉餡、擀餃皮、包餃子，晚上寇彤便吃了個肚兒圓。

她躺在床上，回想今天一天發生的事情，仍是激動不已。本來以為自己會激動得睡不著覺，但是由於她今天太累了，還是很快就進入了夢鄉。

這一晚，是寇彤重生以來，睡得最香的一次。

第九章　開始學習

第二天是個大晴天，蘇氏起了個大早，準備好早飯後，就喊寇彤起床。

寇彤被蘇氏叫醒之後，邊穿衣服邊問道：「母親，今天怎麼這樣早？」

「妳今天第一天跟著老丈學醫術，自然要早起。妳忘了嗎？從六歲開始妳就跟著先生讀書識字了，若不是……恐怕妳現在差不多就該停止課業，然後開始學著管家了。」說到這裡，蘇氏一頓，然後又笑著說道：「所以，學醫跟做學問一樣，都要早起。今天是第一天，自然更要重視。雖然還沒有正式拜師，但是老丈既然教妳醫術，那就是妳的師父，一日為師，終身為父，侍奉師父要像對待父親一樣恭謹。我早早就做好了飯，妳快起來，吃過飯就可以出發了。第一天是個開頭，一定要好好表現，不能給妳父親丟臉才是。」

等寇彤穿好衣服之後，蘇氏像往常一樣給寇彤梳頭，只是今天梳的頭髮特別乾淨利索，頭頂上梳了一個小小的辮子綰成的髮髻，後面的頭髮都攏到一起，紮成一根辮子，非常清爽簡單。

寇彤的長相隨了寇家人，額頭飽滿，濃眉大眼，往日不覺得，今天這樣將所有的頭髮都梳攏到一起，倒有了幾分驚豔的感覺。

蘇氏十分滿意。「真漂亮，我們彤娘也是個大姑娘了！」

寇彤自然知道自己長相不俗，寇家的姑娘裡面，就數她跟堂姊寇妍長得最好看。

鄭世修曾經跟她說過，寇家的人很會取名字，每個姑娘的名字都十分貼切。

寇彤明豔端莊，正應了她的名字——彤，燦若紅霞。

而她的堂姊寇妍，長相也繼承了寇家人濃眉大眼的模樣，卻是削肩窄腰，嬌小玲瓏，名字也十分相映——妍，巧慧嬌柔。

蘇氏祖籍北方，個子高䠷健壯，寇彤繼承了蘇氏的身材，寇家的姑娘裡面，她高高的個子，永遠都是最先被人看到的那一個。

可是，別人的眼光只會從她身上滑過去，然後自然而然地望向寇家四房裡最受寵的嫡女，她的堂姊寇妍。

她那時剛嫁過去，因為鄭世修太過關注堂姊，她心中不悅，說了幾句刺耳的話，結果鄭世修當場便拂袖而去，整整一個月都不願意搭理她。直到堂姊嫁了人，她心中的石頭才放了下來。可是，就算寇妍嫁了人，鄭世修還是願意為她守身如玉，他寧願無休無止地等待，也不願意接受自己的小意溫存……

寇彤又覺得自己的呼吸有些急促了，她忙穩住心神，告誡自己，今生再不可與鄭世修有任何交集。

罷！罷！罷！

既然如此不堪，休要再想，休要再提。

寇彤將注意力轉到蘇氏身上。「那也是母親的功勞，都說女兒肖母，沒有漂亮的母親，哪有漂亮的我呢？」

「小貧嘴！」蘇氏刮了一下寇彤的鼻子。「快些用早飯，晚了就不好了。」

蘇氏的愉悅感染了寇彤，看著母親微笑的臉龐，寇彤突然覺得，母親好像比前一段時間快活了很多，笑容也多了許多。

用過早飯後，寇彤穿上外衣，跟蘇氏告別，推開了家門。

好個晴天！昨日還下著雪，今天卻是這麼晴朗的天氣。

老人常說，雨後初晴出去辦事，會無往不利。這是不是也意味著，從今以後自己的生活會像今天的天氣一樣，明媚晴朗呢？

她心情十分好，一路上看到什麼都覺得跟之前不一樣了。她路上也不停歇，一口氣來到鎮子西頭的小緩坡，到坡上的時候，老者跟子默正在用早飯。

見她來了，老者放下碗筷。「呵呵，ㄚ頭，妳來得很早嘛！」

「是家母起得早，早早地喊了我起床。」寇彤回答得很老實。

不知道為什麼，老者問寇彤問題，寇彤總是會誠誠實實地回答，從來不拐彎抹角。也許就是這樣的誠懇打動了老者吧。

「這麼說，妳母親支持妳學醫？」

「是的。」寇彤沈吟了一下，說道：「先父在世時就是大夫。」

老者點點頭。「怪不得妳對醫藥頗有天分，原來是家學使然。從今以後，妳要跟著我學習了，不可以怕苦、怕累。妳若覺得受不了，可以直接跟我說，我斷不會勉強妳。強扭的瓜不甜，勉強而為之，於妳、於我都不是幸事。」

「是，多謝老丈教誨，我一定銘記於心！」

「不要叫我老丈，我姓安，妳跟著子默，先叫我師父吧。」

「是，師父！」寇彤表現得十分乖巧。

「好了，我看妳對草藥頗為熟練，直接就可以開始了。妳跟著子默兩個人一起，先辨識草藥，等瞭解之後，把眼睛閉上，透過氣味來分辨是何種草藥。妳跟著子默一起，兩個人互相問答。」

「是！」

整整一天，寇彤都在辨藥、認藥。

在這個過程之中，寇彤驚訝於子默的聰慧，寇彤認得那些草藥是因為有前世的基礎，而子默居然也能辨認得絲毫不差，所以寇彤更用心了。

而這樣枯燥的訓練，對於子默而言，卻有些無聊難耐。

晚上回家的時候，老者告訴寇彤，等過了年開春的時候，他就要上門出診，到時候就帶著子默與寇彤一起，甚至會讓她動手給人診斷。

寇彤聽了十分高興，她終於有機會可以幫人看病了！

在接下來的一個月，寇彤一直跟在師父身邊學習，上午辨藥，下午師父會跟他們講解醫理，第二天師父則會考校他們昨天所學的內容。

寇彤發現，在這方面子默做得非常好，他的記憶力簡直是驚人。

為了彌補自己的不足，晚上回到家中，寇彤會將今天所看所學在腦海之中回想一遍，再列出一個大綱，最後再將一些細枝末節填寫進去，札記做得十分仔細。

到了早上，去小緩坡之前，寇彤會將筆記拿出來重新溫習一遍，這樣一來，昨天所學的東西，她基本上就能完全消化了。

只是這樣一來，寇彤每天晚上都要點著油燈，做很久的札記，到了早晨又要比原來早起半個時辰。

蘇氏見寇彤原本就瘦弱的身子更瘦了，十分心疼，就勸她不要那麼用功。

寇彤卻道：「母親，我想跟著師父學醫術，我想成為師父真正的弟子。這些辛苦算什麼？我覺得甘之如飴！」

蘇氏聽寇彤如此說，便不再說什麼了。只每天晚上給寇彤熬上一小碗粥，幫寇彤補身子。雖然不是什麼好東西，但是聊勝於無吧，至少寇彤不用餓肚子睡覺了。

時間過得非常快，轉眼間就過了二月，風吹到臉上不是那麼冷了，太陽曬著人也暖洋洋的。

這兩個月來，寇彤對於草藥的認知出現了突飛猛進的變化。

經過這一段時間的學習，寇彤再來翻醫書，發現有一些已經能看懂了。有些不明白的，她就記錄下來，等第二天再去問師父。前幾天她剛剛問了師父一個問題，經過師父的指點，她回來再看，就有一種雲開月明，恍然大悟的感覺。

這一天天氣非常好，晴空萬里，碧空如洗。和煦的陽光照在身上暖融融的，非常舒服。陽光給鎮子的房舍鍍上了一層溫暖的顏色，街頭巷尾的小樹冒出嫩綠的枝葉，牆角的小草也在春風裡搖曳生姿。

幾隻小燕子在天空飛來飛去，忙著築巢。

小緩坡上的杏樹林、桃樹林花兒開得正熱鬧，有的紅、有的粉。除了花朵，還有綠油油的青草織就的茵毯，配著鮮豔的鮮花，看上去就好像是碧綠的湖水上飄著許多彩色的雲，十分美麗。

寇彤不由得想到，在她的記憶裡面，從來沒有這麼一片美麗的地方，可見自己前一世活得有多麼的單調。

這一世，終究是不一樣了，醫術已經為她打開了一片新的天地。

寇彤滿滿地吸了一口清晨清新的空氣，精神抖擻地繼續往那一片織錦一樣的小緩坡走去。

她剛到緩坡下面，就迎上了師父、子默，還有一個神色憂慮焦急的婦人。

「師父，這是要出診？」寇彤見師父揹著他的花梨木藥箱，忍著內心的激動問道。

「是的。」老者指著那婦人說道：「這是張秀才家的娘子，她家中有病人需要醫治。本來想著到妳家喊妳的，沒想到妳就過來了。丫頭，妳就跟我們一起去吧！」

「是！」寇彤說著，忙上前一步，欲接過老者肩膀上的醫藥箱。「師父，我來吧！」

老者笑咪咪地往前走，拒絕道：「妳年紀小，身子弱，而且還在長個子，重物壓著妳，妳會長不高的。」

「不會的，我會長高的，而且師父的藥箱也不重，我揹得動。以後我是要當大夫的，是要獨自出診的，到時候還不是要揹藥箱？現在替師父揹，就當是提前練習了！」

老者十分欣慰。「好、好，那就讓妳來揹。」

寇彤接過師父肩膀上的藥箱，揹在身上，然後跟在師父與婦人後面往前走。

她十分高興，因為她發現不管她要做什麼，只要說「以後要給人看病」、「以後要出診」之類的話，師父就不會拒絕她。師父當真是個好師父，也是個好大夫，自己要跟師父學的東西不僅有醫術，還有醫德。

她正美滋滋地想著時，耳邊卻傳來子默譏諷的聲音──

「馬屁精！」

寇彤朝子默望去，只見他一臉不屑地覷著寇彤。寇彤想起了上一次給劉太太看病的時候，子默也說要幫師父揹藥箱，卻被師父拒絕的事情。

她瞬間就明白了子默為什麼要這麼說，她笑了笑，立馬反唇相稽。「就怕有人想拍還拍不到呢！」

「妳說什麼？」子默橫眉怒目。

寇彤卻不怕他，無視他的怒意。「吃不到葡萄便說葡萄酸！」

「妳──」

「你們在說什麼？」老者問道。

寇彤搶先道：「子默說他也想揹這藥箱。」

「嗯。」老者點點頭道：「那就讓他揹一會兒吧！你們兩個輪流著揹，便不會太累。」

「是！」寇彤回答得興高采烈。她挑釁地朝子默看了一眼，笑得得意洋洋。「子默，換你揹了！」

子默瞥了寇彤一眼，不甘願地接過藥箱，臉黑得像塊炭。

寇彤卻微微一笑。誰叫你總是欺負我，告訴你，我可不是好欺負的！

第十章　小試牛刀

一行人跟著秀才娘子到了鎮子南頭一個面南背北的院子前，只見院子門頭上寫著「向陽書院」四個大字。剛剛在門口站定，就聽到裡面有孩童郎朗的讀書聲傳來。

來請老者出診的，是張秀才的娘子，生病的人是張秀才的兒子張小郎。

秀才娘子引著寇彤一行人進入院子，這是一明兩暗品字形的瓦房，左右兩邊各是兩間廂房，左邊的兩間廂房被打通了，改成教室。

寇彤跟著老者進了屋子，一踏進房門，就讓人感覺到特別不適，而且光線很暗。已經進入春天了，可這間屋子的窗簾、門簾還是冬天那種有夾棉的厚厚樣式，不僅如此，寇彤還聞到一股濃烈的藥味。

「這裡太暗了。」老者說道。

秀才娘子忙說道：「張聯這孩子受了點風寒，不敢見風，所以沒有辦法掀簾子。您先坐，我這就點燈。」

「不用了。」老者阻止她。「將門簾、窗戶都打開吧！」

「這……」秀才娘子有些遲疑。「這恐怕於張聯的身子不利……」

「妳愣著做什麼？」張秀才不知道何時進來的，對於妻子的遲疑，他十分不滿。「邇聰已經病成這個樣子了，妳還顧忌什麼？聽柯大夫的話捂了這麼久，也沒見好轉，好不容易請來了神醫，妳就該聽神醫的！」

張秀才的兒子張小郎名張聯，字邇聰。

寇彤暗暗點頭，這個張秀才讀了些書，果然跟那些人不一樣，院落收拾得很是雅致，給張小郎取的名字也很不錯。

「婦人無知，老神醫切莫怪罪。」張秀才向老者一拱手。「犬子的病，還需老神醫施展妙手。」

「無妨。」老者表示不在意。「令郎的病，需診治之後方有定論。」

秀才娘子將窗戶打開，明亮的光線伴著清新的空氣湧進來，室內一下子變得亮堂堂的。

只見張小郎身後靠著一個軟枕，半躺在床上，嘴唇發白，臉色蠟黃，十分的虛弱。

秀才娘子送上一個凳子，老者就坐在床邊給他把脈。

張秀才跟秀才娘子站到老者身後，眼巴巴地望著張小郎跟老者。

子默跟寇彤被擠到一邊去。

子默輕哼了一聲，就站到一邊不再說話；而寇彤則伸長了脖子往前看。

突然，寇彤看到張小郎枕頭底下露出了小半截書來，不由得心生敬佩。病得這麼重，居然還看書，真是令人佩服。有這樣用功的兒子，張秀才應該很欣慰吧？

寇彤正想著，突然有人拽了拽她的頭髮，寇彤不用想也知道是誰。

無聊！

她不會理子默的挑釁，心中卻想著，等師父診治完了，回去的時候再與他細細算帳。

見她不理會，子默下手更重了。寇彤心中氣惱，回頭拿眼瞪他。

子默眼中毫無惡意，拉著寇彤的手，指了指外面。

寇彤不知道他要做什麼，見子默走了出去，也只好跟著他出去了。

「什麼事？」寇彤的語氣十分不善。

這是她第一次跟師父出診，自然十分看重，她想看師父是如何診治的，所以進入房間之後，師父的一言一行她都十分留意。可惡的子默，非要在這個時候打擾她！她幾乎要懷疑，子默是不是故意不想讓她看到師父是如何診治的？因為帶著焦急與成見，所以寇彤的語氣難免衝了點。

子默聽了一愣，他沒有想到寇彤會這麼生氣，就說道：「不就是拉了妳的辮子嗎？我又沒有用力，妳的頭髮也沒有亂，妳何必這麼生氣？」

他的語氣十分不以為意，聽在寇彤耳中，簡直就像是挑釁一般。

「你！」寇彤氣結，對於這個傢伙，真不知道說什麼好。

她一心記掛著屋內的情況，也就不與他理論了，而是板著臉說道：「你叫我出來，到底什麼事情？」硬邦邦的語氣表明了她的不耐煩。

「這張小郎怎麼有兩個名字？秀才娘子叫他張聯，張秀才叫他邇聰，這是怎麼回事？」子默不解地問道。

寇彤瞪大了眼睛，到此刻，她終於明白了，子默就是故意來搗亂的！

他仗著自己聰明，不想讓她看師父是如何給張小郎治病的，所以才會故意問她這麼顯而易見的問題來拖延時間。

寇彤十分生氣，看他故意裝傻的樣子，沒有回答他的話，而是瞪了他一眼後，就進入室內去了。

子默愣了愣，不明所以，也跟著寇彤進入室內。

「……是外感傷寒之症。令郎本來身子就比較虛弱，加之最近受了涼，所以得了這個病。因為耽誤了治療時間，已經變成了陽明腑實之症。」老者說道。

秀才娘子在旁邊抹著眼淚。「老神醫，您說的太對了！柯大夫也說是傷寒，可怎麼就是治不好呢？眼瞅著張聯越來越嚴重，現在連床都起不了了……」

「妳哭什麼哭！」張秀才見秀才娘子哭哭啼啼，覺得失了臉面，就訓斥道：「老神醫不是來了嗎？那柯大夫怎麼能比得上老神醫？老神醫一定能治好邇聰的病！」

說著，張秀才又衝老者拱了拱手道：「老神醫，您發發慈悲，一定要救救邇聰。我張家三代單傳，只有這一根獨苗，您可不能見死不救啊！」張秀才剛才還在訓斥自己的娘子，現在自己也忍不住紅了眼圈。

老者撫了撫鬍鬚。「張先生不必多慮，這個症候，我徒兒子默就可醫治。」然後他便說道：「子默，開方子！」

子默先是一驚，然後十分高興地應承道：「是，師父！」

子默開方子的時候，秀才娘子眼巴巴地望著張小郎，又看了看子默，最後對老者說道：「老神醫，不是我不信您，只是，這位小大夫年紀看來比我家張聯還要小幾歲，他……會治病嗎？」

「妳胡說什麼！」張秀才又訓斥道：「老神醫做事自有方法，豈是妳能揣度的？老神醫，婦人無知，還請您多擔待！」

老者搖搖頭。「不要緊。」

張秀才再道：「婦人終究無知，這位小大夫定然是老神醫的高徒，對吧？」他訓斥自己娘子是無知婦人，其實他自己也對子默十分的不放心。

寇彤心中暗暗鄙視。這個張秀才真是的，想問又不敢問。秀才娘子每每問了，他總是先將秀才娘子訓斥一番，然後再裝模作樣地詢問一番，真是豬鼻子裡面插蔥——裝象（像）！反倒不如秀才娘子實誠。

她想這些的時候，老者告訴張秀才夫婦道：「我這徒弟與我學醫有一段時間了，治療你家小郎的外感傷寒之病絕對沒有問題。前一段時間，劉太太得的也是外感傷寒，那就是我治好的，當時子默就在旁邊看著，所以你們大可放心。況且當時寇丫頭也在，正是寇丫頭請我去給劉太太治的病。不信，你們可以問她。」

寇彤見張秀才跟秀才娘子皆眼巴巴地望著自己，就說道：「你們放心吧，子默肯定沒有問題的！再不濟，師父還在這裡呢，斷不會讓張小郎出事的。」

「就是！」張秀才忙接了一句，緊接著又訓斥他娘子。「婦人就是婦人，頭髮長見識短。有神醫在此，哪有妳置喙的地方！」

老者擺擺手，一副司空見慣的樣子。「無妨。」

這邊，子默已經開好了方子，拿給老者。寇彤一看，正是上次治療劉太太的大承氣湯。看張小郎這個樣子，大承氣湯倒也是對他的症候。

秀才娘子從老者手中接過藥方後，如獲至寶一般地跑出去抓藥了。

因為著急張小郎的病，秀才娘子很快就抓好藥回來，她手腳麻利地煎好了藥，然後餵張小郎服下。

藥是服下去了，但過了半個時辰卻一點變化也沒有，張小郎服了大承氣湯後，好像沒有任何作用。

張秀才不明所以，以為是時間還未到。

而子默與寇彤卻知道，肯定是哪兒有問題的！

老者閉著眼睛，在椅子上養神，一副放任的態度，張秀才則焦急地在屋內走來走去。屋內的人，誰也不說話。

子默沒有辦法，就拿眼睛覷著寇彤，希望寇彤幫他想辦法。

寇彤看到他焦急的樣子，心中想著：原來你也不知道啊！剛才拉我出去，我還以為你成竹在胸了呢！

她本不想搭理子默，但是子默畢竟是師父的弟子，若是子默這裡出了問題，師父臉上也不好看。

師父說過，治病要治因，要找到病症的源頭，才能對症下藥，所以望聞問切十分重要。剛才師父是如何診斷的？張小郎到底因何得病？這些他們都不知道。而子默，光憑著張小郎得了外感傷寒這個定論，就開了大承氣湯，看似對症，仔細一想卻有些急躁了。

寇彤打定了主意，就出言問道：「張先生，不知張小郎除了發熱，還有沒有其他毛病？」

寇彤的話剛說完，子默就眼睛一亮，搶著說道：「張小郎最近是不是很久都沒有瀉下了？是不是排泄不通？」

「是啊！」秀才娘子說道：「小大夫你怎麼知道？我家張聯雖然有小解，但已經足足五天都沒有出大恭了！」

「嗯。」子默點點頭，有模有樣地說道：「張小郎得的是外感傷寒，因為醫治不當，所以變成陽明腑實之症，現在需要瀉下，通經絡，才能讓大承氣湯吸收。」

說著，他拿起筆，在紙上寫下了「三錢威靈仙」五字，說道：「去抓來，研成末，兌開水，給張小郎沖服，半個時辰之內必有效果。」

秀才娘子聽了，拿著藥方又急不可待地跑了出去。

張秀才見子默能說出張小郎已好幾日未排泄的話，不由得對子默刮目相看了。

張小郎服下了威靈仙沒有多久，忽然臉色發白，頭上汗出如漿，一副很難受的樣子。

「聯兒，你怎麼樣了？是不是哪裡不舒服？你跟娘說呀！」秀才娘子焦急地問道。

這話一出，寇彤、子默、張秀才都著急地圍到了床邊。

「娘親，我兩邊脅下疼得厲害……」張小郎忍著痛楚說道。

「啊？」張秀才大吃一驚，忙轉過頭來質問子默。「小大夫，邇聽怎麼會脅下疼？是不是藥有什麼不妥當的地方？」

子默見了張小郎那個樣子，本來就有些懵了，如今張秀才再這樣怒氣沖沖地質問，子默一下子就說不出話來了，他手足無措地朝老者望去。

老者十分沈著，他對著張秀才說：「張先生不要著急，這是藥起作用了。有我在，令郎的病絕對沒有問題。」

「原來如此、原來如此。」張秀才用袖子擦擦額頭上的汗，對子默說道：「婦人無知，亂嚷嚷，擾得我亂了心神，剛才有衝撞之處，還請小大夫切莫怪罪！」

子默喃喃地說道：「不……不要緊。」說著，他看了看床上疼得滿頭大汗的張小郎，臉色不由得有些發白。他轉頭看了看老者，又看了看寇彤，眼神之中有著掩飾不住的自責與慌亂。

這時，老者開口說道：「丫頭，張小郎這樣疼下去也不是辦法，妳去幫張小郎瞧瞧，看能不能讓張小郎快些好起來，否則這樣有些受罪。」

老者說得很慢，與平時的和煦大相徑庭。雖然他沒有表現出特別大的怒氣，但是不知怎麼回事，寇彤卻能夠感覺到他十分生氣。

寇彤抬起頭來，看了看老者的臉，與剛才並無分別。但是她突然想到平時辨藥的時候，若是說錯了，老者就會十分嚴厲地訓斥他們——

「……知不知道，你們開的每一味藥都會影響患者的病情，更會直接危害到患者的性命！正所謂庸醫殺人不用刀，就是因為這些庸醫的醫術不高明，延誤了病情。但，這還不是最嚴重的，更有甚者，作為大夫卻不瞭解患者病理，胡亂用藥，直接害了人家的命！你們難道都想做庸醫嗎？不要以為辨藥是小事，小小一味藥，事關大局！」

想到這裡，寇彤心中一凜，她忙收斂心神，靠近床邊，看了看張小郎的臉色，然後輕聲問道：「張小郎是受了風寒沒錯，但是張小郎究竟是為什麼患的病呢？」

此言一出，張秀才就露出慚愧的神色。「我張家世代耕讀，卻始終沒有人出人頭地，邇聰是我家單傳，所以我對他嚴格了些。這孩子讀書非常用功，這次生員考試卻名落孫山，難免有些鬱結於心，我又說了幾句重話，這孩子就病了……」

寇彤已經知道張小郎是怎麼回事了。

她舉起筆，開了柴胡跟生麥芽，讓秀才娘子熬了給他服用。

寇彤抬頭看了看師父，只見師父對她點了點頭，她便知道自己這方子開對了。

果然，服藥後沒有多久，張小郎的脅下便不再疼痛了。又過了一會兒，張小郎要如廁，張秀才便扶著他去了茅房。

排泄之後的張小郎，體熱慢慢降了下來。

秀才娘子高興地說道：「小寇大夫，真是太感謝妳了，我家張聯已經不燙了！」

張秀才也感激地說道：「老神醫、小大夫、小寇大夫，真是太感謝你們了！若不是你們，邇聰恐怕還要遭受病痛的折磨呢！」說著，他深深一揖。「邇聰這孩子心思重，最近的確太過刻苦了，以後，我絕不會再逼他了！其實他已經很用功了，孩子沒有考好，可能是我這個做父親的沒有教好，我卻一直埋怨他。我這個父親做的真是太不該了，我以後再不會如此了！」

寇彤點點頭道：「張小郎就算在病中，也還不忘攻讀，這份勤奮值得佩服，但是不愛惜自己的身體，卻是有些捨本逐末了。」

張聯聽了，抬起頭看了看寇彤。

張秀才與秀才娘子卻道：「不會啊，這幾日都沒有讓他勞累啊！」

寇彤走到床邊，一伸手，從張聯的枕頭下抽出一本書，道：「張小郎，我知道你想用功讀書，但是身體髮膚，受之父母，你這樣不愛惜，讓雙親憂心，可不是孝義之舉。我說句不當說的話，張家到你這一代單傳，若是你有個三長兩短，你讓雙親如何自處？」

張聯低著頭，不說話。

寇彤嘆了一口氣。「你若真有個好歹，便是這世上最無心肝之人了。你尚未能給張家留一息香火，也不曾供養雙親，這是極大的不孝。父母生你來到這個世上，養了你十幾年，現在不求你回報，你至少也不該讓他們擔心。」

張聯始終不回答。

寇彤站起來說道：「我言盡於此，以後如何，你自己好好想想。男子漢立於天地之間，當為民謀利，為君解憂，為父母爭光，為子孫做表率。你受小小挫折，便自怨自艾，這點小事都擔當不起，以後如何能有大作為？你苦讀詩書，卻只看眼前小利，不顧以後大義，不過是追求金錢名利而已，說什麼為國為民，僅是徒增笑話罷了。」

寇彤的話，讓張秀才臉上一紅，而秀才娘子卻聽不懂她在說什麼。

老者看著寇彤，眼睛裡面透出欣慰的光。這丫頭，成長得太快了。

寇彤的確是成長了，有上一世的經驗，還有今生這一段時間的學習，她已經不再是原來那個祈求鄭世修看她一眼的寇彤了。

她父親留下的醫案裡，記述了許多父親作為大夫的觀點——懸壺濟世、為國為民、為他人除病痛，解煩憂。這些觀點深深刺激了她，她的眼界已經不再局限於小小的個人紛爭了。加上她的師父這些日子以來的言傳身教，寇彤的思想已經發生了根本性的改變。

寇彤給張小郎開了一些藥，老者見時間差不多了，就起身告辭。

張秀才夫婦再次跟寇彤一行人道謝，又捧上兩吊錢跟半斤茶葉作為酬金。老者像上次一樣，沒有推辭，直接讓寇彤收了下來。

他們正準備出門時，就聽見後面傳來張小郎的話——

「小寇大夫今日不僅救了我的性命，更讓我幡然醒悟。小寇大夫放心，我就是不能做大事，也絕對不會繼續這樣消沈下去，我再不會令父母傷心了！」

老者聽見了，十分讚賞地看了寇彤一眼。

寇彤也很高興。

這一切落在子默眼中，只見他的臉色變得更加蒼白了。

第十一章　小荷初露

天已過午，這時候，三個人都饑腸轆轆，因此路過街頭時，就買了些餅，胡亂吃了充飢。

回到小緩坡後，老者就笑咪咪地對著寇彤說道：「丫頭，今天妳做得很好，為師決定，從今天起，妳就是我正式的弟子了！」

什麼?!寇彤瞪大了眼睛。

這就通過考核了？怎麼會這麼簡單？自己不過是做了那麼一點點事情罷了，師父就同意了？

「師父，您說的是真的嗎？」寇彤嚥了嚥口水，覺得有些不可思議。

幸福來得太快了！

「當然是真的！」老者笑咪咪地說道：「好了，丫頭，別傻站著了，快跪下來磕頭拜師啊！」

寇彤十分高興地跪下，給老者磕了頭。「師父在上，請受徒兒一拜！」

老者笑道：「嗯，妳且與我一起來給祖師上香吧！」

天氣晴朗，小緩坡的茅屋外面背北朝南地擺好了香案，香案上供著一碗清水、一株人參、一抔黃土。

老者與寇彤每人手中各執三炷香，跪在枯草編成的蒲團上。

老者神色莊嚴肅穆，十分鄭重。「祖師在上，鄭門第五十七代大弟子安無聞稽首叩拜，今收寇彤為第五十八代弟子，祖師在上，保佑弟子能將祖師醫術發揚光大。」說完便對香案恭恭敬敬地磕了三個頭，然後站起來，對寇彤說道：「來給祖師磕頭。」

寇彤也照著老者的樣子，恭恭敬敬地磕了三個頭，然後把香插入香爐裡。

老者語重心長地說道：「從此之後，妳就是我長桑君鄭門第五十八代弟子。」

寇彤心頭一凜。原來師父是長桑君鄭門一派，怪不得這麼厲害！

寇彤從父親留下的書籍中看到過，長桑君，戰國神醫，是神醫扁鵲的入門師父。

「是！」寇彤給師父也磕了一個頭，然後才站了起來。

子默一直在旁邊站著，看著這一切。

寇彤知道，子默一直不喜歡自己，今天在張秀才家又出了差錯。寇彤看他臉色難看的樣子，便猜到自己能拜師，他一定十分不高興。但是不管怎麼樣，以後她是要跟子默一起學習醫術的，同門師兄妹鬧得太僵，總歸是不好的。

所以，她走到子默面前，衝著子默便是一個長揖。「寇彤年幼，以後還請師兄多多教誨！」

子默聽了寇彤的話，原本刷白的臉色突然脹得通紅，神色也變得十分激動，那氣憤的模樣，令寇彤大吃一驚。自己就這麼招他厭惡嗎？居然到了如此不能忍受的地步？

「妳是我門下的大弟子，何來師兄？」

老者的話令寇彤更加驚訝了。

接著老者又說道：「子默他未通過考核，並不算正式的弟子。」

寇彤這下子總算明白了。

怪不得子默不喜歡她，怪不得他會這樣針對她。

原來，他還沒有成為師父的正式弟子，而師父總是誇獎自己，所以他才會這樣冷言冷語……

可是，最近這一段時間的相處，對於自己，他的態度明顯比原來好了很多，至少願意主動跟自己說話，也一直配合著她練習背草藥。

今天上午在向陽書院時，他應該也沒有聽懂師父說的。他之所以拉自己出去，也許是真的不知道張小郎叫張聯，字邇聰，而自己卻誤會了他，沒有給他好臉色；他診斷張小郎的時候，自己也沒有及時地提醒他。

雖然那個時候師父沒有發話，自己不該置喙，但無論如何，自己都該提醒他一下的。可是自己什麼都沒有做，就因為他之前的冷言冷語，所以自己……

寇彤心裡有些自責，望向子默的眼神充滿了歉意，而子默卻目光深沈地看著她，臉上凝了一層冰。

寇彤見了，更加自責了。

半晌，他才冷冷地對寇彤說道：「不需要妳假惺惺地可憐我！」

寇彤聽了，不知道說什麼好。

老者卻厲聲喝斥道：「子默跪下！」

驚訝、錯愕，子默像被人打了一巴掌似的，不敢置信地望著老者。

「羅子默，你跪下！」老者放低了聲音，話中帶著一種令人無法抗拒的威嚴。

而子默卻梗著頭，倔強地站在那裡。

老者見了，十分失望地長嘆一聲。「你不是我的正式弟子，按道理我不該讓你跪下，但是你今日所作所為，實在令我無法忍受。就算你不是我的徒弟，但你終究是我故人之後，作為長輩，我也有教導你的義務。你若不願意跪下認錯，便下山去回南京吧，我教不了你了！」

子默聽了，眼淚唰地一下就落了下來。他撲通一聲跪下，向老者認錯。「師父，子默錯了！子默願意聽師父教誨，求師父不要趕子默走！」

子默的反應怎麼會這麼激烈？寇彤愣愣地站在原地，一會兒看看子默，一會兒看看老者，她想開口替子默求情，卻被老者一個眼神給制止了，只好乖乖地站在一邊。

「可知你錯在何處？」老者問道。

「我……我……我……」子默結結巴巴，說來說去就是這幾個字。

老者搖了搖頭，說道：「作為醫者，給人看病，不知望、聞、問、切，只聽從別人的言論就胡亂開藥，此為你的過錯之一。你可服？」

子默點點頭。「師父教訓的是！今天給張小郎看病，子默聽見師父說是傷寒，就開了傷寒的藥給張小郎。沒有自己去診斷，就盲目開方子，子默知錯！」

「其二，別人詢問的時候，你隨意插嘴，以偏概全，全然沒有考慮實際情況，我說的對也不對？」老者繼續問道。

「是。」子默點點頭。「當時子默內心急功近利，只想著表現自己，沒等師姊把話說完就搶著說。醫者當有濟世之心，不該爭名逐利，子默忘記師父之前的教誨，子默有錯！」

「第三，同門之間當相扶相助，共同進步，你心胸狹窄，無容人之量，稍有不滿，便惡言相向，橫眉怒目。你氣量如此之小，連同門都容不下，又如何能容得了天下？懸壺濟世的責任，你又如何能擔當得起？」

子默聽了，半晌沒有說話。

老者站了起來。「你好好想想，想好了再起來。」

「師父！」子默在地上跪行了幾步，臉上全都是淚水。「我……」

老者轉過身來，就看見子默深深地伏下身子，額頭貼著地面。

「師父，子默知錯！」

老者搖搖頭。「你今日所犯的錯誤，在別處也許不算什麼，但是身為大夫，這樣的錯誤便是彌天大罪，稍有不慎，便會牽連性命。難道你忘記自己的身世了嗎？」

老者的話一出，子默像是受了極大的打擊一樣，不可抑制地顫抖起來。

他的表情十分痛苦，連聲音都抖得語不成句。「師父……子默是真的知錯了……」

「前事不忘後事之師！」老者語重心長地說道：「雖然我不想揭你傷疤，但是依然希望你能以之前的事情為戒。身為醫者，一旦懷有嫉恨之心，便會一步錯，步步錯，終會步入深淵，到時候，後悔也無濟於事了。」

「是，弟子多謝師父教誨。」子默的雙手緊緊地握住了地上的青草，他的情緒漸漸平靜了下來。

「你還有一個錯誤……」

老者的話沒有說完，子默抬起頭來，接著說道：「子默第四錯，便是驕傲自滿，不知虛懷若谷地向別人學習。今日在張秀才家，是子默太過托大了，若不是師姊，恐怕張小郎還在忍受病痛折磨。師姊找出了治療的方法，我應該虛心向師姊學習。」

「嗯。」老者點點頭，鬆了一口氣。「你既知錯，便起來吧。好好跟你師姊學，爭取早日入我門下，成為正式弟子。記住，你的對手不是你師姊，也不是天下的大夫，而是世上所有的疑難雜症。」

「是！」子默站了起來。「師父的話，子默一定謹記於心，時時刻刻不敢忘記。」

「丫頭，將今天治療張小郎的情況與子默探討一下。」說著，老者轉身往屋裡走去。「為師今日有些累，先去瞇一會兒，你們探討好了，就繼續辨藥、背藥理。」

子默與寇彤齊聲應道：「是！」

老者走了之後，留下子默與寇彤，兩個人沈默地站著，誰也不說話。

寇彤有些犯難，她與子默本就相處得不愉快，現在自己入了門，而子默卻沒有通過考核，今天師父又這樣嚴厲地訓斥了他，不知道他會不會更加討厭自己了？

寇彤心頭惴惴不安，思量了半天，依然不知道如何開口。

「師姊！」子默的聲音乾脆、俐落，沒有任何的勉強。

寇彤抬起頭來，朝子默望去，四目相對的瞬間，子默深深吸了一口氣，接著將頭低了下去，不再看她。「今日，張小郎的病情，還請師姊教我。」

「子默，何必如此客氣？師父說了，是你我共同探討，並不是誰教誰。今天是我先看出問題，便是我告訴你，也許明天是你先看出問題，就要你來跟我說了。」寇彤並不敢托大。

他不願意看自己，看來還是有心結的吧？寇彤也垂下眼，要想辦法讓他解開心結才是。

子默點點頭。「師姊說的對，我以後都聽師姊的。」

寇彤有些驚訝，子默的轉變也太快了！難道師父剛才說的那些話，真的讓他想開了？應該沒有這麼快吧……但不管怎麼樣，他願意跟自己說話，就是好事。

寇彤微微一笑，不再囉嗦，直接跟子默說起了張小郎的病因。「說起來，這件事情也並不全是我一個人想出來的，也有你的功勞。你知道，師父給張小郎斷病的時候，你我都在門外，只知道是外感傷寒。」

子默點點頭，表示自己願意聽寇彤繼續說下去。

寇彤停頓了一下，見子默有聽下去的慾望，便又繼續說了起來。「你開了大承氣湯本沒有錯，如果是我的話，我肯定也會開大承氣湯的。沒想到，張小郎服下去後沒有動靜，我就想起來劉太太的事情。我猜測，兩人病理應該有相同之處，便想問問張秀才，關於張小郎的情況。」

子默接著說道：「後來，我把話搶了過來，給張小郎開了威靈仙，沒想到張小郎服用之後卻脅下疼痛。」

「是的。」寇彤點點頭，接著說道：「脅下主肝經，脅下痛多為肝氣不疏所致，我當時就猜到張小郎可能是肝氣不疏，但是又不敢確定。」寇彤看了一眼子默，見他認真聆聽，便又說道：「所以，我就問張小郎生病的原因。張小郎考試未過，本就傷心，加上張秀才又訓斥他，心中抑鬱之氣更盛。而師父給他診脈的時候，我剛好看到他枕頭底下有本書，就猜測他定然為這次考試耿耿於懷，所以鬱結於心，肝氣不疏。」

子默聽了眼睛一亮。「師姊，妳說的對。肝氣不疏，肝氣淤滯，導致氣機不暢，雖然服下大承氣湯，但因經絡閉塞，無法吸收，所以，這個時候需要疏肝氣。我開的威靈仙歸膀胱經，自然無用，而妳所開的柴胡跟生麥芽正是疏肝氣的藥。」

「是！」寇彤見子默一點就透，也十分高興。「所以，張小郎的病，並不是我的功勞，若不是你之前已經做了那麼多鋪墊，我恐怕也想不到要用柴胡跟生麥芽。所以，這病是我們兩個人一起治的，非我一人之功。」

子默卻說道：「師姊今日所言，令子默茅塞頓開，多謝師姊的教導。」

「你何必這樣客氣？你這個樣子，我都覺得你要變成另外一個人了。」寇彤說道：「雖然我先入門，但若論年紀，你長我兩歲，若論與師父接觸的時間，你也比我早。所以，我還是覺得以前的子默更熟悉一些。雖然你之前很冷淡，那卻是你的真性情。現在，你刻意讓自己變成這個樣子，你會很累，跟你相處的人也累。我想師父他老人家，定然也不希望你這樣子的，你還是像之前那樣好了。」

「丫頭說的對！」本說了要去休息的老者，不知道什麼時候又站在他們身後，點點頭說道：「子默，你可不能矯枉過正啊！只要心中記著大夫的職責，記著為人的道義即可，與人相處的方式還是依照你自己的習慣，君子和而不同。」

「是。」子默點點頭，朝寇彤飛快地瞥去一眼，見寇彤給了他一個鼓勵的眼神，他忙垂下眼。

第十二章　匆匆一年

寇彤非常高興，回到家就把拜師的事情告訴了蘇氏，蘇氏聽了也高興得不得了。

母女兩個正說著話時，就聽到「篤篤篤」，有人敲門。

打開門一看，是子默站在門外。

「之前伯母送了餅給我們，師父讓我過來道謝。不知伯母是否方便？」子默一板一眼地說著話。

「自然是方便的！」寇彤還未回答，蘇氏就從屋內走了出來。

「伯母好！」子默給蘇氏行了個晚輩禮，然後說道：「師父說，伯母叫人送過去的餅美味可口，非常好吃，所以師父特遣晚輩過來跟伯母致謝。勞伯母費心，我們師徒十分感激。」

子默跟蘇氏說話的時候，微微彎著腰，寇彤這才發現，他居然比身材高䠷的蘇氏還要高！是什麼時候開始，那個質問自己是小偷的人，竟已經成長為一個翩翩少年郎了？

他的態度謙和有禮，說的話也十分得體，一副晚輩見了長輩的恭敬樣子，一點也沒有年輕人的毛躁，很容易便讓人生出好感。蘇氏見了，就打心眼裡喜歡這個年輕的小夥子。「你是叫子默吧？我常聽彤娘提起你，說你聰明伶俐，學東西快，記性好，經常幫著彤娘練習老神醫教的課業呢！今天見了，你果然是個討人喜歡的孩子！」說著，她把子默往屋裡讓。

「快別站著了，到屋裡坐。我剛剛燒好晚飯，你就跟我們一起用過晚飯再回去吧！」

「按說長者賜，不敢辭，只是師父還在山上等我消息，我若遲遲不歸，師父難免會掛心。伯母的好意，子默心領了，若有下次，定不敢辭！」

子默的話說完後，蘇氏就笑著說：「是我疏忽了，既然今天還要回去向老神醫覆命，那我就不虛留了。往後你要是有時間，就常過來玩。」

「是。」子默點了點頭。

到了門口，子默站定。「伯母請留步，不必再往前送了。」說著，又施了一禮。

「欸。」蘇氏點點頭，微笑著叮囑他。「那你路上小心，改天再來玩啊！」

「是。」子默這才轉身去了。

母女兩個用過晚飯後，寇彤起身就要洗碗，卻被蘇氏攔住。「彤娘，妳歇著，這些我來。」

「母親，我已經十三歲了，不是小孩子了！」寇彤邊收拾邊說道。

「是呀！」蘇氏慈愛地看著女兒收拾碗筷，欣慰地道：「我們彤娘如今是大姑娘了！」

看著寇彤忙碌的樣子，蘇氏陷入了沈思。彤娘已經十三歲，她一天天地長大，眼看就到了可以婚嫁的年紀了。夫君說過，蕭貴妃不倒、蕭家不倒，自己與彤娘就不能回南京，可這一年一年地拖下去，也不是辦法啊！

她前幾個月已經寫信到南京本家四房，南京本家雖然家大族大，但是只有四房與六房最親。畢竟四房過世的伯父與她過世的公公是嫡親的兄弟，其他的雖是一脈，但不是庶出的叔伯，就是庶出的堂兄弟，都是靠不住的。

六房與四房都是嫡出，四房如今人丁興旺，四房大老爺寇俊傑在京城做官，寇家在南京也算名門望族，因此託四房出面跟鄭家提這親事，是再合適不過了。

可是，幾個月過去了，她連著去的幾封信都石沈大海，杳無音信。她心中也明白，四房看來是靠不住的。可是不找四房，她還能找誰呢？彤娘漸漸大了，也不能這樣拖下去吧？

若是能有南京鄭家那邊的消息就好了，這婚事是夫君生前定下來的，自己是萬萬不能毀約的。可是一直這樣拖著，萬一鄭家遲遲見不到自己，以為自己與彤娘不在了，與別人議親了怎麼辦？

蘇氏嘆了口氣。女兒家到了年紀，總會有嫁人的想法的，好在彤娘暫時還沒有動這方面的心思。鄭家這門親事，她真不知道該不該告訴彤娘……

進入六月之後，天氣就一天熱似一天。

鎮子上有個人在中午時中了暑氣，在子默的醫治下痊癒，老者覺得子默可以通過考核了，於是正式收他為徒。

當天晚上，回到家中，寇彤便將父親留下的醫書翻了出來，不停地翻閱、挑選。

這是怎麼了？蘇氏不知道發生了什麼事情，忙過來問寇彤。「彤娘，妳這是要找什麼？」

「母親，子默通過了考核，現在也是師父的正式弟子了。」寇彤見蘇氏過來，便停下翻動書籍的手，向蘇氏解釋道：「我想挑一本書送給子默，祝賀他正式拜師。」

「原來子默也通過了呀！」蘇氏也替子默高興。「子默那孩子看著就十分聰明，我就知道他一定能通過的。妳父親留下的這些書我也不大懂，妳看著哪個合適就挑一本吧！」

寇彤點點頭。「母親說的是。子默是非常聰明的，記性又好，但是他年紀小，考慮事情有時比較片面，醫藥方面沒有問題，但在與病人相處，以及為人處世上面總是有些欠缺。所以，我想這書不僅要講醫理，還要介紹醫德才行。」

蘇氏聽了這話卻笑了。「瞧瞧妳，一副小大人的模樣！子默年紀小？說得好像妳就有多大似的。他雖然叫妳一聲師姊，但是卻大了妳兩歲呢！」

在蘇氏眼中，寇彤只有十三歲，她哪裡知道寇彤的心裡其實已是個二十多歲的大人了呢？

寇彤笑了笑。「不論年紀大小，既然我先入門，他叫我一聲師姊，我就該有師姊的樣子。他跟著師父的時間比我久，一直非常想正式拜師，沒想到卻被我這個後來者居上，一開始他心中十分不快，難得他現在放下芥蒂，肯以師姊之禮待我，那我便更要以長者的身分待他，這書得好好挑才行。」

聽著女兒說出這樣一番話，蘇氏很是欣慰。「人敬我一尺，我敬人一丈。我的彤娘真是好樣兒的，能有這份見識。你們是同門師姊弟，是應該相親相愛，相互扶持。」

寇彤愣了一愣。母親與她記憶之中很不一樣，記憶中的母親長年有病，被病痛折磨得枯瘦如柴，不像現在這樣氣質溫婉，身體健康。而且，前一世，母親也從來沒有跟她說過這樣的話。

她的重生，改變了母親的身體狀況，讓自己學到了醫術。那麼是不是意味著，她有能力改變自己的命運了呢？

蘇氏接著說道：「既然子默將拜師看得這麼重，這書一定要好好挑。不僅妳要送東西，我也要送東西給他才是。」

「母親要送子默什麼？」寇彤歪著頭問道。

「妳上次跟老神醫要的那個送子的方子，妳旺根嬸家的大丫頭吃了半個多月就懷上了，前幾日，妳旺根嬸特意送了一疋夏布給我，我看顏色正配子默，就給子默做了件夏衣，現在還差一點點，我今天晚上趕趕工，明天一早，妳一起帶過去。」

母親很喜歡子默，經常會做了吃的，讓自己帶給子默跟師父，而子默也曾親自來道謝。一來二去，子默對母親便真的有了七分的敬重，三分的依賴。

女子若無父兄，嫁人之後常常會被夫家欺負，只因娘家無人撐腰。

上一世，自己得罪了四伯祖母，與本家幾乎不往來，只有一個母親，還很快就病逝了。鄭家就是欺她娘家無人，所以才敢那樣放肆地折辱她。

若說之前她不懂，如今已經經歷過一世的寇彤，還如何不懂？母親刻意交好子默，不過是在為她鋪路，希望子默以後能像兄長一樣照顧她。母親的苦心，她如何不知？

重生以來，她以為是她在照顧母親，殊不知，她太過天真，還是母親在照顧她，為她考處，甚至連以後的路都為她謀劃了。

寇彤的眼眶有些發熱，忙低下頭斂去情緒，口中假意埋怨道：「母親真是的，有什麼好東西都想著子默。我都還沒有夏衣呢，妳就給子默做上了！」

「妳這孩子！」蘇氏看著寇彤小兒女的樣子，有些哭笑不得。「剛說妳像個大人，現在就又像個小孩子了，果然還是誇不得呢！」

她轉身去拿了衣裳過來。「妳看這布料的顏色，哪是妳這小姑娘家家穿的？」

石青的布料，早被蘇氏那雙巧手裁成了一件男子的交領外袍，針腳細密，做工精緻。寇彤的記憶之中，母親的手中總是拿著各式各樣的鞋樣、荷包、坐墊、女子的衣服，像這樣男子穿的衣服，還是頭一次出現在母親的手中。

寇彤撫摸著衣領處繡的暗色團花，不由得讚道：「母親的手藝真好，不僅會做女子的衣裳，連男子的衣裳也做得這樣好！可惜我沒有兄長，若是有兄長，母親定然也會給他做這樣的衣裳的。」

蘇氏聽了，拿著衣裳的手一頓，接著說了一句。「彤娘，我的兒，妳真是長大了！」

「彤娘雖未及笄，但也不是無知小兒。母親待我之心，我都知道。」

「妳知道就好！」蘇氏濕了眼眶。「也不枉母親為妳籌劃一番。」

「母親……」寇彤欲言又止，她想說，靠山山會倒，靠水水會流，與其依靠別人，倒不如自力更生。但，為了她往後的日子，母親一定殫精竭慮地思量了很久，因此這否定的話，寇彤無論如何也說不出口。「母親，妳放心，我會跟子默好好相處的。母親妳不用再為子默做這些東西了，子默人很好，就算妳不做這些，子默也會照顧女兒的。」她會真心待子默，相信子默也一定會與她相互扶持的。

「真是傻孩子！」蘇氏啞然失笑。「我對子默好，固然有為妳考慮的成分，但也是因為我是真心喜歡子默。在妳之前，母親曾懷過一個男胎，可是終究沒有保住，母親現在看著子默，就像是看著之前的孩兒一樣。」

原來，竟還有這一層緣故在！

蘇氏說道：「欸，咱們娘兒倆再這麼敘下去，恐怕天都要亮了。妳快挑書吧，我也趕緊將這衣裳的最後一點做出來。」

「嗯！」寇彤點點頭，將油燈往蘇氏旁邊移了移，母女兩人一個挑書、一個做針線，窗戶上，映出一大一小兩個身影。

第二天，寇彤將包袱並一本書遞給子默，笑著說：「這本書是我從先父留下的書裡挑出來的，現在送給你，希望你百尺竿頭，更進一步。」

子默接過書，看了一眼，並沒有特別的情緒，很平靜地點點頭道：「多謝師姊。」

「這包袱裡面則是我母親給你做的夏衣，祝賀你通過師父的考核，成為正式的弟子。」

「真的嗎？伯母給我做的？」子默非常高興，急忙把包袱打開，拿著衣服前前後後看了一遍，十分高興。「伯母的手藝真是好，已經好多年都沒有人給我做衣服了。看著大小，好像是給我量身訂做的一般。伯母的手藝怎麼就那麼好呢？」

相對於那本書，子默顯然更喜歡這件衣服。

「師姊，多謝妳送我書，還要謝謝伯母為我做衣裳，這衣裳我很喜歡！」

「子默，你喜歡就好，也不枉我母親辛苦這幾天了。」寇彤說道。

老者笑道：「丫頭也該改一改稱呼，往後便要叫子默『師弟』了。」

「是，師父！」寇彤從善如流地回答，然後對子默微微一笑。「師弟！」

子默也對寇彤點點頭。「師姊。」

這一天像往常一樣，寇彤跟著老者學習，到了吃午飯的時候，寇彤看見子默偷偷翻看著她送的那本醫書，便不由得笑了。

轉眼就到了年底，天氣一天冷似一天。這一天早上開門就感覺到特別的冷，寇彤攏了攏身上的棉襖，加快了上山的腳步。

老者坐在藤椅上，笑咪咪地看著兩個弟子。「這一年下來，你們學得都很不錯，草藥的藥性基本都已經熟悉了，醫者該掌握的技巧也有涉獵。現在到了年下，一天比一天冷，從明天開始，咱們就都歇歇吧！從明年起，我們正式開始學號脈。」

「師父，您不是一直在教我們如何號脈嗎？」寇彤問道。

「那些只是皮毛。」老者心情很好，說起話來較往常更隨和。「過了年，我會教你們真正的脈學。到時候，你們靠著號脈，就可以走遍天下了。」

「是！多謝師父悉心教導。」寇彤與子默對視一眼，皆十分高興。

砰砰砰！有急促的敲門聲響起。

子默一拉開門，就聽見門口那人焦急地說道——

「老神醫，我們家姨娘出事了，請您快去救救她吧！」

小鎮上的人都很窮，能出錢養得起姨娘的人家寥寥無幾，寇彤不由自主地就想到，該不會是劉地主家的姨娘吧？她擠到門口一看，果然，門口站著的人正是旺根叔。他的臉凍得紅通通的，正哈著氣，搓著雙手。

一看到寇彤，他急忙說道：「小寇大夫也在呀？我們家姨娘見紅了，請妳跟老神醫說一聲，快些去救人吧！」

見紅了?!寇彤一驚，竟這麼嚴重！

老者已經揹上了藥箱，出了屋子。「到底怎麼回事？」

子默忙接過藥箱，一行人一邊往山下走，一邊說話。

原來，劉地主家的姨娘姓楊，楊姨娘自懷上孩子後，就讓柯大夫為其保胎，並用了柯大夫給的包生兒子膏藥。

最近這一段時間，楊姨娘經常喊腹痛，有時候是為了讓劉老爺給她買東西而故意說腹痛，有的時候則是真的腹痛。柯大夫一直說無礙，說懷孕初期會腹痛是正常的，過一段時間，等胎兒長大就好了，後來也真的都沒啥大礙。

誰知道，今天早上，楊姨娘突然叫起肚子疼，去請了柯大夫，卻發現他家大門一直鎖著，不知道人跑哪裡去了。而就在剛才，楊姨娘突然流血了，把劉家上下嚇得不輕！

劉地主太想生兒子了，所以一直都用柯大夫的藥，沒看別的大夫，這楊姨娘的身子只給柯大夫一個人看，就等著日後生下一個白胖的小子。直到剛才，楊姨娘落紅了，劉老爺才嚇得沒了主意。

還是劉太太當機立斷，作主讓旺根來請老神醫的。

幾人迎著風雪說著話，腳下不停，很快就到了劉地主家。

進了院子，劉地主忙迎了上來。「老神醫，您可算來了！您快些看看楊姨娘吧，她一直叫著肚子疼。」

寇彤、子默跟在老者身後，急忙朝楊姨娘住的後院走去。

劉地主拉著老者的手，懇求道：「請老神醫無論如何都要保住我兒子！」

老者雖然腳步很快，卻依然氣定神閒，他回答道：「劉老爺，你不必太著急，一切先等我看過楊姨娘再說。」

「啊——」

女子痛苦尖叫的聲音從楊姨娘居住的後院傳了出來。

劉地主臉色發青，腳步生風地朝前跑去，連聲音都變了。「快點、快點！」

幾個人堪堪走到門口，就看到旺根媳婦慌慌張張地從楊姨娘的屋子裡跑了出來。

「老爺，楊姨娘小產了！」

寇彤腳步一頓，她聞到了一股血腥的味道。

自她那天被鄭平薇氣得吐血而亡後，這鮮血的味道於她而言就突然變得很敏感，哪怕只有一點點味道，她都能聞到。
劉地主聞言，整個人像破了洞的球般，懨懨地坐在明堂的槐木官帽椅子上。
老者診過後，將楊姨娘的情況說給劉地主聽。「胎兒在一個月前就已經死在楊姨娘腹中了，因此這一個月來，楊姨娘才會時常感到腹痛。那包生男藥膏我看了一下，裡面有很多都是寒涼之物，因為是貼在肚臍上，所以胎兒受損了。」
劉地主聽了後，無力地抬了抬胳膊。「老神醫費心了。」
「老爺！」劉太太擔心劉地主的身子，忙勸慰道：「楊姨娘還年輕，以後還會有孩子的。」
劉老爺聽了，抬起頭來看了劉太太一眼。「還是妳想得周到，若不是及時請來了老神醫，柳兒恐怕連性命都保不住。小的雖然沒了，但大的好歹是保住了。妳說的對，柳兒還年輕，以後還能再生的。」
這話一出，劉太太就愣了一下。緊接著，寇彤看到，劉太太的眼神暗了暗，握著帕子的手也緊緊地攥了起來。然而只是一瞬間，劉太太就平靜了下來。
劉太太皺著眉頭，擔憂地問道：「老神醫，楊姨娘的身子不要緊吧？」一副十分緊張、十分關切的樣子。
「楊姨娘被膏藥傷了身子，得了宮寒，以後恐怕是不能有孕了。」老者直言不諱地說道。
「怎麼會這樣？」劉太太輕輕地嘆息道：「真是可惜啊！」

寇彤卻看到劉太太緊皺著的眉頭舒展開來，她面上雖然憂戚，可是眼底卻有著掩飾不住的安心與輕鬆。

看人不能看表面啊！

雖然寇彤也不喜歡楊姨娘，但是楊姨娘的孩子沒了，身為醫者，她是有些惋惜的。沒想到劉太太卻表面擔憂，內心高興，這令寇彤很不舒服。

看來自己要跟師父學的不僅是醫術，還有觀察人心。

這時，旺根媳婦從外面走了進來。「老爺、太太，是個已經成形的男胎，已經埋了。」

劉地主聽了，突然從椅子上站了起來，衝向門口。「我要殺了那個庸醫！」

他說的，自然是柯大夫了。

旺根嚇了一跳，忙要去攔著劉地主。

旺根媳婦卻拉著他說道：「不要緊，柯大夫三天前就搬走了，老爺去了也找不到人。」

寇彤聽了，心中一驚！三天前嗎？旺根嬸瞭解得可真清楚啊，比劉地主都清楚得多呢！

原來如此……

她看了看正在低頭品茶的劉太太，心中暗自驚詫：我還是將人心看得太簡單了！

在楊姨娘小產的事件之中，劉太太做的，恐怕比自己想的要多得多了。還有旺根嬸，恐怕也參與其中了吧？

劉太太突然抬起頭，目光炯炯地看著寇彤，半晌，她對寇彤微微一笑。

寇彤便知道，自己猜對了。

第十三章　初提親事

冬去春來，又是一年新的開始。

十四歲這一年，寇彤的醫術出現了翻天覆地的變化。

整整一年，她醉心於醫術，心無旁騖地幫人治病，在實踐之中，漸漸成長為一名真正合格的大夫。

除了吃飯、睡覺，寇彤的時間全部花在跟治病有關的事情上，偶爾寇彤會從蘇氏口中聽到一些關於外面的事情。

其中一件，就是蕭家因為謀逆罪而被抄家，十五歲以上的男子皆被砍頭，十五歲以下的男子與女子悉數發配邊疆，蕭貴妃則被打入冷宮，不久後吊死在宮中。

伴隨著蕭家的倒臺，穆家成為了新貴！

這一消息，讓蘇氏高興了很久，她高高興興地給寇彤的父親上了三炷香，又給南京的本家四房寫了幾封信，就等著回信之後，回南京去。

另外一件事情，就是楊姨娘失寵了。

自從小產後，楊姨娘的身子就變得時好時壞，她整天哭哭啼啼的，始終走不出失去孩子的痛苦。劉地主一開始憐惜她經歷失子之痛，好生安慰了她一段時間，可是幾個月之後，劉地主厭煩了楊姨娘哭哭啼啼的樣子，便把她拋到腦後去了。沒有了劉地主的寵愛，楊姨娘的日子越發難熬了。

蘇氏很是慨嘆了許久。

寇彤聽了，卻是半晌無言。與其怨天尤人，不如振作起來，好好想想以後該怎麼辦。畢竟不管楊姨娘如今再如何傷心，她流掉的孩子也不可能再回來了。

寇彤已經徹底改變了，不僅學會了精湛的醫術，還學會了如何做人，如何總結過往的對錯。

時間過得很快，轉眼又是冬天，寇彤跟著師父學醫術已經整整兩年了。

在一個飄雪的日子裡，寇彤迎來了她十五歲的生辰。

生辰過去了幾天，這日是臘月二十，寇彤像往常一樣來到了小緩坡。

結束了一天的學習之後，老者說道：「時間過得很快，轉眼又到年底了。這一年你們學得很認真，基本上已經是一個成熟的大夫了。我能教給你們的，都已經教給你們了，剩下的要靠你們在以後的行醫過程之中不斷學習，不斷摸索。」

寇彤與子默都點頭道：「是。」

寇彤十五歲了，繼承了蘇氏高高的個子，容貌卻隨了寇家的人，濃眉大眼，面容姣好。

因為這兩年跟著老者行醫，每天往來於病患之間，要接觸許多人，因此寇彤身上沒有姑娘家的扭扭捏捏，也不像那些粗笨的村姑，而是精神飽滿，身材健美，行動颯爽，說話大方磊落，讓人一見就心生好感。

站在寇彤旁邊的，是跟她個子差不多的子默。

子默長著稜角分明的國字臉，面容剛毅，因這幾年跟著老者東奔西跑，膚色呈現出健康的古銅色。相對於寇彤的靈動颯爽，子默要沈著穩重得多。這兩年來，子默變得越來越冷靜自持，話語也越來越少。雖然面目清冷，不愛說話，但是子默長了一張讓人看著就覺得充滿正氣的國字臉。

老者看著站在自己面前的兩個徒弟，心中不由得湧出一股自豪與欣慰。

他清了清嗓子，說道：「今天是我們課程的最後一天，從明天開始，你們就要靠自己學習了。」

到了年底，師父總是會讓他們休息一段時間，寇彤跟子默都以為師父是像去年一樣，所說的最後一天，不過是今年的最後一天罷了。

「嗯！」寇彤點點頭。「師父，我們過了年後，是正月裡就開始學習嗎？」

「不。」老者搖搖頭，眼中流露出一股不捨。「過了年，天氣變暖之後，我就要離開這裡了。」

乍一聽到師父要離開的消息，寇彤與子默都愣了一下。

「師父要到哪裡去？」寇彤心中一緊，忙問道。

「到哪裡去又有什麼要緊的？」老者沒有回答寇彤的話，而是說道：「自然是要去我該去的地方。我本來就不是范水鎮的人，原來也沒有打算在這裡停留下來的，但是因為遇見了妳，起了愛才之心，所以才為妳留了下來。」

寇彤聽了，心中十分不捨。這兩年的相處，她已經將師父當成了親人。

「既然當初師父能為我留下來，現在怎麼就不能了呢？」

看著寇彤著急的面孔，老者又是欣慰，又是不捨。「丫頭，妳好癡啊！」老者從藤椅上站起來，背對著寇彤說道：「天下無不散的宴席，世上之事皆是如此，緣來則聚，緣盡則散，妳又何必強求？很多事情，並非人力可以為之。妳這麼聰明，一定明白師父的話，對不對？」

兩年的相處，師父不僅教給寇彤醫術，還有作為大夫的本分、醫者該有的素養與良心。如果沒有師父，她不可能這麼快就掌握這麼多醫術，更不可能改變現在的生活。師父改變了她的命運，是她命中的貴人。

寇彤想著這兩年來點點滴滴的相處，淚水就模糊了雙眼。

師父為人和善，極好說話，但是一旦他決定的事情，就無論如何都改變不了。他背過身去，就是要自己好好想想，然後答應。等自己答應了，他才會轉過身來與自己說話。

寇彤看著師父如雪的髮絲與那有些佝僂的脊背，壓下了內心的不捨，哽咽地道了一聲。

「徒兒謹遵師父教誨。」

老者這才轉過頭來，對寇彤說道：「丫頭不用難過，作為醫者，能守護一方自然很好，若能走遍天下，領略不同的風景，見識到更多的人，醫治更多的疾病，也未嘗不是一件好事。而師父我，便一直是個遊方郎中，四海為家於我而言已經習以為常。說不定哪一天，師父走累了，還是會回來找妳的。」

「是！到時候，徒兒開一家醫館，讓師父做一個醫館郎中，好不好？」寇彤含著眼淚，憧憬著師徒相見的那一天。

「好好好！」老者笑得開懷。「師父沒有兒女，還指著你們兩個給我養老送終呢！丫頭別難過，畢竟我又不是今天就走，橫豎還有幾個月呢！妳要有眼淚，等我真正走的時候再流也不遲啊！」

「……嗯。」寇彤擦了擦眼淚。

寇彤像往常一樣辭別了師父後，順便給了子默一個眼神。

子默收到寇彤的示意，跟著寇彤來到門外。「師姊，有什麼事？」

「師弟，你知道師父要去什麼地方嗎？」寇彤問道。

「不知道。」子默搖搖頭。「我也是今天頭一次聽說，之前師父並未告訴我。」

「喔……」寇彤有些失望地看了看子默，然後叮囑他。「以後，你跟師父一起，一定要好好照顧師父。他老人家年紀大了，你要多順著他，幫我看著師父。」

「師姊放心，我會照顧好師父的。」子默向寇彤承諾道。

寇彤回到家後，跟蘇氏說了從明天起就不再去學醫了，又說了師父要離開的事。

蘇氏好一陣感慨。「我一個女人家，無法為妳做什麼，本來想著有老神醫這個師父，再加上子默這個師弟，總是妳的一個幫襯，到時候咱們回了南京，讓老神醫跟著一起去，妳就算有了依靠了，沒想到，老神醫竟要離開了。」

回南京？寇彤一愣。「母親，妳想回南京？」

「是啊！」蘇氏點點頭。「妳一天一天大了，總要回到南京本家的。妳年已十五，哪能總窩在這個地方呢？況且，還有妳的婚事，也該提一提了。」

婚事！寇彤不由得握緊了拳頭，僵硬地問道：「我的婚事，母親有什麼打算嗎？」

蘇氏見寇彤有些不自然，以為她害羞了，便說道：「妳莫害羞，姑娘家大了，總是要嫁人的，何況這婚事是妳父親在世時幫妳定下來的。對方家世不錯，與咱們家也算是門當戶對，妳未來公公與妳父親當年同是太醫院的學生，有同窗之誼。等咱們回了南京，這婚事就該提一提了。」

「原來是父親的同窗，我怎麼沒有聽母親提起過？」寇彤裝作不經意的樣子，好奇地問道。

見女兒並不像自己想像的那樣害羞，蘇氏心中暗自點頭：彤娘真是越來越像個大人了。

「妳先前年歲小，所以我一直沒有告訴妳，現在妳已是大姑娘了，我便想著也該讓妳知道了。」蘇氏說道：「妳未來夫家在南京，雖然算不上名門望族，但是也不錯了。妳未來公公在南直隸太醫院當值，是個太醫，他家中有一子一女，妳的夫君正是他的嫡子，名喚修哥兒。鄭家當年的意思，是想讓他也學醫。妳對醫術感興趣，他們家也是醫藥傳家，妳嫁過去後，一定會夫婦和順，相得益彰的。」蘇氏說著說著，竟然笑了出來。「妳當初學醫的時候，我就是這樣打算的，沒想到果然是如此。妳與那鄭家修哥兒，果然是應了那句『不是一家人，不進一家門』的話呢！」

「母親……」寇彤看著蘇氏的笑臉，不由得小聲問道：「那鄭世……鄭家修哥兒多大年紀了？」

蘇氏說道：「他比妳大了兩歲，今年已經十七了。當初我見他的時候，他還只有五歲呢，沒想到時間過得那麼快，轉眼間，十幾年都過去了。」

寇彤卻說道：「母親，這婚事是父親生前定下的，可是父親現在已經不在了，妳也知道，父親畢竟是獲罪之人，那鄭家還會認這門親事嗎？」

寇彤的問題讓蘇氏一愣，這個問題，她何嘗沒有想過呢？萬一鄭家不認這門親事該怎麼辦？看著寇彤一臉緊張與期待地望著自己，大大的眼睛裡面滿是擔心，蘇氏心中不由得一緊。無論如何，她也要為女兒爭取到這門婚事！

「彤娘，妳放心，婚姻大事，怎麼能說不認就不認？妳這親事，雙方可是交換過庚帖的，而且當時還寫下了婚書，有婚書作為憑證，那鄭家怎麼能不經過我們同意就私自悔婚呢？如果他們當真這樣做了，是要吃官司的。妳放心，母親一定讓妳風風光光地嫁入鄭家！」

看著母親信誓旦旦向她保證的樣子，寇彤心中不禁七上八下的。母親，妳哪裡知道，我根本不想嫁入鄭家啊！

寇彤還想說話，卻看到蘇氏的眉頭緊緊地皺到一起。看來，雖然母親嘴上說得肯定，但是心中也是不確定的，既然如此，那我就不說了。這件事情得要從長計議才行，還有時間，我一定能想出辦法來的！

晚上，躺到床上之後，寇彤一直想著解決問題的辦法。

這一世，定要離鄭家遠遠的！

從第二天開始，寇彤又開始了自學。有了師父這兩年的傳授，寇彤已經能看懂大部分醫書了，其中就包括那本《李氏脈經》。

但是《李氏脈經》裡面還是有許多很深奧的地方，寇彤有些不大明白，她決定過了年，還是拿著書去問問師父好了。

很快地就到了除夕，家家戶戶都燃放起了鞭炮，寇彤跟蘇氏一起守了歲，第二天一大早就給父親寇俊英上香。

「父親，又是一年過去了，在過去的那一年裡面，女兒已經學到了許多的醫術，你留下來的醫書我也能看懂大部分了。父親，你放心，我一定會好好學醫，總有一天定能像你一樣，為更多的人解除病痛。我知道你是冤枉的，你放心，我一定不會讓你一直這樣冤屈下去的，你一定要保佑女兒早一日為你洗刷冤屈。」寇彤在心裡默默說道。

「夫君，你看看咱們的女兒，彤娘已經長大了，她的醫術非常精湛，繼承了你的衣缽，你可以放心了！你要保佑我們娘兒倆平平安安的，並保佑彤娘的婚事順順利利！」蘇氏也在心裡默默說道。

母女兩個對著寇俊英的牌位，各自說著想說的話，然後把香插到牌位前面的香爐中。

新年這一天，母女倆高高興興地貼春聯、包餃子。

吃完飯後，蘇氏道：「過了新年，按理說應該拜拜觀音才是，可惜這范水鎮上沒有寺廟，要是在南京或者在京城，一定要到廟裡求個平安符戴戴才行。」

這幾天，母親總是說著要回南京的事情。「母親，咱們真的能回南京嗎？」寇彤問道。

去年蘇氏連著給南京寇家四房去了好幾封信，都沒有收到回音，這讓蘇氏的心情一天天消沈了下去，上半年幾乎都沒有提回南京的事情了，近來卻又頻頻提了出來。

「是啊！」蘇氏說道：「妳已經十五歲了，不能再耽誤了。我想好了，本家不來接咱們，可能是因為四房的人都不在南京。妳要知道，妳四房的大伯父在京城做官，四房的人很有可能都到京城去了，所以，咱們要自己回南京才是。現在天氣冷，咱們手上錢也不多，等天氣暖和了，我多做些繡活，攢點錢，咱們下半年就回南京去。」

母親不知道，四房的人根本就住在南京。只是因為父親是獲罪被殺，所以四房覺得父親給寇家抹黑了，恨不得所有人都不記得這件事才好。我們是罪人之後，回到南京，只會讓人家想起來當年父親是因為謀害貴妃而獲罪，只會讓寇家人厭惡我們的。

寇彤記得，前一世一聽到蕭家倒臺的消息，她們母女兩個就回到了南京，結果卻受到冷眼相待。直到一年以後，四房想利用她的婚事作文章，才稍微對她們好一點。

可是，這些話寇彤都沒有辦法對蘇氏說。

不過，就算要回南京也沒有什麼好怕的了，自己有醫術，還有一大筆財富傍身。上一世，自己與母親一無所有，只能依附本家四房，所以才會任人魚肉，而今生，自己再不用依附本家四房了。如果本家那些人對自己與母親還過得去，那就留在本家；如果本家對自己不好，大不了離開本家就是。

寇彤打定了主意，就笑著對蘇氏說：「母親好好做繡活，我也要好好行醫，努力攢錢。等送走了師父，咱們就開始準備回南京的事宜。」

往常提起回南京一事，女兒總是百般不願，難得今天寇彤這樣爽快，蘇氏覺得十分意外。女兒心意的轉變，總是一件好事，蘇氏也覺得久久以來懸著的心終於放到了肚子裡。

轉眼就出了正月，天氣一天一天暖和了起來。

寇彤拿著《李氏脈經》，讓師父給她答疑解惑。

老者看著《李氏脈經》，面色古怪地問道：「丫頭，妳拿的這本書是從何處得來的？」

「是我父親的。」寇彤說道：「先父年幼時身體不好，一直沒能治癒，後來機緣巧合下遇到一個遊方郎中，幫他治好了病，不僅傳授醫術給他，還送了這本書給他。」

老者點點頭說道：「醫術博大精深，這本《李氏脈經》不知是何人所撰寫，竟然如此精妙。這本書妳要收好，不要輕易示人，否則會引來禍端。最好妳能將此書中的內容悉數記住，然後毀掉此書。」

「是，徒兒謹遵師父教誨！」寇彤說道。

「那妳快些收起來吧，就是有不懂的地方，也應該抄下來問我，不能直接拿書來問，知道嗎？」老者嚴肅地說道。

「師父並非外人，徒兒所學皆是師父所教，在師父面前也不該有所隱瞞。如果沒有師父，這樣的書就是再精妙，於我而言，我也看不懂，便不過是一堆廢紙罷了。」寇彤認真地說著。

老者看著寇彤認真的模樣，十分欣慰。「丫頭心地純良，至真至誠，為師能得徒如此，老懷可慰啊！但是，剛才我說的話，妳仍要記在心上，若有一些精妙的書籍，輕易不可示人。妳年紀小，不知人心險惡，更不知有許多人為了一個藥方就弄得家破人亡。」

「是！」寇彤鄭重地點點頭。「徒兒記下了。」

時間過得很快，又是一個月過去了。

在師父指點之下，寇彤已經將《李氏脈經》裡面的內容悉數弄懂了，她按照師父的叮囑，當著師父跟子默的面，將《李氏脈經》焚毀。

看著這本書化為灰燼，寇彤的心竟然是前所未有的平靜。上一世，就是因為這本書，鄭世修的父親才願意讓自己嫁入鄭家，如今，這本書已經灰飛煙滅，自己再無可能嫁入鄭家了。

遠離鄭家，遠離鄭世修，這一輩子，寇彤要將命運握在自己手中！

三月，陽光明媚，繁花似錦，最是一年好風光。

可是這個時候，寇彤卻要跟相處兩年多的師父、師弟告別。師父告訴寇彤，他們已經決定明天早上出發，離開范水鎮。

寇彤十分不捨，在小緩坡上待了許久，直到天都黑了，才依依不捨地起身回家。

子默對寇彤說道：「師姊，我跟妳一起回去吧，我想去辭辭伯母。」

「好的。」寇彤說道。

一路上，兩個人一直沈默不言。

寇彤一直在想著，師父走了之後，她就要獨自面對那些病人了，也不知道沒有師父在身邊，她能不能應付得了？師父並沒有告訴她要去什麼地方，不知道下次見面將會是什麼時候？幸好有子默陪在師父身邊，這樣她就放心了。子默已經十七歲了，不再是幾年前那個冷漠的少年，相信有他在，一定會把師父照顧得很好的。

子默看著走在前面低頭不語的寇彤，心頭像壓了一塊大石頭一樣，只覺得呼吸都變得艱難了起來。在過去的日子裡，這一條路，他曾經陪著她走過許多次，兩個人或歡笑、或爭執、或討論醫藥，從來沒有像今天這樣令他覺得難受。曾經的過往一幕幕地出現在眼前，子默的心不禁覺得酸酸澀澀的。他多麼希望能像往常一樣陪著她，他並不強求，只希望能天天看到她，哪怕就只是走這一段路，他便知足了！

可是，今日一別，日後不知何時才能相見？今天也許是他最後一次陪著她了……

「師姊！」

子默突然開口說話，打斷了這暮色中的寧靜，也打斷了寇彤的思緒。

她不由得停下來，轉過頭來問道：「怎麼了，師弟？」

夕陽漸漸落下，暮色漸濃，在晚霞映襯下，寇彤那明亮的大眼睛、豔麗的臉龐，讓子默感到一陣窒息。

他一直都知道她是美麗的，就像是早春的山茶花，天生麗質，秀雅繽紛，一朝綻放，便令人驚豔不已……子默的眸光因為不捨而變得濃烈。

就在寇彤與他對視的一瞬間，看見他眼中糾纏的不捨與纏綿，不知怎的，寇彤覺得自己突然間明白了子默對她的情愫。

往事一幕幕浮現在眼前，她學醫術，子默嘴上雖然不理會她，但還是會配合她辨藥；她拜師成功，子默卻非常失落；她送的書籍，子默愛如珍寶……

什麼時候起，眼前的這個少年，竟將她小心翼翼地放在心上，用她沒有覺察的方式，細心地守護著？寇彤微微有些動容。對於子默，她當作兄弟，當作家人，卻從來沒有想過會是伴侶。如果子默開口的話，她要如何拒絕？

「彤娘……」子默的聲音裡面有著濃濃的眷戀。

「師弟！」寇彤正色糾正道：「我是你師姊，我們鄭門門規，不可以直呼長者之名。」寇彤的聲音較往常大了許多，語氣鄭重而凜冽。這話一出，寇彤自己都嚇了一跳，她怎麼會用這麼強硬的語氣跟子默說話？

子默的臉色變了變，像受到了極大的打擊，身子晃了晃。

子默……對不起！

師父說，子默從小遭遇變故，父母雙亡，因此才造成了他冷漠的性格。這兩年來，子默已經開朗了許多，而自己今天這樣說，子默一定會很難過的。

她曾經愛慕過鄭世修，所以她自然知道愛慕人的心情。鄭世修給她的打擊，幾乎要擊碎了她。而現在，她竟要用如此無情的方式來打擊另外一個人，她覺得非常難受。

寇彤抿了抿嘴唇。他們是同門，同門之間是不可以婚嫁的！更何況，她現在對男歡女愛沒有任何想法，如果她不堅定點的話，會讓子默誤會的。

鄭世修若是告訴自己，他不喜歡自己，也許自己就不會總是作著有希望的夢了。就是因為他若即若離，所以自己才會那麼傻，最後才會那麼受傷。

她寇彤不可以做這樣子的事情！現在唯有快刀斬亂麻，才能將對子默的傷害降到最低。等他們分開了，子默遇到更好的姑娘，自然而然就會忘了她的。

打定了主意後，寇彤便不再猶豫，說道：「明天你們就要走了，你一定要好好照顧師父，也要好好照顧自己。作為師姊，我必須再次叮囑你，要聽師父的話，不要惹他老人家傷心。」

子默臉色慘白，他已經明白了寇彤的意思。他定了定心神，強迫自己打起精神。

「師姊說的是……」子默的聲音較往常低沈了許多。「師姊，我想起來還有許多東西要收拾，伯母那裡我就不親自去道別了，師姊妳幫我說一聲吧！」

說著，子默拉起寇彤的手，將拎在手中的布包袱塞到寇彤手中。「妳這段時間臉色有些差，這是我做的草藥枕頭，妳晚上枕著這個睡，可以改善氣色。以後，我不在身邊，妳要好好照顧自己，還要好好照顧伯母。我不能親自辭別，請伯母原諒！」說完，子默再不看寇彤一眼，扭轉了頭，腳步凌亂地往回走。

寇彤雖然沒有看到他的臉色，卻可以明白子默現在沮喪的心情。

子默，有一天，你會遇到一個值得你珍惜的好姑娘。

暮色四合，天已經全然黑下來了，子默的身影完全看不見了，小緩坡也消失在夜幕中。

寇彤戀戀不捨地往西邊看了一眼，這才轉身回家。

第十四章　整治庸醫

第二天一大早，寇彤像往常一樣來到小緩坡，可是卻沒有看到師父與子默的身影。她心頭一緊，忙推開柴門。屋舍裡的東西還是像往常一樣，那張藤椅還在那裡，可是師父的藥箱卻不見了，平日裡起居所用的東西也沒有了！

寇彤望著空蕩蕩的房間，難掩心頭的失落。師父、子默，為什麼不等我來就走了？

原本熱鬧溫馨的房間，一下子變得冷寂寂的，窗外還是明媚春光，寇彤卻覺得失落異常。雖然早就知道他們會走，可是到了真正面對的時候，寇彤還是覺得有些無法適應。

往常這個時候，她或許跟著師父一起出診、或許跟著師父學習，今天她突然有些手足無措了。

她坐在門檻上，看著門前一塊塊的藥圃，一時間不知道該做什麼好。

就這樣，寇彤呆呆愣愣地坐了一個上午，就在她站起身來拍著痠麻的雙腿，準備回家的時候，突然有人打著赤膊從山下跑了上來。

這個人寇彤認得，是鎮子上打鐵的曾鐵牛。

曾家世代打鐵，這個鎮子上的菜刀、剪子、鋤頭等，十之八九都出自曾鐵牛及他的兩個兒子手中。

早上來的時候，寇彤還看到他光著膀子在門口打鐵呢！

他呼哧呼哧地跑到山上，滿頭大汗地停在寇彤面前，喘著粗氣問寇彤。「小寇大夫，老神醫呢？」

「發生什麼事情了，鐵牛大叔？」寇彤忙問道。

「我家金山病了，病得很嚴重，想請老神醫幫忙看看。」曾鐵牛說著，擦了擦頭上的汗。「老神醫在家嗎？」

「師父不在。師父今天就離開范水鎮了。」寇彤說道。

「啊？」曾鐵牛苦著臉說：「老神醫走了？那……那金山的病可怎麼辦？我家金山等著他救命呢！小寇大夫，妳知不知道老神醫走多久了？去了什麼地方？我現在追去能不能趕得上啊？」曾鐵牛急得像熱鍋上的螞蟻，恨不得立馬將老神醫找回來。

寇彤攤了攤手說道：「是今天早上走的，我也不知道師父去了什麼地方。」

「哎呀！」曾鐵牛捶胸頓足。「這可怎麼辦？這可怎麼辦？早知道……早知道我就早點來請老神醫，早知道我就不聽柯大夫的話了！」

「柯大夫？」寇彤聽了一愣。「柯大夫不是搬走了嗎？」

「欸，他是半個多月前回來的。要不是他說他能治這病，還說不收錢，我怎麼也不會讓他治呀！這本來是小病，現在都拖成大病了！」曾鐵牛懊惱不已。「這害人的傢伙，真是害苦了我家金山了！」

寇彤看著他悔恨交加的樣子，連忙說道：「鐵牛大叔，現在著急也沒有用，你快帶我去看看吧，說不定金山大哥的病，我能治呢！」

「對呀！」曾鐵牛像突然醒悟一般，驚喜地看著寇彤。「我怎麼給忘了，小寇大夫妳也是大夫呀，而且還得了老神醫的真傳，之前也在老神醫的指點下幫許多人看過病，我怎麼就給忘了呢！」

寇彤笑著對他點點頭。「我也是大夫，我幫金山哥看看去。」

曾鐵牛催促道：「那我們快走！金山那孩子現在可受大罪了，茶飯吃不下，連起床的力氣都沒有了。」

什麼病竟這麼嚴重？「好！」事不宜遲，寇彤邊走邊說道：「鐵牛大叔，你把金山哥的病症跟我說一下。」

「是這樣的，這孩子的身子一直很強壯，但一個月前不知怎麼回事，突然說胸口悶得慌，起初我們都沒有放在心上，誰知過了幾天就開始氣喘起來了。就在那個時候，柯大夫回來了，給金山開了藥，吃了幾天後，不僅沒有用，反而整天覺得肚子脹，連飯都吃不下了。我們看他吃不下飯，就捨不得他幹活，他娘天天守著他，家裡的活兒都是我跟銀山做了，一點兒也沒讓他碰，就讓他躺在床上休息，誰知道，竟越休息越壞！這幾天，金山不僅人消瘦了許多，說話也有氣無力，而且略一閉眼就要睡著，一天睡到晚還是覺得異常睏倦，都把我跟他娘急壞了！小寇大夫，妳說這是什麼病啊？」

「嗯……」寇彤低頭想了想，說道：「聽你這麼說，倒像是受了風寒，但具體怎麼樣，要等看過診之後才知道。」

很快地就到了曾家，曾鐵牛為人憨厚，兩個兒子曾金山、曾銀山也是不錯的小夥子，經常幫鄰居的忙，因此，曾金山病了，有許多鄰居都前來探望。

看到寇彤來了，那些人都上來跟寇彤說話。

「這下子好了，老神醫來了，金山的病一定不愁了！」

「是呀！老神醫的醫術，那叫一個高明啊！」

「咦？怎麼不見老神醫？」

在人群之中，寇彤看到柯大夫也在。

寇彤將老神醫已經離開范水鎮的事情說了一下。

立馬有人嘆息道：「老神醫怎麼就這麼走了呢？以後我們生病要找誰看病呀？」

柯大夫立刻說道：「不是還有我嗎？這世上又不是只有他一個大夫！」

眾人聽了這話，都沒有理會，反而問起寇彤。

「老神醫走了，那金山的病怎麼辦？」

「我來治！」寇彤看著眾人懷疑的眼神，看到柯大夫鄙視的目光，就上前一步，提高了嗓音。「金山的病我來治！我跟著師父學醫兩年，這些許小病還難不倒我！」

「小寇大夫說是些許小病呢！」

「這些許小病，柯大夫可就沒有治好！」

「哼！」柯大夫聽見了人群中的議論，鄙夷地說道：「吹牛誰不會？我行醫十幾年，難道還不如一個行醫兩年的黃毛丫頭？你們這些人，千萬別被她騙了！」

「諸位！」寇彤看著眾人道：「諸位都知道，柯大夫因為給楊姨娘貼了極寒之藥膏，導致楊姨娘落了胎，當時劉地主要抓他見官的事情，想必大家還記得吧？」

「妳……妳胡說什麼！」柯大夫沒有想到寇彤剛一見面就揭他的短，一時間，柯大夫只覺得自己像被人當眾打了一個耳光一樣，臉上火辣辣的。但是寇彤說的是實話，他又不知道該如何辯解。

「我胡說？」寇彤反問道：「我可沒有冤枉你！那楊姨娘可是用了你給的膏藥才會落胎的，這是眾所周知的事情，怎麼變成我胡說了？」

「那楊姨娘不過是……不過是吃錯了東西才落胎的，與我何干？」柯大夫梗著脖子，紅著臉，支支吾吾地辯解道。

「你分明就知道那藥有問題，所以在楊姨娘落胎前幾天就收拾東西跑了！你怕人知道，所以是連夜跑的。若不是畏罪潛逃，你何必偷偷摸摸，而且一去就是那麼久？大家應該記得，楊姨娘的胎一直都是柯大夫看的吧？」

見眾人點頭，寇彤這才繼續說道：「所以，楊姨娘落胎之事，他脫不了干係！年前劉地主去世了，所以他現在才敢回來。為了拉攏人心，他又耽誤了曾金山的病，像柯大夫這種見錢眼開、毫無醫德之人，簡直就是我們杏林界的敗類！」

經過兩年的行醫，寇彤看到太多人因為沒有及時治療而導致病情加重，她也明白了若是大夫不好好行醫，而是將行醫當作賺錢的工具，那麼大夫便與屠夫無異！

因此，今天聽說曾金山是因為柯大夫而加重了病情，她十分痛恨，說起話來也就十二萬分的不客氣了。

「妳憑什麼這麼說我？」柯大夫惱羞成怒。「臭丫頭！乳臭未乾就敢在這裡大放厥詞！我出來行醫的時候，妳還在娘胎裡呢，老子吃的鹽比妳吃的飯都多！」

柯大夫跳腳的樣子，令眾人覺得他實在毫無形象可言。

寇彤卻沒有理會他，只是輕飄飄地看了他一眼，對著眾人繼續說道：「我跟著師父學醫兩年，這次是我第一次獨自行醫，今天就請諸位給我做個見證吧，如果我治好了曾金山的病，請大家以後都來找我看病，不要再找其他人了，我相信我的醫術與良心都比其他人要強得多。」寇彤口中的其他人，指的自然就是柯大夫了。

「好，我們聽小寇大夫的！」

「這麼嚴重的病小寇大夫都能治的話，想來其他的病也不在話下了。」

柯大夫在一旁咬牙切齒道：「好！臭丫頭，我就等著，我倒要看看妳如何治這個病！」

「多謝諸位見證！我先去診斷，出來再告知大家結果。」寇彤施了一禮，便跟著曾鐵牛一起進了房間。

寇彤細細地給曾金山把了脈，又看了看他的舌頭，發現他舌苔厚膩，又問了一些話後，大致知道了是什麼毛病，就給曾金山開了一個小青龍湯的方子，讓鐵牛媳婦去抓藥。

然後，她走出去，對外面翹首等待著的眾人說道：「金山哥得的不是什麼大病，不過是受了風寒，加上他體內有水飲，才會導致現在這種情況。我已經開了方子，今天服用一服藥，就不會昏昏欲睡了；明天再換一個方子，明後兩天服用，後天即可治癒；之後再略服用些藥，就沒事了。不出三天，即可下床！」

「哎呀！真不愧是神醫之徒，手段高明啊！」

「所謂名師出高徒，果然不一般啊！」

「你們不要高興得太早，我們且等三天之後再看！」柯大夫說著，甩著袖子就走了。

「慢著！柯大夫，我寇彤有話要說。」寇彤衝著柯大夫說道：「我勸你還是不要再行醫了，有我寇彤在，這范水鎮斷不會像往常那樣受你擺布的！」

柯大夫腳步一頓，立馬扭過頭來，火冒三丈地罵道：「臭丫頭，那也要看妳有沒有這個本事！這范水鎮是我的天下，妳不過是仗著那老騙子的勢罷了，現在他走了，沒人給妳撐腰了，妳少在我面前耀武揚威地嚇唬人！」

寇彤卻不理會他的氣憤之言，而是慢條斯理地說道：「我寇彤從不做嚇唬人的事，是不是嚇唬你，過幾天你自然知道。相信大家也會記得今天的話，但凡有我寇彤在，便再無人找你看病。你且看著吧！」

柯大夫看著寇彤那信誓旦旦的模樣，終究是有些心虛，他沒有停留，而是梗著脖子走出了人群。

「這幾天請大家幫忙看著，相信金山哥一定會平安無事的。」寇彤說道。

寇彤受了曾鐵牛一家的酬謝，這才辭別眾人，回到家中。

今天的事情真是太意外了，沒想到師父剛走，自己就遇到了曾金山生病。她以為大家都是相信她的，沒想到，大家不過是看在師父的面子上才會相信她。若不是有師父，恐怕她說什麼都沒有人相信吧？更沒有想到的是，柯大夫居然還敢回來！

不過看他那窘迫的樣子，就知道他在外面混得並不好。現在師父走了，她要直接面對柯大夫的挑戰，如果被柯大夫比了下去，今後范水鎮便再無她寇彤立足之地了。

不過，她相信自己的醫術一定比柯大夫強。那個柯大夫不過是隻紙老虎罷了，雖然師父不在，但是她也不怕。

在這個范水鎮裡，只能有她一個大夫！

若是師父在就好了，若是師父在，她就不用面對這些事情了。也不知道師父他們去了哪裡？現在有沒有休息？是停留在某個地方了，還是一直雲遊四方呢？

今天太晚了，明天要到街上的木匠家裡，請他幫忙做個醫藥箱，到時候，自己出診的時候要揹著藥箱出去，一些常用的藥也要備上一些。

但眼下，還有一件很重要的事情——她手上的銀錢不多了，她需要再到鎮子東頭的破廟裡面取銀子。

天再一次黑了下來，寇彤拿了件外衣穿在身上就出了門。

一路上偶爾會遇到人，好在天已經黑了，別人就算看見了她，也看不清她的臉。寇彤的腳步很快，像往常一樣步履匆匆地來到了破廟。

天雖然很黑，但是寇彤卻一點都不怕，因為在過去的兩年裡，這個地方她已來過不下二十次了。基本上，每個月她都要來取銀子，因為常來常往，這一帶寇彤已經非常熟悉了。

這裡鮮少有人，來得最多的就是野貓了。現在又到了春天，不知道那些貓會不會跑來苟合呢？

她依然很小心，因為一旦被別人發現了她的行蹤，於她是不利的。兩年來，寇彤已經把這筆銀子看作是自己的囊中之物了，她不允許別人來窺探她的財物。

像之前一樣，她看了看四周，沒有發現異樣。今天出奇的安靜，甚至連野貓也沒有出現。寇彤屏住呼吸，在破廟門口等待了一會兒，支著耳朵聽著周圍的動靜。

暗夜裡，她的感官變得特別靈敏，這是她這兩年來養成的。

確定沒有人到來之後，她手腳敏捷地走進了破廟，像一隻捕獲獵物的貓兒一樣，腳步輕盈又迅速。進了破廟之後，她又以最快的步伐穿過明堂，走進東邊的屋子。

她小心翼翼又熟練地摸著牆壁，數到第五十八塊牆磚的時候，她微微一笑，然後躡手躡腳地將牆上的磚頭取了下來，把手伸進牆裡面，從裡頭掏出一錠又肥又胖的銀元寶。

就在她把銀元寶揣進懷裡，準備把牆磚裝回去的時候，外面突然傳來一陣急促又慌亂的腳步聲。

有人！

寇彤的身子一下子便定住了，她立馬屏住了呼吸。難道自己被人發現了？這該怎麼辦？

三月的夜晚還有些冷，寇彤卻出了一腦門的汗。

「關毅，你放了我跟檀郎吧！」

一個女子苦苦地哀求著。

「我跟檀郎是真心相愛的，我們都逃出來了，你何必這麼苦苦相逼呢？」

那女子雖然是在哀求，但是語氣之中卻帶了幾分命令與強硬，聽聲音，應該是一個十分年輕的女子。

呼！寇彤鬆了一口氣，原來不是衝著她來的。她剛想出去，就聽到一個男人也開口說話了。

「是啊！關公子，你……你放了我們吧！」

男子的聲音也帶著懇求，但是相較於那女子，男子的聲音裡面帶了幾絲顫抖。

這個男子，應該就是檀郎了。

「阿紫！這個男人不過是個戲子，妳捧他也就算了，怎麼能跟這個人私奔？妳看看，他現在這懦弱的樣子，哪裡值得妳為他夜奔離家？妳這樣置我們關家於何地？妳讓我們關家如何面對旁人的質問？」

另外一個年輕男子痛心疾首的聲音響起。

寇彤已經聽明白了。阿紫姑娘跟著戲子檀郎私奔，而這個叫關毅的年輕人，應該是阿紫的丈夫，所以他才會連夜追了出來，所以阿紫才會求他放過他們。

太好了，跟自己無關！這下子寇彤徹底鬆了一口氣。她這才意識到那磚塊已經拿在手中很久了，不禁覺得手又痠又痛。

若是將磚塊放回去，外面的人不知道會不會聽到動靜？

本來跟自己沒有關係就可以放鬆的，但是寇彤怎麼也沒有想到自己居然會遇到「丈夫追蹤私奔的妻子與姦夫」這樣的場面。

姦夫淫婦與憤怒的丈夫！這三個人對決的場面，寇彤光用腳趾頭想也能猜到外面是個什麼畫面。

這畢竟不是什麼光彩的事情，若是外面的人知道有人躲在這裡偷聽，一定會覺得非常難堪的。寇彤想了想，還是覺得自己暫時不要出聲好一些。

她將左手中的磚塊換到右手裡面拿著，然後用力甩了甩瘆痛不已的左手。

外面的對峙還在進行著，那三個人的爭吵聲越來越激烈了。

「你要是再過來，我就不客氣了！」

阿紫姑娘的聲音突然變得凜冽起來。

「阿紫，我勸妳還是乖乖跟我回去——」

這說話的一定是關毅了。但他的話沒有說完，就突然停住了，然後「哐噹」一聲，寇彤聽到了金屬掉在地上的聲音。

「關毅！你……你放了我們吧！我求求你……」

那女子的聲音突然之間變得悽苦，並且帶了幾分哭泣，寇彤聽著都覺得心軟了。

唉！寇彤心中長長地嘆了一口氣。怎麼可能會輕易放手，姑娘，妳這是私奔哪……

寇彤只顧著憐惜那阿紫姑娘，卻忘記了手中還有磚頭，就在她放鬆的一瞬間，只聽見「叩咚」一聲，手中的磚頭掉落在了地上！

夜幕中，這聲音特別的明顯。

「誰？」

「誰？」

幾乎是同一時間，一男一女的聲音同時響起。

寇彤的心怦怦直跳，如果自己在這個時候出去，外面的人不知道會有多尷尬……

「喵！」急中生智，寇彤學著野貓叫了一聲。

「原來是隻貓啊！」

阿紫姑娘放下心來。

寇彤聽了，也鬆了一口氣。

可是，那叫關毅的男子卻大聲質問道——

「裡面是誰？快出來！再繼續裝神弄鬼，我就不客氣了！」

聲音中，帶著幾分令人不容置疑的冷漠。

這個人……寇彤咬了咬牙。真是可惡，難怪妻子要私奔呢！哼！

第十五章　暗夜驚魂

「關毅，你說什麼呢？裡面是隻貓！」

阿紫的話剛落音，寇彤就在她的驚詫之下，硬著頭皮從裡面走了出來。

破廟門口的左右兩邊共站著三個人，左邊兩個應該就是阿紫與她的檀郎了，而右邊的那一個不用說，一定就是關毅了。

「那個……我什麼都沒有聽到！」寇彤連忙解釋道。說完，她又覺得自己這樣說不妥當，忙又改口道：「我並不是有意偷聽的！你們放心，今天的事情我絕對不會說出去的，我發誓！」

寇彤的話說完了，卻根本沒有人理會她。

淡淡的月光中，寇彤可以感覺到那三個人都冷冷地注視著她。

都怪這個關毅，若不是他，自己根本不用這麼尷尬的。現在這個場面，大家都難受。這麼乾站著也不是辦法，寇彤吸了一口氣，讓自己看上去盡可能的善解人意，開口勸解道：「關公子，剛才你們說的話我都聽到了，雖然跟我沒有什麼關係，但是作為一個旁觀者，我要說一句。俗話說，強扭的瓜不甜，既然阿紫姑娘不喜歡你，你也不要強求了。」強扭的瓜不甜，若是自己上輩子明白這個道理，就不會那麼慘了。「強求來的不會長久，不過是鏡花水月罷了。就算你留得了她的人，也留不住她的心，你還是放了他們，成全這一對苦命的有情人吧！」

寇彤的話剛說完，那個叫關毅的男子身子明顯一僵，好像受到了極大的觸動般。

寇彤見了，就再接再厲道：「大丈夫何患無妻？雖然妻子與人私奔是……令人十分難堪之事，但是你大可以跟別人說阿紫姑娘得了不治之症，到時候，你另外再娶一房妻子就是了。我看你年輕又相貌堂堂，一定會有真正愛慕你的人願意與你結為連理，舉案齊——」

「妳胡說什麼！」

突如其來的聲音嚇了寇彤一跳。

「妳住口！」那個叫關毅的男子打斷了寇彤的話，他語氣之中有著一種掩飾不住的氣憤。他上前一步，對著她說道：「這是我阿姊！是我姊姊！」

阿紫……阿姊……姊姊?!

寇彤頓時尷尬得要死，直想在地上找個縫隙鑽進去！

她說了半天，原來這個「阿紫」姑娘是關毅的「阿姊」，並非他的妻子啊！

那，剛才自己豈不是像傻子一樣自言自語？真是……太丟臉了！寇彤想著。

驀地，一聲嬌喝響起。「關毅，你跟她囉嗦什麼？還不快殺了她！」

寇彤倏地轉過頭，瞪大了眼睛，不敢置信地看著「阿紫姑娘」。她居然要關毅殺了自己?!

見關毅沒有動靜，那女子又說道：「她知道了我的秘密，一旦洩漏出去，我們關家的名聲就全毀了，你還不快動手！」

寇彤的心幾乎要停止跳動了。她怎麼也沒有想到，這個女子居然要殺了自己！她不想死，她也不能死！

她連忙轉過頭來，驚恐又哀求地看著那個叫關毅的男子。

清冷的月光下，他的目光凜冽又無情，她的心一下子就跳到嗓子眼。

他們有三個人，而自己就只有一個人。這裡離鎮子遠，自己的呼救聲肯定沒有人能聽見的。若是自己此刻逃跑，恐怕還沒有跑回鎮子上就會被追上了，到時候，他們肯定會毫不猶豫地解決了自己。

寇彤眼中滿是驚恐，她好像已經看到了自己被殺死的景象。

怎麼辦？怎麼辦？……不能急，師父說過，遇事不能慌，一定有辦法的！寇彤的大腦飛快地運轉著，想著應對之策。

「怎麼？現在知道害怕了？」關毅的聲音裡面滿是嘲諷。「剛才苦口婆心地為別人求情的時候，妳恐怕就沒有想到會被人反咬一口吧？可見這世上，好心不一定有好報的。」

「那個……」寇彤輕輕地往後退。

關毅走到寇彤面前，突然彎下腰，從地上撿起一柄短刀。

金屬映著月亮的清輝，散發著冰冷之氣。剛才掉到地上的，恐怕就是這柄短刀吧。他……他是要用這個殺死自己嗎？

寇彤吞了吞口水，用力地吸了吸鼻子，竟聞到了一股血腥之味，不由得臉色大變。她是遇到殺人狂魔了嗎？否則這刀上怎麼會有這麼濃郁的血腥味？

我命休矣！寇彤在心中哀嚎著。完了、完了，他看過來了！

「錚！」的一聲，關毅將短刀插入刀鞘之中。

寇彤兀自發愣。他這是要放過我了嗎？

關毅說道：「既然妳還知道維護家族的名聲，那就放過妳吧。我們會對外說妳是重病不治而亡的，從此之後，這世上再無關家大小姐這個人，妳不許再用關雪這個名字，更不許踏入南直隸與京城半步。」

原來，「阿紫姑娘」的名字叫關雪。

「是。」那女子倔強地說道：「關雪已經重病而亡，這世上再無此人，我也再不會踏入南直隸與京城！」

女子的聲音雖然倔強，寇彤卻聽到了一絲酸楚與哽咽。

「都怪祖母太過寵愛妳，所以才養成了妳無法無天的性格。關家養妳多年，妳卻為了一個戲子私奔，若是祖母知道了，該是多麼的傷心？如果旁人知道我們關家的大小姐跟著別人私奔，妳讓我們關家的臉面往哪兒放？」關毅的聲音像一柄刀子，冰冷而無情。

「關毅，你只知道責怪我，你哪裡知道，我今天之所以這樣離開，正是為了要顧及關家的臉面啊！」關雪慘然一笑。「我今年已經二十四了，旁人像我這麼大，孩子都生了好幾個了。你看看我，如果還繼續待在關家，關家大小姐一直嫁不出去，這對關家的名聲難道就好嗎？」

關毅聽了，先是一怔，然後聲音低低地說道：「就算如此，妳大可以讓他到咱們家提親，明媒正娶，風風光光地出嫁，不好嗎？」

「不好！」關雪大喊一聲。「第一次我要嫁的是個文質彬彬的世家公子，他卻在成親前半年染病死了。你們安慰我，說那世家公子本來身子就不好，又迅速地給我說了親。第二次說的是一個驍勇善戰的將軍，結果呢？快要成親的時候，他死在了戰場上。從那以後，再也沒有勛貴人家願意與我結親了，因為人人都知道，關家大小姐是個剋夫的命。第三次，終於有人願意與咱們家結親了，對方雖然文不成、武不就，但好歹為人老實，我也認了，可是，迎親的時候，他卻從馬上摔下來，生生成了傻子。」

「阿姊，這些都不是妳的錯。」

「可是旁人並不會這麼認為！」關雪含著眼淚說道：「就算是傻子，我也願意嫁過去，可是他母親得知這件事情之後，親自跑到咱們家，跪到我面前求我放她兒子一條生路。從那之後，再也沒有人願意娶我了。」

關毅指著關雪旁邊的檀郎說道：「那他呢？妳就不怕自己剋死了他？」

那檀郎立馬上前一步，站在關雪身邊，握著她的手說道：「我不怕！只要能與雪兒在一起，哪怕被她剋死，我也心甘情願！」

檀郎的話一出，關雪身體一僵，接著她眼角溢出了晶瑩的淚水。

關毅長長地嘆了一口氣。「就算如此，妳大可以讓他到咱們家提親，為什麼非要暗夜私奔？」

關雪聽了不為所動，而是雙目含淚地說道：「關家大小姐連剋三人，這個笑話在京城已經被人議論了許久，難道還要再添上其耐不住寂寞，自甘墮落嫁給戲子這樣的說法嗎？」

面對關雪的反問，關毅搖了搖頭。「說到底，妳不過是不相信家裡能夠給妳庇佑罷了。」他對關雪說道：「婊子無情，戲子無義，從古至今，此話不爽。枉妳是名門之秀，讀了這麼多年書，竟然也如此眼瞎。妳走吧，從今之後，希望妳好自為之！」

「多謝你，多謝關公子！」那檀郎兀自說著感激不盡的話。

關雪卻一把拉過他，聲音低低地說道：「檀郎，咱們走！」

她聲音雖然低，可是寇彤卻能聽到她是歡喜不盡的。

是啊，能跟喜歡的人相依相守，是應該歡喜不盡的吧？可是，這個男人真的值得她拋棄家人，月夜私奔嗎？寇彤不得而知。

「看什麼看？」關毅突然說道：「人已經走遠了！」

哎呀！自己怎麼把這個人給忘了！

「那什麼……既然他們走了，那我也走了。」寇彤趕緊說道：「後會有期！」

「慢著！」關毅一伸胳膊，攔住了寇彤的去路。「妳是誰？這麼晚了，一個人躲在這破廟裡面鬼鬼祟祟做什麼？」

「那個……是這樣的，關公子，」寇彤見關毅沒有傷害她的意思，說起話來膽子就大了許多。「我是這個鎮子上的人，我姓寇，是一名大夫，今天我到這裡來是為了找一味藥材的。」

「妳是大夫？」關毅看了看寇彤，顯然非常不相信。

「是的。」寇彤點點頭。「這鎮子上，我是唯一的大夫。你隨便找戶人家都可以打聽到我，只要說找小寇大夫就行了。」

「就算妳是大夫好了，妳剛才說妳在找藥材？」關毅覺得寇彤的話很好笑。「這破廟裡面有什麼藥材？」

「是這樣的，我在家看醫書時看到一個古方，裡面有一味藥就是寺廟裡面的泥土，我一時興起，忘了時間，就跑來了，沒想到——」寇彤突然止住了話頭。剛才的事情，還是少提起為妙。

「嗯。」關毅不置可否，過了一會兒，他才說道：「既然如此，妳走吧。」

「真的?!」寇彤喜出望外，她意識到自己這樣說好像十分不信任對方一般，忙改口道：「那多謝關公子，我先走了，後會有期。」她心中想的卻是後會無期！

「嗯。」關毅點點頭。

保命要緊，寇彤一刻也不敢再停留，抬腿就走。但經過關毅身邊的時候，她又聞到了血腥味。

到底是怎麼回事呢？寇彤這樣想著：刀已入鞘，味道就不是刀上的，那……就是關毅身上的嘍？莫非他受了傷？

她不由得回頭望去，只見關毅坐到了地上，她連忙跑回去，問：「關公子，你怎麼啦？」

「我沒事，不過是在外面跑了一夜加上一個白天，有些累罷了。」關毅衝寇彤擺擺手，一副沒事的樣子。

跑了一夜加一天，身體極度疲乏也是有的。若是這個時候又受了傷，那是極容易變嚴重的。

作為大夫，寇彤不允許自己這樣漠視一個身體受傷的人，更何況這個人還手下留情地放了自己一馬。

她蹲下來問道：「傷口在哪裡？」

「不過是一點小傷，這點傷不——」關毅本來想說「這點傷不算什麼」，可是他的話還沒有說出口，就看見她狠狠地瞪了他一眼，到了嘴邊的話，突然就嚥了下去，苦笑地指了指腿。

藉著月光，寇彤看到關毅腿上隱隱有血色。

「你跑了一天，現在正是最疲倦的時候，如果硬撐著不管的話，傷口可能會更嚴重的。作為大夫，我不得不提醒你，現在正值暮春，外面瘴氣比較多，你需要好好休息。」

寇彤的語氣認真而又鄭重，像一個真正的大夫。

關毅聽了不由得一愣。眼前的這個姑娘大概有十五、六歲的年紀，身材高䠷，面容雖然看得不甚清楚，但是話語中有著不容置疑的說服力。

他曾經在戰場上兩天兩夜沒合眼，頂著風雪，沒有乾糧，只有冰得讓人打顫的冷水可以下肚。那個時候還要手握鋼刀，奮力殺敵。

他聽過別人誇他英俊、讚他勇猛，但從來沒有一個人像眼前這個姑娘一樣，把他說得如此脆弱，好像一個小小的刀傷就能讓他萬劫不復一般，這種感覺非常奇怪。關毅坐在地上，腦海中掠過這些想法，總覺得哪裡有些不對勁。

寇彤已經站了起來。「你需要休息！你有沒有可以去的地方？」沒有聽到對方的回答。也是，他怎麼可能會有地方可以去？他跑了一天才追到范水鎮，想必是從百里外來的。這個時候，自己總不能將他丟在這裡，不管不問吧？但貿然帶他回家，更是不可能了。

這樣看來，只能讓他住客棧了。

「你現在能站起來嗎？」寇彤看著坐在地上的關毅問道。

關毅聽了這話，抬起頭來，仰著脖子看著她。

寇彤忙蹲下來，有些抱歉地說道：「這麼晚了，我不能帶你回家。」

啊？關毅心中一驚。原來她還想帶我回家?!

這大晚上的，遇到了自己，見自己受傷了，她就善心大發，可憐自己，想帶自己回家，就像帶一隻流浪的阿貓阿狗一樣？

原來他也有被人可憐同情的一天啊！若不是他今天真的遇到了，恐怕別人怎麼說他都不會相信的。

「不過你放心，我不會丟下你不管的。」寇彤看關毅不說話，以為他是擔心自己無處可去，她聲音輕柔地說道：「我帶你去鎮上的客棧吧，你在那裡歇一晚，至於別的事情，明天再說吧。」寇彤問道：「要不要我扶你起來？」

「不用、不用！」關毅忙說道：「我自己可以起來。」他只是受了小傷，並不是沒有腿了，怎麼能讓女子扶他起來？他連忙從地上站起來，可是因為坐得太久，他的腳都麻了，饒是他已經極力控制，可還是一個趔趄，左右晃了兩下。

寇彤看著，就過來托著他的胳膊說道：「天太黑了，這一帶你又不熟悉，還是我扶著你走吧！」

有好聞的草藥味道鑽進了他的鼻子，還有手上的溫熱也隔著衣服傳遞了過來。這個女子，膽子可真大！那些愛慕他的世家女子，不過是偷偷地看他而已，他無意間對她們一笑，她們就會面紅耳赤，而她居然就這樣大大咧咧地扶著自己！關毅僵住了，任由寇彤扶著他朝前走。

在寇彤眼中，關毅不過是個傷患，其他的，她一點兒也沒有去想。

幾尺之外的草叢中，伏著幾個勁裝而待的武士，他們看著關毅被一個女子架著往鎮子上走去，有些蠢蠢欲動。

「怎麼辦？世子被人帶走了！」一個男子壓低了聲音問道。

「世子該不會遇到勁敵了吧？我們要不要衝上去？」

「世子交代過，沒有他的示意，誰都不能現身。」

「可是，如果世子遇到危險，咱們……」

一個類似於領隊的人站了起來，他望著關毅越走越遠的身影，想了想便說道：「咱們悄悄跟上去，若是世子有危險，咱們就立馬出手。」

「是！」

幾個身姿矯捷的人迅速追了上去。

兩人漸漸靠近了鎮子，寇彤因為扶著他有些吃力而加重了呼吸。

關毅忙收斂心神，將重心漸漸移回到自己身上。

剛才站起來的時候，自己因為腿麻，身體才會趔趄了下，但她一定以為自己受傷嚴重，認為自己是愛面子，所以才逞強說要自己走的。

奇怪的是，自己是怎麼了？怎麼就靠了上去，由著她扶自己？

關毅呀關毅，你也太卑鄙了吧！

可是靠著她，真是讓人放鬆，他不知不覺就靠了上去……

「不好！」有人壓低了嗓音。「世子的腳步有些虛浮。」

「莫非那人動手了？」

那領頭的人一揮手，幾個人便慢慢向寇彤與關毅靠攏。

有人！關毅立馬從微醺中警醒了過來，一回頭，看到後面幾個人正屏氣凝神地跟在自己身後，那模樣就好像蓄勢待發的豹子，隨時要上來解救自己般。他怎麼竟把這些人給忘了？

他們這麼戰戰兢兢地做什麼？難道自己就這麼無用，這麼輕易就被人劫持了嗎？他什麼時候需要他們解救了？自己不是說過了，沒有他的示意，誰也不許上前來嗎？這夥人真是太小瞧他了！關毅非常生氣，一個刀眼外加一個手勢，阻止那幾個人繼續前進的腳步。

「怎麼了？」寇彤覺察了他的異樣，說道：「若是疼得厲害，你就說出來，我們可以歇歇的。」

「不要緊！我可以撐到客棧的。」關毅忙說道。

寇彤卻正色道：「你不用硬撐，在大夫面前應該如實說出自己的病情，不能硬撐。」

又說錯話了！關毅懊惱地想著，自己今天是怎麼了？在她面前總是栽跟頭！

這樣想的除了關毅自己，還有那幾個被他晾在身後的武士。他們面面相覷，心想：世子這是怎麼了？好像很緊張，又好像很生氣……

「客官，裡面請！是打尖還是住店？」

剛走進客棧，熱情的店小二就迎了出來。

「哎呀！是小寇大夫啊！這位公子怎麼了？」小二認得寇彤，連忙上前來幫寇彤扶著關毅。

關毅卻一閃，避開了小二的手。

「你先坐一會兒。」寇彤讓關毅坐在大堂的長條凳上，說道：「這是從外地來的，本來想找我師父尋藥的，誰知道不小心被割破了腿，現在走不了路了，只能在這裡歇一晚上，你給開個房間吧。」

「好嘞！」小二熱情地回答道。他轉到櫃檯的另外一邊，邊登記邊說道：「這些個大家公子，都是一個樣子，為了顯擺，總是拿些什麼刀呀、劍呀地掛在身上。我跟掌櫃的去南京的時候，就看見一個公子腰間掛著劍，結果卻割了自己的腿，這樣的人我見多了。」小二看了關毅一眼，然後湊近寇彤說道：「妳看他細皮嫩肉的模樣，哪裡像是能拿刀提劍的人？」

他聲音雖小，關毅卻六識靈敏，聽得一清二楚。可是他又不能與那小二爭論，就只好氣哼哼地端起桌子上的茶水，一飲而盡。

聽了小二的話，寇彤也轉過頭來看關毅，這才發現他真是像小二說的那樣，細皮嫩肉、唇紅齒白，還真是一副大家公子嬌養的模樣呢！

真奇怪，這樣的人，自己剛才居然那麼害怕？寇彤也覺得自己剛才太小題大做了，被人一嚇就沒了主意，真是好笑。

關毅見寇彤不理會他，忙將手中的茶盞重重地往桌子上一放。

唉！寇彤搖了搖頭。果然是大家公子，養尊處優慣了，一定是覺得茶水難以下嚥吧！寇彤想著，就走到了關毅身邊。

見她過來了，關毅才覺得心中舒服了一點。

「你身上有沒有銀子？」寇彤問道。

「沒有！」關毅沒好氣地回答。

「你不要生氣，我知道你嫌棄這個地方，但是我們整個范水鎮也只有這一家客棧。這裡雖然不豪華，但是總好過你睡在外面吧？你且忍忍，明天早上我幫你找輛馬車，送你回去。」寇彤非常好脾氣地安撫他。

自己絕對不是因為客棧簡陋而生氣，以往餐風宿露都沒有叫過一聲苦，他怎麼可能會因為這點小事就生氣？那，自己到底在氣什麼？關毅也不知道，這氣來得好像太奇怪了些……

「既然你沒有錢，看來這銀子只有我出了。」寇彤有些肉疼。她救了人不說，要出錢讓他住客棧，明天還得要雇馬車送他回家！也不知道他家在哪裡，若是很遠，估計自己又要掏不少錢了。

「小二哥，這位關公子要住一個晚上，待會兒你做點飯菜送過去，錢一起算。」寇彤從懷中掏出一錠銀子，遞了過去。

「哎呀！小寇大夫，怎麼是妳付錢？哪能讓妳破費呢？這錢就算了……」小二邊說邊衝著寇彤擠眉弄眼。

寇彤自然知道他大呼小叫的意思，他想讓關毅付錢。她不由得苦笑，關毅根本沒有錢，若是他有錢，自己也不用這麼肉疼了。

「小二哥，我要是不付錢，明天掌櫃的來了，你就不好交代了。」寇彤將銀子放到櫃面上，說道：「俗話說，人情送匹馬，買賣不讓針。你快些算帳吧，算好了，這關公子要早些休息。」

小二嘆了口氣，瞪了關毅一眼，拿了一把鑰匙，從銀子上絞了一點點下來後，將銀子又還給了寇彤。

關毅沒有注意到兩個人的互動，在寇彤從懷裡掏出銀子的時候，他的目光就被銀子吸引了。這個叫小寇大夫的，出手真是闊綽，一錠銀子啊！可是看她的穿著打扮，還有剛才出錢時心疼的樣子，根本不像是有錢人啊……他的目光驀地變得深沈起來。

寇彤卻驚訝道：「怎麼就收這麼少？」

「小寇大夫，妳放心好了，我沒有少收。」他笑著說道：「二樓左拐第三間房就是，飯菜我待會兒送上去。」

「嗯。麻煩你馬上端一盆滾燙的熱水來，再拿一些常用的傷口藥膏來，乾淨的布也要一點，我要給關公子包紮傷口。」寇彤說完，便扶著關毅上了樓。

寇彤剛讓關毅坐到床上，小二就端了滾熱的開水上來，又放下兩瓶藥膏及布，這才出了門，蹬蹬蹬地下樓去了。

檢查過關毅的傷口後，寇彤鬆了一口氣，還好，傷口不是很深。

寇彤開始給關毅處理起傷口來。為了方便清理傷口，寇彤將燈座移到旁邊。

燈光下，她的眼睛明亮而有神，就像十五的月兒，皎潔而動人。她的臉龐飽滿又富有光澤，鼻尖上沁了細細密密的汗珠，就像是清晨的露珠，鮮活可愛。

這是一個年輕又美麗的姑娘。關毅的心怦怦地跳了起來。

這個姑娘與他往常見到的都不一樣！不是祖母、母親、阿姊那樣的親人，也不是家中那些只知道衝著自己唯唯諾諾地點頭稱是的丫鬟，她是那些人之外的，真正的姑娘。她與那些一見到自己就臉紅的姑娘就更加不同了，那些人都是一個樣子，有著世家女子的矜持與羞澀。

她是那麼的與眾不同，那樣的生機勃勃，就好像五月的石榴花一般成熟美麗，明豔照人。

「妳叫什麼名字？」他不由得脫口問道。

寇彤抬起頭來，看著他說道：「我姓寇，你可以叫我小寇大夫。」她抬起頭，說著話，手卻不停，說完了話，又飛快地低下頭去，繼續為他包紮傷口。

叫她小寇大夫？與那些人無異，這是不願意告訴自己她的名諱了。關毅心中有一絲自己都沒有覺察到的失落，可是他卻不願意就這樣放棄。

「為什麼是小寇大夫？那大寇大夫是誰？」關毅問道：「大寇大夫是妳父親嗎？」

寇彤的手停頓了一下，說道：「你若不喜歡，也可以叫我寇大夫。因為我剛出來行醫的時候才十二歲，鎮子上的人覺得我年紀小，不算是正經大夫，所以就叫我小寇大夫。」寇彤頓了頓，看了關毅一眼後，道：「至於我父親……他的確是大夫，不過他……早就不在人世了。」

「喔……」關毅一時間訝然，不知道說什麼好。

寇彤用熱水為關毅清理了傷口、上了藥膏後，又用乾淨的布幫關毅包好傷口。

等關毅反應過來的時候，寇彤已經將燈座放回原地，用熱水洗了手，準備離開了。

「今天晚上，你就住在這裡。待會兒小二會送吃的上來，吃了飯之後你就早點休息吧！時候也不早了，我先回家了。」寇彤說著，就拉開門，走到門外，替他關好了門。

「唉……」關毅突然間覺得悵然若失，他還不知道她的名字，他還沒有跟她道謝呢！

幸好，明天早上她還會過來的，到那時再向她道謝好了。

第十六章　醫患危機

寇彤剛走，就有人在關毅的房門口拍了門。

關毅以為是寇彤回來了，不料卻聽到了兩短兩長有節奏的聲音。

「進來。」關毅沒好氣地說道。

「世子，您沒事吧？」領頭人關切地問道，他看到關毅腿上包紮的傷口，立馬跪了下去。「小人無能，讓世子貴體受損。」

幾個人嘩啦啦地，都跪了下去。

看著面前跪著的幾個人，關毅就覺得氣不打一處來。「你們是夠無能的！」

見那幾個人把頭低得更深，關毅突然覺得自己這樣子沒意思極了。「都起來吧！」

「是！」幾個人站起來，關切地問道：「世子，您的腿無事吧？」

「沒事，不過是小傷。不是說了，沒有我的話不許現身嗎？你們來做什麼？」

「我們擔心——」

「好了，我現在沒事了。」關毅打斷他們。「你們回南京去吧！」

「世子！」那領頭人上前一步，進言道：「您現在受傷了。」

「那你們出去，我想一個人靜會兒。」

幾人互相對視了一眼，然後說道：「世子，我們已經知道了，您不用掩飾了。」

「你們知道什麼了？」關毅愕然。

「那女子是大夫，定然是用藥極其厲害，公子定是中了毒，所以才會被她挾持——」

「滾！」關毅臉色發青地喝斥一聲。

「是！」幾人急忙往後退，心中卻不約而同地想著，世子肯定是覺得面子上掛不住，所以才會這樣惱羞成怒。如果不是中了毒，他怎麼會任由那女子帶他走？

「慢著！」關毅深深吸了一口氣後，咬牙切齒地道：「我中的是我阿姊放的毒，我當時口不能言，所以才沒有開口叫你們。那女子見我倒在地上，好心扶我到客棧來，又幫我包紮了傷口，她救了我的命，你們萬不可造次。」

「是！大小姐為了阻止咱們追捕，居然連藥都用上了……幸好世子提醒咱們，否則我們就要錯殺無辜了。」

關毅無力地扶額道：「你們出去吧，我累了，想歇歇。」

「是！」

幾個人退了出去，心中卻在嘆息。世子這次真是太傷心了，被自己的姊姊下了毒，難怪世子會這麼生氣了。真沒有想到大小姐居然連下毒的方法都用上了，這件事情，一定要告訴侯爺。

心中的旖旎想法，被這幾個人破壞殆盡，關毅靠著枕頭，慢慢思量起寇彤剛才付帳的那件事情。這麼晚了，她怎麼會孤身一人在破廟裡面？說是找土，恐怕不大可信。像她那樣的女孩子，又善良又怕死，應該不會是去做什麼壞事，那她到那裡是做什麼呢？

想到這裡，關毅就有些坐不住。「來人！」

不消片刻工夫，立馬有人閃了進來。

「去查查那間廟，還有救我的那個寇大夫。」關毅想了想，又說道：「……算了，還是等過了明天再說吧！」內心裡，他還是希望自己能親自瞭解她，而不是透過別人的調查。

來人不知道一向堅毅的世子怎麼了，抬頭看了看關毅，然後低頭稱「是」，又退了出去。

叩叩叩！

小二站在門口說：「客官，飯菜來了！」說完推門而入，將飯菜放到桌子上。

一碗素麵，一碟小菜。

小二怎麼知道自己是北方人，愛吃麵食？

關毅眼睛一亮。一定是小寇大夫告訴小二的！可是，她又是怎麼知道的呢？

「客官請慢用！」小二有些幸災樂禍地看了關毅一眼，然後就退了下去。

小二有些嘲諷的眼光讓關毅一下子明白了。這裡是南方，南方人普遍愛吃米飯，小二以為自己是南方人，所以故意給自己弄了麵條來，就是因為這錢是小寇大夫出的。原來，這小二是在為她抱不平呢！關毅失笑著搖頭，她還真是好人緣。

小二關上門，腳步輕盈地下了樓。他剛剛故意將麵條放到離那個公子有些遠的桌子上，想必他此刻正忍著疼，下床吃麵吧？

叫你自己不付錢，活該你吃麵條，還想吃菜？哼！我可是聽了小寇大夫的話，給你菜了，雖然是小菜，但小菜也是菜啊！小二哥有些洋洋自得地想著。

寇彤回到家中，蘇氏立馬問道：「不是說是小病嗎？怎麼去了那麼久？擔心死我了！」

「母親，我這不是回來了嗎？」寇彤說道：「我現在已經是大人了，妳還把我當小孩子對待。更何況，整個范水鎮誰會故意為難我？妳就放心好了。」晚上去破廟，她是用了去幫人看病的藉口出的門。

「就算如此，那也不該去這麼久。」蘇氏埋怨道。

「知道了，母親，我以後一定早去早回。今天我本來早就……看好了病，只是突然遇到一個腿腳受傷的外地人，就連帶著一起救治了。這也是突發情況，以後不會了。不過，今天的收穫很豐富，那外地人給了我一錠銀子呢！」

寇彤將銀子從懷中掏出來，交給蘇氏道：「所以，晚一點也是值得的。」

「怎麼這麼多錢？」蘇氏驚訝道。

寇彤解釋道：「這人是外地來的，一看就是有錢人，所以出手很大方。他現在住在客棧裡面，明天我還要去幫他換藥呢！」

蘇氏感嘆道：「的確是很大方呢……唉，以前在京城，妳父親給窮人治病，是沒有診費拿回來的，可一旦去給那些富貴人家的患者看病，回來交給我的診費都是金葉子。那個時候我都不嫌多，如今妳只拿回來一錠銀子，我就覺得此人大方了。」

寇彤抽抽嘴角。的確是大方，不過不是人家大方，是自己大方。救了人不說，不收診費，還要出錢讓他住客棧，明天甚至還要雇車送他回家呢！

第二天早上，寇彤用過早飯，就去了客棧。

小二哥看見寇彤，就迎了上去。「小寇大夫，妳來了。」

「嗯，昨天那個關公子起床了沒有？」寇彤問道。

「妳說那個客官啊，他已經走了。」小二說道。

「走了？可是他身上沒有錢，腿上又有傷，到哪裡去了呢？」寇彤問道。

「昨天夜裡來了一批人，說是他家裡的下人，就帶著他走了。」小二提起關毅就十分鄙夷。「那位公子家裡來的人，一看就是有錢的主兒，我大半夜地給他們開門，不打賞我就算了，居然連妳幫他墊付的錢都不知道要還！真是世風日下，人心不古，枉他長得人模人樣，真是白費了那個好皮囊，還不如我們鄉下人呢！」

「多謝小二哥，這些銅錢給小二哥拿著買酒喝。」寇彤遞過去一串銅錢。

「不不不！」小二哥連連後退。「我哪能收妳的錢哪？上次妳幫我娘看病，就收了幾個銅板而已，我要是跟妳收錢，估計我娘知道了，肯定要打死我了！」

寇彤看他說得雖然誇張卻語氣真誠，便將錢收了起來，笑道：「好，那我就不跟你客氣了。」

「哎！」小二清清脆脆地答道：「以後我娘病了，我還找妳……呸呸呸！」小二哥哭喪著臉道：「娘啊娘，我可不是咒您生病啊！」

寇彤笑了笑，就往鎮子上的木匠家裡去了，她要請木匠幫她打一個藥箱。

木匠姓陸，打得一手好活計，就是性子耿直，說話很衝，因此得罪了許多人。

他有一個年齡六、七歲的兒子，因為陸木匠希望兒子長大之後能成為土木工匠的祖師——魯班那樣傑出的能工巧匠，所以他給兒子取名為陸班。

寇彤去的時候，陸班正坐在門口的木馬上蕩來蕩去，十分悠哉。

「小班，你爹爹呢？」寇彤問道。

「爹爹——」小班朝屋內高喊，清脆的童聲拖得很長。

「怎麼了?乖兒子！」這一聲猶如聖旨，陸木匠立馬從屋子裡跑了出來。

誰都知道，陸木匠愛子如命。

「有人找你。」小班指著寇彤說道。

陸木匠這才注意到站在旁邊的寇彤。「原來是小寇大夫啊！」

「是我。陸師傅，今天來是想請你幫個忙，打個活計。」寇彤說道。

「小寇大夫，妳想要打什麼東西?」陸木匠說著，眼睛一亮。「是不是要打嫁妝?我這裡各式各樣的嫁妝都有，保證讓妳滿意。」

「不是的！陸師傅，我不是打嫁妝！」沒想到陸木匠會誤會，弄得寇彤十分窘迫，她連連擺手。「我想打一個出診用的醫藥箱。」寇彤說著，用手比劃著醫藥箱的大小。

「喔，原來只是醫藥箱啊……」陸木匠難掩失望。「我還以為又可以打大傢伙了呢！」

他口中的大傢伙，是指那些床啊、櫃子之類的東西，一旦打那些東西，酬金都是比較豐厚的。

寇彤知道他性格耿直，也不見怪，就說道：「不知道一個醫藥箱要多長時間能打好？」

陸木匠低頭想了想。「這個要半個月，要是小寇大夫妳要的話，我趕趕工，十天應該能弄好。」

「那好，麻煩陸師傅幫我做一個，我十天以後來拿。」寇彤問道：「一個醫藥箱要多少錢？」

「不多，一吊錢。」陸師傅說這話的時候，眼睛緊緊地盯著寇彤，仔細打量寇彤的反應。

一吊錢！這還不算多？她們現在租劉地主家的房子，每個月才只要半吊錢。

「好，那就一吊錢。」寇彤拿出半吊錢，遞給陸木匠。「這是訂金，剩下的，等做好之後，我再付給你。」

「哎呀，謝謝妳了，小寇大夫！」

陸木匠沒有想到寇彤這麼好說話，別人請他做東西的時候，總是會討價還價一番的，自己一定要用上好的木材給小寇大夫做個醫藥箱才成。

「不用客氣。」寇彤笑著說道：「該道謝的人是我。」

「爹爹！我要！」小班伸著手，搆著陸木匠手中的銅板。

陸木匠笑呵呵地拿了一個銅板遞給兒子，十分溺愛地說道：「拿去玩吧！」

他這寵愛的樣子，讓寇彤看了不由得眼眶微濕，她已經不記得父親長什麼樣子了……小班真是個幸福的孩子。若是父親還在，一定也會這樣寵著自己，任自己予取予求的吧？

從陸木匠家出來後，寇彤又去了鐵匠鋪看望曾金山。

曾金山恢復得很好，現在已經能下床，可以吃東西了。

寇彤幫他把了脈後，給他換了方子，又交代了一些注意事項。

寇彤從鐵匠鋪出來的時候，已經到了巳時。

往常像這個時候，她應該是跟著師父出診或者是跟子默一起背藥理的，但現在，她突然不知道該做什麼了。

她順著鎮子裡面不算寬闊的路，像往常一樣往小緩坡走去。

陽光明媚，春色正好，往年這時候，小緩坡上全是生機盎然的、破土而出的草藥苗。

可是今天，只有零星的幾根埋在苗圃裡，沒有了往日的欣欣向榮。

寇彤不由得又想起了師父，不知道師父他們現在怎麼樣了？有子默在身邊，想必師父一定會平安無恙的吧。

寇彤用師父留下的草藥，做了一些常用的藥，然後將小茅屋的柴門關上，最後看了一眼茅屋，這才戀戀不捨地往山下走。

時間過得很快，轉眼又是兩天過去了。這兩天裡，曾金山的病已經痊癒了。

曾家父子很高興，大張旗鼓地來到寇家道謝。這下子，整個范水鎮都知道寇彤醫術了得，跟著老神醫學習兩年，盡得老神醫真傳。

來找寇彤看病的人越發多了起來，寇彤一下子變得非常忙碌，白天忙著看病，晚上忙著將白天看的病況記錄下來，登記在冊，做成醫案，以備之後查詢。

前兩天因為師父突然離開帶給她的不適與失落漸漸消除了。

隨著寇彤漸漸忙碌，柯大夫家卻門可羅雀，幾天都等不到一個人。雖然他再三保證不會亂收醫藥費，但是依然沒有人願意讓他診治。以前大家之所以選擇他，是沒得選，無可奈何，現在有了寇彤，醫術又好、診費又低，大家就更不可能去找他治病了。

這天，陸木匠突然急慌慌地跑到寇彤家中。

「小寇大夫，不好了！我家小班好像得了風寒，不僅咳嗽，現在還燙得厲害，妳快跟我去看看！」陸木匠很疼愛兒子小班，因此十分著急。

時已入春，有些人早早就脫去了厚重的棉襖，換上單薄的春衫，這兩天寇彤已治療了好幾個得傷寒病的人。

聽著陸木匠的描述，他兒子小班的確有些像風寒。

寇彤收拾了一下，跟蘇氏說了一聲，就立馬趕往陸木匠家中。

小班躺在床上，身上蓋著厚厚的棉被，木匠媳婦正焦急地守在小班身邊。

寇彤仔細看了一下小班，發現他發熱咳嗽，鼻塞流涕，淚眼汪汪，目赤畏光，精神困倦，的確是風寒的症狀。

寇彤又給他把了脈，發現小班是浮脈；再一看他的手，微微透著些紫色。

這應該不是風寒，看樣子小班可能是要出疹子。為了確保萬無一失，寇彤又讓陸木匠端了燈來，用筷子壓了小班的舌頭，發現他舌苔薄白，口舌處隱隱可見疹子斑。

應該是疹子無疑了。

「小寇大夫，小班這孩子的病不要緊吧？」陸木匠面含期盼地盯著寇彤，十分的緊張。那模樣好像只要寇彤說小班問題嚴重，他就要上來跟寇彤拚命似的。

父母疼愛子女，乃是人之常情。

寇彤點了點頭，對著陸木匠說道：「無甚大礙，小班這不是什麼大病，也不是傷寒，是要出疹子了。」

「那不要緊吧？」陸木匠還是很緊張。

「雖然看著凶險，但是只要好好調養，就不會有大問題。」寇彤安慰道：「陸師傅不用太過擔心，現在疹子還沒有發出來，只需要開一些解肌透疹的藥即可。」

「那就好、那就好！」

聽寇彤說得輕鬆，陸木匠這才稍稍放下心來。

寇彤略想了想，就開了宣毒發表湯寫在紙上，對陸木匠說道：「按照這個方子去藥店抓三服藥，一日一服，三碗水煎成一碗，一日給小班服用三次，堅持三天，病症就會消除了。如果這中間小班有什麼狀況，一定不能耽誤，要立刻通知我。」

「好好好，我一定按時按量給小班煎服。」陸木匠說道：「一有情況，我立馬去找妳。」

陸木匠拿了一串錢給寇彤，親自送寇彤出了門。

這一天，寇彤又救治了幾個病人，回到家後，像前幾天一樣，將今天救治了哪些人、分別是什麼症狀、她給了什麼藥，悉數記在醫案上。

看著醫案漸漸厚了起來，荷包裡面的銅板也由少變多，寇彤心中滿滿都是自豪的感覺。她現在已經是個正兒八經的大夫了！按照目前這個情況，依靠行醫，她就能養活母親與她自己。雖然原來手中就握著一筆橫財，寇彤無須為生計發愁，但是不勞而獲突發的橫財，與靠自己的雙手掙回來的錢，那是兩碼子事。

這種感覺讓寇彤覺得人生變得有意義起來，她要繼續行醫，為更多的人看病，收取合理的醫藥費，為自己掙下家業。之前的銀子，再加上這以後陸陸續續掙的錢，她現在已經非常富有了。

有了銀子，寇彤就覺得自己有了依仗，就算她將來回到南京，也不用看本家的臉色過日子。

她心情大好，出診的時候也越來越有自信，整個人變得神采飛揚起來。

蘇氏看了，不由得想起夫君還活著的時候也是這般自信，便是因為給人解決了病痛而高興啊！

高興的日子剛過了兩天，寇彤就遇見了大麻煩。

給陸木匠的兒子看過病之後，接連兩天，陸木匠都沒有到寇彤家中來，寇彤給小班開的藥，剛好是三天的。

就在寇彤以為小班的病已經無礙的時候，陸木匠卻帶著一群人，抬著他的兒子小班，氣勢洶洶地上門來了！

「庸醫殺人，治死了我兒子！還我兒命來！殺人償命——」

鎮上的人不明所以，看著橫眉怒目的陸家人，還以為寇彤真的治死了人，紛紛堵在了寇家門口。

門被拍得震天響，蘇氏一打開門，就被眼前的景象嚇壞了。看著陸木匠爆筋齜牙，怒氣沖沖地堵在門前厲聲質問，數落寇彤的不是，而他的身後站著幾個拿著扁擔、鋤頭的陸家人，那模樣像凶神惡煞一般，好像隨時要上來吞了她似的，蘇氏嚇得呆住了。

她知道怎麼與貴婦人周旋，卻不知道該怎麼應對眼前這些蠻橫的人。她一直以為范水鎮的人雖然粗鄙卻質樸無華，老實巴交，眼前的這些人實在讓她不知所措。

旺根嬸擋在她面前，大聲喝斥那些人。「你們要幹什麼？這裡是劉家，在劉家的地盤上也敢撒野？」

陸家人見了，不由得往後退了幾步，但陸木匠卻梗著脖子道：「這事跟劉家沒有關係。這庸醫治死了我家兒子，就要償命！」

「對！」他身後的陸家人也義憤填膺地說道：「庸醫殺人，殺了人就要償命！」

「小寇大夫怎麼會是庸醫呢？」旺根嬸將蘇氏擋在身後。「小寇大夫的醫術，鎮子上的人但凡是長了眼睛的都能看見，你不要在這裡誣衊她！」

「誣衊她對我有什麼好處？」陸木匠紅了眼睛，哽咽道：「我兒子的確是她親手治療的，如今卻半死不活，這孩子怕是不成了。」

旺根嬸看了看在地上抽搐不止、全身發紫的陸班，也是嚇了一跳。「那……那你也不能這樣堵在這裡啊！」

「陸師傅，你是不是弄錯了？小寇大夫醫術這麼高明，怎麼會是庸醫呢？」

「對呀！」

「小寇大夫人能幹，醫術又好，肯定不是庸醫！」

陸家人身後圍著的皆是鎮子上的人，那些人裡面有一些得到過寇彤的救治，此刻都幫著寇彤說話。

「她小小年紀，不過是幫人看了幾天的病罷了，能有什麼能耐？」人群中，這聲音既尖酸又刻薄。「現在治死了人，就是要償命！不光是她，就是那個老騙子也是在這裡待不下去了，所以才走的！」聲音裡全是對寇彤的鄙視，不僅如此，連她師父都不放過。

寇彤得知了這件事，立馬就從病人家中朝家裡趕回來，剛到家門口，就聽見了這樣尖酸的話。

這個聲音寇彤一聽就知道，會這樣誣衊自己跟師父的，除了柯大夫外，這個鎮子上絕對不會有第二個人的。但凡有一點風吹草動，柯大夫就會跳出來煽風點火。

寇彤心中鄙視不已，這柯大夫還真是不死心呀！

第十七章　藥到病除

好在這個鎮子上的人，也有一些人是站在寇彤這邊的。

「柯大夫，你不要胡說，小寇大夫不是這樣的人！」

「是不是這樣的人，你說了不算！」柯大夫指著躺在地上的陸班說道：「這地上躺著的就是證據。她的確醫死了人，醫死了人就要償命！」

「對！她治死了我兒子，就要償命！」陸木匠又說了一遍。

「陸木匠，你帶著這麼多人堵在我們家門口，是要打家劫舍嗎？」寇彤的臉冷得能刮下來一層霜。「你是要仗著人多勢眾，欺負我們孤兒寡母嗎？」越過人群，寇彤來到門前，站到了陸木匠面前，大聲與他對峙。

立馬有人附和道：「就是！就算是治死了人，你好好說就是了，這樣大張旗鼓的，太不像話了，不過是欺負人家孤兒寡母罷了！」

「不是我欺負妳們孤兒寡母，是妳這個庸醫欺負我不會醫術，醫死了我家兒子！妳既然醫死了我家兒子，就要償命！」看到寇彤，陸木匠的神情十分激動，眼中有著掩飾不住的哀戚。

陸木匠只有小班一個兒子，十分疼愛，他肯定不會拿自己兒子的性命來胡鬧的。但是，自己開的藥也沒有問題呀！

寇彤看了一眼全身發紫、尚有呼吸的陸班，幾乎就要蹲下來查看病況，幫他治療了。可是，寇彤知道，她現在想出手，陸木匠恐怕也不會放心讓她治療的。而且這件事情一定要說明白，否則，以後但凡病人有一點問題，都要喊打喊殺地來找她償命。

越是這個時候，越要鎮定，氣勢上一定不能輸，否則他們就會認為我心虛，就會得寸進尺。

寇彤冷笑一聲。「既然陸木匠你認定我治死了你兒子，那你就抬著你兒子的屍首去縣衙，讓官差來抓我吧，我就在這裡等著！」

「妳！」陸木匠握緊了拳頭，幾乎要衝上前去打寇彤。

「小班哪，你可真是可憐，才這麼小的孩子，就要受這樣的罪！」柯大夫假惺惺地說道：「可憐陸師傅你只有這一個獨子，如今卻要白髮人送黑髮人了……」

柯大夫的煽風點火，讓周圍的人都安靜了下來，只聽到陸木匠的娘子哀戚的哭嚎聲。

「陸木匠！」寇彤喝道：「你口口聲聲說我治死了你兒子，可是你兒子現在根本沒有死，可見你剛才都是胡說八道，故意誣衊我！」接著又指著柯大夫質問道：「至於你！你口口聲聲說小班不行了，你怎麼知道小班一定就不行了呢？你怎麼就知道小班救不回來呢？」

「這還用說嗎？」柯大夫翻了翻白眼。「這孩子身上的疹子全部都變成了紫色的，體燙如火，抽搐不停，昏迷不醒，這個樣子，根本就不可能救得回來了。」

「呵！」寇彤冷笑道：「你是庸醫，自然治不了這樣的病。你治不了，並不代表別人治不了！」

「妳的意思是說妳能治？別說大話吹牛了！」柯大夫氣憤道：「就算妳牙尖嘴利，這一次——」

木匠媳婦聽了寇彤的話，毫不遲疑地撲到寇彤身邊。「小寇大夫、寇神醫！求妳救救我的孩子，救救小班！求求妳！」

她並非信任寇彤，但是只要有一丁點的希望，她都不想放過。就像瀕臨滅頂的人，看到一根稻草也會拚命想抓住一樣。

木匠媳婦的反應感染了陸木匠，他先是愣了一下，接著也是「撲通」一聲跪下。「小寇大夫，求求妳，救救我兒子吧……」堂堂七尺漢子，竟然也聲淚俱下。

「要我救也可以，但是我要知道事情的來龍去脈，才好對症下藥。」寇彤蹲下來，看著抽搐不已的陸班。「這孩子明明就是得了痧子，說明我之前的診斷是沒有問題的，至於開出的藥，我也肯定是對症的，怎麼會出現這種情況呢？」

陸木匠低頭不語。

寇彤見了便冷笑道：「不肯說嗎？現在他身上滾燙，發著高熱，再過半個時辰，就算人能救回來，腦子也燒壞了，日後不過是個傻子罷了！既然你們想花時間想藉口，那你們就慢慢想吧！」

「我說、我說！」陸木匠神色激動。「我按照小寇大夫說的，給小班煎了藥，可是這孩子吃一次吐一次，實在難受。餵了很多次，終於餵進去一點，當天晚上小班的熱就退了。到了第二天，小班無論如何也不肯喝藥，一直哭鬧不休，我們看他喝藥實在是受罪，而且他身上的熱也退了，就想著應該不要緊了……」

「所以，你們就沒有聽我的叮囑，按時按量地給他服藥?!」寇彤說道：「小班不願意服藥，服藥會嘔吐，你們為什麼不來告訴我？我不是說了嗎，遇到情況立馬通知我，我來處理。你們將孩子抬到這裡鬧，有這會子的工夫，他的熱早就退了！」

「唉……」陸木匠面露愧色。「今天一起床，小班這孩子就成了這個樣子，我們都嚇壞了。我本是要來找小寇大夫的，可是卻在路上碰見了他。」陸木匠話語一轉，怒氣沖沖地瞪了柯大夫一眼，然後悲戚地說道：「都是柯大夫，都是他！他說小班不行了，小班被妳……被妳治死了！我……我聽了十分著急，真以為這孩子沒救了，所以才、才……」

「好，我知道了。」聽著陸木匠斷斷續續地說完，寇彤大致知道了事情的來龍去脈。可憐天下父母心，陸木匠疼愛孩子，捨不得孩子受喝藥之苦，卻不知這樣，反倒讓孩子受了大罪。

現在小班的情況的確凶險，因為邪毒過盛，毒不外透而內陷，毒邪往內走，熱毒已經走到臟腑，這樣下去極有可能造成很嚴重的後果。現在要想辦法將毒邪發出來，把體內的熱邪透出來。只要退了熱，也就沒有什麼大問題了。

清熱的藥方子，倒是有幾個能立馬見效的，可是他一服藥就會嘔吐，要餵多次才能進服一點，顯然不能立刻退熱。

跟著師父學習這麼久，寇彤已掌握住了師父交給她的最重要的技能，那便是——給人看病，一定要找對症。

只有找到病症的根源，才能對症下藥。所以，給人看病的時候，寇彤總是能一針見血地指出對方病症的緣由，就因為如此，才能在最短的時間內治好病人。這是寇彤的一大強項。

另一強項，則是前一世苦讀藥書多年，許多草藥的功效她都記得滾瓜爛熟了。以前是不知道怎麼用，現在她找到病人的症候，就立馬能想到對症的藥來。

「小寇大夫，快開方子救人吧！」

人群中，有人遞過來紙跟筆。

「不用。」寇彤想了想，說道：「快去藥店買羚羊角來。」

羚羊角？眾人一怔。「就這一味藥嗎？」

「這一味藥就可以了。快別耽誤，立馬去買來！」寇彤說道。

陸木匠焦急地對自家人說道：「快去吧，小寇大夫的話準沒錯的！」

立馬有人急匆匆地朝藥鋪跑去。

羚羊角，味鹹，性寒。功效為涼血解毒、清熱鎮痙、平肝息風、解毒消腫。主治高熱驚癇、神昏痙厥、子癇抽搐、癲癇發狂、頭痛眩暈、目赤翳障、溫毒發斑、癰腫瘡毒。正對陸班的症狀。

清熱的藥有許多，但是羚羊角這一味藥不僅見效快，而且一點都不苦，只有一點淡淡的鹹味。

小班服用苦藥會嘔吐，這羚羊角他一定不會吐的。

果然如寇彤想的一樣，一服藥下去，小班就止住了抽搐，雖然身子還是微微有些發紫，但是呼吸已漸漸平穩下來，身體也不像剛才那麼熱了。

看著兒子漸漸恢復，陸木匠眼圈發紅地跟寇彤道謝。「小寇大夫，多謝妳，妳真是我們家的大恩人。之前都是我不對，我不該聽從旁人的挑撥。若不是妳，我的小班說不定真的就不行了。我恩將仇報，我、我不是人！」陸木匠說著，揚起手狠狠打了自己兩個耳光。

「陸師傅你雖然有錯，但卻是無心之過，你不過是關心則亂，聽了旁人的挑唆而已。」寇彤看了一眼正在往外退的柯大夫，道：「若說有錯，那真正有錯之人也不是你，而是挑唆你的那個人。」

陸木匠聞言，撥開人群，怒氣沖沖地走到柯大夫面前，抓著他的衣領罵道：「都是你這庸醫害的！要不是你，我家小班怎麼會受這麼大的罪？我險些就聽了你的胡言亂語，枉送了我兒子的性命，還冤枉了小寇大夫！你的心究竟是什麼做的？怎麼會這麼黑！」

在陸木匠的推搡之下，柯大夫嚇得抱頭縮成一團，一句話也不敢說，生怕激怒了陸木匠。

人群中，不知有誰突然喊了一句——

「像他這樣的人，根本就不配當大夫！」

「沒錯！呸！」

一呼百應，立馬有人上來圍著柯大夫，衝他吐了唾沫。

柯大夫的好日子，這才算真正到頭了。

寇彤臨危不亂，高超的醫術、不計前嫌的醫德，與柯大夫這滿口胡言亂語、尖酸刻薄、畏畏縮縮的樣子，形成了鮮明的對比。孰是孰非，高低立現。

從那一天開始，在范水鎮，不僅沒有人找柯大夫看病，但凡柯大夫一出現，鎮子上的人還總是會竊竊私語。有些義憤填膺的人甚至會上前去責罵柯大夫，說他是庸醫、黑心肝的小人。

柯大夫知道自己大勢已去，再留在范水鎮不過是自取其辱，過了一個月之後，在一個薄霧籠罩的清晨，他便悄然搬離了范水鎮。

沒有了柯大夫的阻撓，寇彤的行醫之路更加順暢。

很快地就過了端午，到了五月下旬的時候，蘇氏十分高興地跟寇彤說了一個好消息——

「彤娘，我真是太高興了！我們過幾日就可以回南京了！」

寇彤看到蘇氏這麼高興，心中不禁一個咯噔。

「母親，我們不是說好了下半年才回去的嗎？怎麼突然改變了主意？」

蘇氏十分激動地說道：「南京本家來信了，讓我們回南京去。」

南京本家怎麼會來信？南京的那些人，對自己與母親不過是當作打秋風的窮親戚來打發罷了，前世她就是過著寄人籬下的生活，看盡了本家人的臉色。

前一世，她是在一年前跟母親回到南京的。那時候，本家根本沒有來信，因為自己與母親都病得厲害，迫於無奈，母親才帶著自己落魄地回到本家的。

在本家過了一年多寄人籬下的生活，寇彤受盡了冷眼，甚至連四房的奴才都敢隨意欺凌她們母女！直到四房的大姑姑寇牡丹想讓自己嫁給她夫家姨娘庶出的兒子，才對自己與母親稍微好了一些，但由於自己與母親都不答應，便得罪了四房。後來自己嫁入鄭家，母親不久就亡故了。

現在，剛好是一年之後。

四房怎麼會這麼好心要讓自己與母親回去？無事獻殷勤，非奸即盜。本家人是什麼嘴臉，她比誰都清楚。

看著女兒愣愣的表情，蘇氏心中便有些忐忑。女兒一直就不大願意回本家，這讓她十分著急。「彤娘，妳怎麼不說話？」蘇氏小心翼翼地問道。

寇彤被蘇氏一問，立馬清醒了過來。「母親，這麼多年來，本家都不問我們生死，怎麼會突然來信？這裡面該不會有什麼不妥吧？」

蘇氏看著女兒，嘆了一口氣，道：「彤娘，我知道這范水鎮妳待得久了，不想離開，但是這裡再好，也不是咱們的家。我們的家在南京，之前在南京的時候，妳年紀小，所以不記得了，但是母親卻記得南京才是我們的家。那裡有妳父親的族人，也就是妳的親人。所謂血濃於水，妳身上流著寇家人的血，只有寇家人才能給妳庇護，妳知道嗎？」

母親還對本家抱著極大的希望，母親希望自己回本家。可是回到本家將面臨什麼，她比誰都清楚。除了母親，這世上誰也不可能給自己庇護的。只有靠自己，才能養活自己、保護母親！

「母親，我不是不願意，只是怕本家的人不喜歡我。畢竟咱們這麼久都沒有回本家了，他們肯定早就忘了我們，恐怕不願意接納我們吧？」

「妳這孩子！」蘇氏敲了敲她的額頭。「妳怎麼會有這麼奇怪的想法？如果本家人不願意接納我們，怎麼會給我們來信呢？給我們來信的不是別人，是本家的四房。四房老太爺與妳的祖父是嫡親的兩兄弟，當初妳父親在京城時，與妳大伯父也十分交好。更何況，南京本來就有咱們家的房子，我們不過是回家罷了，並非寄人籬下，妳擔心太多了。」

母親呀母親，不是我擔心太多，而是本家本來就對我們不好啊！

寇彤看了看蘇氏，內心有千言萬語，卻不知道如何開口訴說。她低下頭，輕輕咬住嘴唇。

罷了！橫豎都是要回本家的，不過是時間提前了一點，回去就回去吧！現在她已經有能耐保護自己、保護母親了，她不需要寄人籬下，也無須看四房的臉色了。

她抬起頭來，看著蘇氏期盼的目光，說道：「好，這幾天我們收拾一下，十天之後，就回本家。」

「彤娘……」蘇氏紅了眼圈。「母親知道妳不想回去，但是妳放心，咱們這是回家。母親向妳保證，回家之後，咱們的生活只會比現在好，不會比現在壞的。妳要相信母親，好嗎？」

「嗯。」寇彤用力地點點頭。「我相信母親。」

當天晚上，躺在床上，一閉上眼睛，前世的記憶就清晰地出現在寇彤腦中。

族人的虛與委蛇、四伯祖母的冷漠、大姑姑的逼迫，歷歷在目。

她忘不掉，也不敢忘！

為此，她時時刻刻提醒自己，依靠別人永遠不能長久。前世就是因為依附四房，才會任四房拿捏；如今，她已經可以依靠自己了。不管四房出於什麼目的讓她們母女回南京，她都會勇敢地面對。就算回南京，她也不怕！

十天的時間過得很快，得知寇彤母女要去南京，鎮子上許多人都來挽留寇彤。

寇彤也很捨不得鎮子上的人，留了些常備的藥給村民們。

另外，她也放心不下廟中的銀子。

她悄悄地將銀子全部拿出來，埋到破廟後面的一株大樹底下。這樣一來，那銀子除了她，再無旁人知曉了！

她拿了足夠多的銀子到錢莊換成銀票，放到身上，以備不時之需。

到了離開的這一天，來了許多送行的人。

看著送行的人漸漸變成一個個的黑點，直至看不見了，寇彤才坐回馬車裡。

南京離范水鎮不算遠，但也要整整一天的車程。按照寇彤原來的打算，是想早一點出發，爭取在傍晚前進南京城的。誰知道鎮子上送別的人太多，寇彤一個個辭別，就耽誤了時間。

當天傍晚，寇彤與蘇氏就在南京城外十五里的一個沿路客棧住了一晚。

第十八章　初到南京

第二天一大早，母女倆吃過早飯就進了南京城。

到了城門口，寇彤與蘇氏下車，將路費付給車夫。蘇氏揹著一個包袱，寇彤揹著包袱、挎著醫藥箱，母女兩個步行進入南京。

看著南京城固若金湯，馬路寬闊，街市林立，人群往來不絕，寇彤不禁感慨萬千。南京城真是物阜民豐呢，不過幾年工夫，南京城的風貌她都忘光了。

看著寇彤打量著南京城，盯著道路兩邊絡繹不絕的人流看個不停，蘇氏以為她乍見到這麼多人有些不適應，忙握住寇彤的手，道：「彤娘，妳不要怕，南京城是著名的大城池，這裡的人最是謙和有禮，雖然人多，但是妳看他們這往來有序的樣子，並沒有不妥當的地方。」

寇彤輕輕笑了笑。「母親放心，我就是看著新鮮，並沒有害怕。」也許是自己表情太嚴肅了，所以母親才會這樣安慰自己吧。

寇彤不由得想到，上一次來南京城時，她應該是覺得歡喜而又新鮮的吧。

「母親，妳跟我說過，在南京寇家是名門望族，對嗎？」

「是的。」蘇氏點點頭。「寇家人丁興旺，在南京，寇家也算是望族了，若說名門，卻是這十幾年才漸漸擠進名門之家。」

「母親，那咱們穿成這個樣子……」寇彤有些侷促地拽了拽身上的衣服，又指了指路上的其他人，道：「會不會給本家丟臉啊？」

現在天氣已經轉熱，街市上的人都換上輕薄的蠶絲夏裝，有些富貴的人身上還穿著花色樣式都十分新穎的裙裾。

而寇氏母女身上卻穿著最普通的棉布衣裳，布料廉價不說，款式花色還都是好幾年前的樣式。在范水鎮的時候不覺得，因為大家都穿著一樣的衣裳，可是一來到南京，她們還穿著這樣的衣裳，就顯得有些寒酸了。

先敬羅衣後敬人，世人皆是如此。沒有人比曾經在京官家屬圈子裡浸淫多年的蘇氏更明白這個道理了。

「彤娘，妳說的對。」蘇氏贊成寇彤的說法。「咱們穿成這個樣子，的確有些不合適。好在咱身上有些閒錢，不如去購置些衣裳換上吧。」

寇彤點了點頭。「嗯。」她鬆了一口氣。她真怕母親不願意去呢，沒想到母親這麼輕易就答應了。可是偌大的南京城，到哪裡去買現成的衣裳呢？

蘇氏想了想，說道：「我記得東市有幾間上好的成衣鋪子，做工、衣料、花色都非常出色，只是離這裡有些距離，走過去太遠了，而且我們還帶著東西，不如雇輛馬車，咱們坐車子去吧！」

「好。」寇彤挽著蘇氏的手臂。「既然要雇車子買新衣裳，乾脆再買一些禮品帶回去吧。咱們這麼多年沒有回來，總不好空著手上門，母親，妳覺得呢？」

「我兒真是長大了，若不是妳提醒母親，我壓根兒就沒有想起來這件事情呢！」蘇氏笑著說：「妳看我，想到馬上就要回家了，就高興得什麼都忘了，還好有彤娘提醒我。」

看得出來，母親的心情真的是很好。對於母親來說，那是她闊別已久的家鄉，那是可以給她們母女提供庇護的族人，可是對於寇彤而言……罷了，不去想這些了。

寇彤將腦海中紛雜的思緒拋到一邊，跟蘇氏雇了一輛青油馬車，很快地來到了東市。

「沒想到東市居然還是這麼繁華。」下了馬車後，蘇氏很是感慨。「跟當年相比幾乎沒有什麼變化呢！」

寇彤點點頭，跟著蘇氏一起進了成衣鋪子。

櫃檯裡面站著兩個夥計，看到有客人進來，立馬熱情地迎出來。「太太、小姐，裡面請！二位是訂做衣服還是買現成衣裳？」

「我們買衣裳。」蘇氏回答道。

「裡面請，繞過這一道門，左右邊的兩間房就可以選衣服、試衣服。」夥計臉上的笑容拿捏得恰到好處。

外面只能選布料，要想買衣服，還需要到裡面去挑。

母女兩個挽著手，一起進入裡面的房間。

蘇氏挑了一件月白色羅裙，蔥白色斜襟煙羅衫，通身素色，只在領口、袖口與裙裾底部繡著一些暗紋的纏枝花卉。

等她換好出來，寇彤見了後眼前一亮。她從來都不知道母親打扮起來竟然這麼好看！如果不是要給父親守寡，母親穿著豔麗的衣服，恐怕會更好看吧！

「彤娘，妳看母親穿這一身衣服怎麼樣？」蘇氏問道。

「比先前的衣裳好看多了，就是這一身白，太素雅了。」寇彤看了看，對旁邊幫著挑衣裳的小丫鬟說道：「把那件葡萄青、繡銀色團花的羅衫拿下來。」

「這一件會不會太貴了？」蘇氏有些不願意。「母親年紀大了，又是守寡，不用穿這麼貴的衣裳。妳看，這可是銀線繡的花，恐怕價格不便宜呢！」

「母親！」寇彤推她進去更換衣服。「這衣裳沒有一點出格的地方，全是素色的，妳穿了旁人也不會說什麼的。至於價錢，妳就更不用擔心了，我身上有錢。」

蘇氏被寇彤說得無法，只好進去更換衣裳。

等她再次換好衣裳出來後，寇彤笑嘻嘻地站在銅鏡旁邊看著她。「果然好看，母親年輕了好多歲呢，就這一身吧！」

蘇氏看著鏡子裡面的自己，也覺得這衣裳得體大方，因此沒有推辭，就順了寇彤的意思。

寇彤給自己挑了一件暗紅色繡花領外衣，粉紅小立領的中衣，外面套了一件明紫色繞領繞袖纏枝花卉的齊胸襦裙，襯得她明豔端莊、顧盼生輝。

「小姐生得真真是好看！」店裡的小丫頭讚嘆道：「這明紫色的衣裳，一般人穿著要麼顯得太單薄撐不住，要麼顯得臉色差，整個人灰撲撲的，可小姐穿著這明紫色，越發明豔照人了。」

「妳的嘴可真甜。」寇彤回眸看了她一眼，又轉過頭來說道：「這一身衣裳，我們要了。」

寇彤跟蘇氏又各自挑了三、四套衣裳用來更換。

付錢的時候，寇彤拿了一吊錢作為打賞，那個小丫鬟高興得合不攏嘴。

母女兩個從成衣鋪子裡出來之後，又去到旁邊的店裡給寇家各人買禮物。

同輩之間，買一些時下流行的布疋就行了；給小輩的不過是些金銀玉釵、手鐲之類的。

至於給四房老夫人的東西，寇彤這裡早就準備好了。師父走的時候，給她留下了不少好東西，其中就有三、四株小孩胳膊粗細的人參，還有兩株稍微小一些，但是品相十分不錯的，寇彤決定把那兩株湊成一對，買一個精緻的匣子裝著就可以了。

買東西的時候，寇彤挑的全是比上不足、比下有餘的，既全了禮數讓人挑不出毛病，又不會太花費銀錢。

東西都準備好之後，寇彤跟蘇氏這才去飯館裡面吃了午飯，稍微歇息一下之後，就坐上馬車，直奔錦繡街的寇家而去。

與此同時，同在南京的關毅坐在擺放著冰盆的書房裡，聽著下人的稟報。

「……在范水鎮，小寇大夫口碑非常好，提起她，眾人皆是滿口稱讚。雖然我們趕到的時候，小寇大夫已經離開了范水鎮，但我們還是很輕易地打聽到了小寇大夫家的事情。小寇大夫不是范水鎮人，是幾年前才到范水鎮的，家裡人口簡單，只有她與母親相依為命。我們打聽到，小寇大夫醫術十分了得，據說曾經跟著一個雲遊四方的神醫學醫術，再加上她天賦異稟，所以醫術十分高超，幾乎能起死回生。」

「起死回生？」關毅挑了挑眉。「不過是鄉下人以訛傳訛罷了。」

「世子，小人不止一次聽人說小寇大夫醫術高明……」那人說著，將寇彤如何救了陸木匠的兒子、曾鐵牛的兒子、秀才的兒子、孤寡老婆子的孫子等等，以及怎樣智鬥柯大夫的事情，悉數不漏地說了出來。

關毅聽了後兩眼放光，這的確像是她做得出來的事。他以為她只是懂一些醫術，卻沒有想到，她的醫術居然這麼高超。

那人讚嘆了一聲，繼續說道：「這樣高明的醫術，要是請來給老夫人治病，說不定就能治好老夫人的頑疾呢！」

那天晚上，他躺在床上難以入眠，本來想等第二天再見她一面的，誰知道半夜裡家中就有人找到他，說祖母病重，他才連夜往回趕。

思及此，他的眼眸突然間變得深邃。自己沒有等她，就這樣不告而別，不知道她會不會失落？會不會生氣？會不會責怪自己？想到這裡，他不禁又覺得心怦怦直跳。不知道她去了什麼地方？早知如此，他應該早點派人去打聽的。

「嗯。」關毅點點頭，不置可否。「知道她們去哪裡了嗎？」

「聽鎮子裡的人說，小寇大夫到南京來了。她原來的房東是個地主，地主家的下人跟小寇大夫家比較好，據她說，小寇大夫跟南京寇氏是本家，這次是要回南京本家了。」

「你說的南京寇氏，就是給夫人拜壽的錦繡街寇氏？」關毅立直了身子問道。
「屬下猜測，應該是的。」
「哦？」關毅若有所思。「既然如此，那咱們只要到錦繡街寇家找她就行了。」
「需要屬下現在去請她過來嗎？」
「不。」關毅有些不自在地道：「先不用。」他非常想見她，但是不知道該以什麼理由見她。他「唰」地一下子合上了扇子，再問：「那筆銀子呢？」
「那牆裡的銀子全部都被拿走了。」
那麼多銀子，她應該不可能一次全部帶過來的，只是不知道銀子被她挪到什麼地方去了？
「行了，我知道了。」關毅說道：「這一趟差事你們辦得很好！元寶，去帳上，每人支二十兩銀子作為賞錢。」
「謝世子！」
作為關毅的貼身小廝，元寶熟門熟路地領著眾人去帳房領賞。
不一會兒的工夫，元寶就回來了。「少爺，銀子已經發下去了。」
「嗯。」關毅點點頭，頭也沒有抬一下，拿著摺扇有一下沒一下地敲打著面前的花梨木桌子。
南京錦繡街的寇氏，也算是名門望族了。他在南京多年，與寇氏接觸得少，但是也依稀知道寇氏嫡支的幾個人。

「我依稀記得，禮部侍郎寇俊傑好像就出自南京寇家嫡支吧？」關毅問道。

元寶想了想，說道：「是，禮部侍郎寇大人是寇家四房的長子，他的授業恩師是前文淵閣大學士張閣老。就因為如此，雖然他功績平平，但是仕途一直都頗順利的。去年張閣老年老致仕，便保舉他做了禮部侍郎，已經上任一年多了，政績一般，雖無大功，但也無大錯。不過，現任學士趙閣老一直想將他門下的人安插到各部，再加上張閣老的身體每況愈下，所以寇大人後年任滿之後，若想要繼續留任或升遷，恐怕不會這麼容易。」

「我記得寇家共有八房，你去查查，這小寇大夫是寇家哪一支的閨秀？」

「是！」元寶點點頭。「如果按照少爺所說，小寇大夫有十五、六歲年紀的話，那符合年紀的只有寇家四房、七房跟八房了。四房的幾個閨秀，少爺也見過，最出名的便是四房長子寇俊傑的嫡女寇妍，模樣出眾，又有才情，不說南京，就是在京城也是出了名的美人。四房其他的閨秀則不算特別出眾，至於七房、八房尚不清楚，要查一查才好。」

她既是寇氏一族之人，怎麼會在范水鎮一待就是好幾年？又怎麼會是大夫？寇氏共有八房，沒聽說哪一房的閨秀是大夫呀！

「嗯。」關毅說道：「你趕緊去查一查也好。」

「既然少爺急著見她，我即刻就去查。」元寶說道。

「我怎麼會急著見她？」

這話一出，元寶疑惑地抬頭看了看關毅。

關毅也覺得異常尷尬，他欲蓋彌彰地說道：「她畢竟是我的救命恩人，不告而別不是我的作風，我想當面跟她道謝。」說完他頓了一頓。「其實也不必查得太緊，但若能早一點知道是最好的。」

元寶看了看闞毅，只覺得少爺今天怪怪的。一會兒說要趕緊查，一會兒又說不必查得太緊；之前說小寇大夫好心幫他包紮傷口，怎麼這會子又變成了救命恩人？元寶想將心中的疑問說出來，但是想了想，還是作罷。

「是！」元寶緩緩退了出去。

闞毅的思緒已飛到九霄雲外了。她是寇家哪一房的閨秀呢？他原本以為她是個鄉下野丫頭，沒想到她居然也是名門小姐。但，有她那樣的名門閨秀嗎？那麼坦蕩真誠，毫不扭捏……

「哈啾！」

寇彤冷不防地打了一個噴嚏，在這小小的偏廳裡顯得非常響亮。

她揉揉鼻子，對蘇氏笑道：「不知道此刻是誰在念我？」

聽了寇彤的話，蘇氏對她微微一笑。「肯定是妳師父，多日不見，該想念妳了。」

「嗯。」寇彤點點頭。「定然是的！」

蘇氏看著女兒的笑臉，在等待之中，心一點一點地沈了下去。她早在幾天前就寫信說明今天會回到南京，到了門口卻被門房盤問了半天，等門房進去稟報出來後，迎她們進內院時，已經到了飯點，於是就有人帶了她們到這偏廳來。吃過飯後，又有人說老夫人要午睡，讓她們等著。

如今，好幾個時辰都過去了，她們未見一個寇家人，見到的全是寇家的下人。這哪裡是對待回家的親人？分明像是對待一個打秋風的窮親戚！

……老夫人年紀大了，下人偷奸耍滑沒有去稟報也是有的。蘇氏只能這樣安慰自己。

可是寇彤卻知道，如果下人沒有去稟報的話，她們根本不可能進門，也不可能會有人招待她們用午飯。下人敢如此，只有一個原因，那就是——四房的人根本沒把她們放在心上，所以才會由著下人如此怠慢。

這樣的經歷，她曾經經歷過一次，而且有這種結果，她也早已經預料到了，所以，她十分的氣定神閒。

倒是蘇氏，臉色漸漸有些難看了。

母女兩個這樣乾坐著也不是辦法，索性就聊起天來了。

正說著話時，突然，一個五十多歲的嬤嬤走了進來，她黑白摻雜的頭髮梳得光溜溜的，穿著茶褐色的比甲，中等身材，微微有些發福，看上去乾淨利索，人很精神。

是四伯母身邊的袁嬤嬤！蘇氏見她來了，忙站起來道：「袁嬤嬤，怎麼是您親自來了？」語氣真誠又親切。便是長輩身邊的阿貓、阿狗都要敬著，蘇氏的禮儀向來讓人挑不出錯來。

「太太。」袁嬤嬤飛快地掃了蘇氏與寇彤一眼，忙上前一步行禮，道：「多年不見，您還是這麼客氣。」

蘇氏忙側過身子，算受了她半個禮。

「這是彤姊兒？」袁嬤嬤道：「居然長這麼大了！」

袁嬤嬤正要上前行禮，卻被蘇氏一把托住。「她小人家的，受不了您的禮。」

「嬤嬤好。」寇彤忙上前一步，朝袁嬤嬤行了一個禮。

她記得前世，母親每每託人給自己送信時，總是報喜不報憂。母親病重的時候，就是袁嬤嬤通知自己的，若不是袁嬤嬤，恐怕自己連母親的最後一面都見不到呢！

雖然不知道袁嬤嬤為什麼會幫助自己，但寇彤是打心眼裡感激袁嬤嬤的。

「因為大姑太太從京城回來了，今天上午剛到，家裡一直亂著，所以就沒顧上您。這些奴才也是該打，居然這麼半天了都不去通傳，讓您等了那麼久。」袁嬤嬤笑著說道：「這會子，老太太已經午睡醒了，大姑太太、二夫人也都在，我引您去上房吧！」

蘇氏笑著對袁嬤嬤點頭道：「有勞嬤嬤了。」

跟在蘇氏身後的寇彤聞言，心中卻如翻江倒海一般。

第十九章 沒安好心

前一世，也是這個時候，也是這樣炎炎的夏日，大姑姑寇牡丹因為在婆家受了氣，所以回到娘家訴苦來了。

大姑姑嫁的是安平侯，安平侯卻是庶出，並非嫡出。

因為老安平侯夫人一直無所出，所以就將孝順懂事的安平侯養在名下充作嫡子，繼承了安平侯的爵位。大姑姑成親的第二天，老安平侯夫人就將她的外甥女塞給安平侯做了貴妾，大姑姑為此幾乎咬碎一口銀牙！

更糟的是，那貴妾先大姑姑一年懷上了孩子，並於十個月後產下一名男嬰，那可是安平侯的長子長孫啊！

一年後，大姑姑生產，所幸大姑姑所生也是男胎，但到底晚了一年。長子不嫡，嫡子不長，為此事，大姑姑很是憂心。

就在她憂心不已的時候，那貴妾卻因為生產壞了身子，纏綿於床榻，不久便離開人世了。

大姑姑暗自高興，同時以身邊已經有一個孩子為由，不願意教養那庶長子。於是，那孩子被老夫人抱走，一直養在身邊。

就這樣，十六年過去了，那貴妾所生的長子已然到了要娶妻的年齡，老太太自然希望給養在身邊的大孫子挑一門得力的親家，好幫著他支撐門庭。

對此，大姑姑肯定是不願意的。他是長子，又有老太太撐腰，若再有一門得力的親家，那安平侯的爵位花落誰家便未可預料了。

但是，那長子畢竟不是嫡子，文不成武不就的，又被老太太寵得脾氣極壞。老太太一門心思想挑好的，庶出的一律不要，非要嫡出的姑娘不可，議了幾次親都沒有說成，不是嫌棄人家姑娘長得不好，就是說人家門庭差。

說來也是巧合，那長子無意之中看見了穆家二小姐，便說非她不娶！那穆家可是朝廷新貴，穆將軍是穆貴妃的嫡親哥哥，穆家大小姐更是三王爺的王妃，安平侯府這樣靠著祖上恩蔭過日子的閒散侯府如何能比？

穆家二小姐怎麼都不可能嫁給安平侯家的，別說庶子了，就是嫡子也不可能。那老太太以孝道的名義壓著安平侯，出於無奈，大姑姑只好硬著頭皮上門，卻被穆夫人以一杯茶水給打發了出來。

不料，那長子居然去劫堵上香的穆家二小姐，結果被跟隨的護衛暴打了一頓。這件事情鬧得整個京城無人不知，無人不曉。安平侯府顏面掃地，再無人家願意與之結親了。

安平侯府的老太太將說親失敗的責任推到了大姑姑身上，將大姑姑狠狠地數落了一頓。見兒媳指望不上，安平侯府的老太太便親自出馬給心愛的長孫說親。幾個月以後，安平侯的老太太便發現，不僅是嫡出的小姐，便是庶出的姑娘也沒有人願意嫁給自己疼愛的長孫！

老太太見京城不行，便將眼光轉移到南京，命令大姑姑這趟回娘家，無論如何也要給那長子定下一門好親事——要姑娘長得好，要世家名門，還必須是嫡出的。

如若不然，便要給安平侯再納一房貴妾！

安平侯為人軟懦，作為養在嫡母名下的庶子，他一直便是乖乖聽從嫡母的話，這一次自然也不例外。何況，那長子也是他的兒子，他也希望兒子能找一個門當戶對的閨秀。於是，這燙手的山芋再一次拋到了大姑姑手中。

這可難壞了大姑姑！京城與南京氏族之間往來密切，很多氏族都是南京、北京皆有人出仕的，所以安平侯得罪過穆將軍家的消息，怎麼也瞞不住。就算瞞得了一時好了，大族之間說親，絕不是一時半會兒就能定下來的，對方人品如何肯定還要細細打聽，一旦日後打聽出來，大姑姑在南京恐怕也難以立足了。

寇彤記得，上一世，大姑姑就是因為此事才回到南京來的。四伯祖母疼愛女兒，不忍女兒在婆家受苦，於是便將主意打到了依附四房過日子的她身上。

她模樣好，是世家閨秀不說，還是嫡出，樣樣都符合安平侯老夫人的要求。最重要的一點是——她是寇家人，嫁過去便是大姑姑的助力。只要母親蘇氏在寇家一日，大姑姑就可以拿捏她寇彤一日！

這個計劃再好不過了，可惜，寇彤沒有配合，因此便得罪了四房。

前世這個時候，她們母女已經依附四房多時，無依無靠，四房才敢那樣明目張膽地拿捏她們母女。這一世，她們回到寇家的時間比上一世晚了很多，並沒有依附過寇家，那四伯祖母還會將主意打到她的頭上嗎？

寇彤不得而知。

但是防人之心不可無，她總是要留些心眼的。

寇彤跟在母親與袁嬤嬤身後，繞過滴水崖，穿過一個爬滿爬山虎的月洞門，順著長長的抄手遊廊，來到一個院落。

院子正房三間，左邊是一溜邊四間房，正房對面有三間倒座房，右邊沒有房子，是一個漢白玉石砌成的架子，架子上爬滿了葡萄，正結著青澀的果子，一嘟嚕、一嘟嚕（注）地掛在枝頭，看著就讓人嘴酸。

這是四伯祖母的院子，寇彤前世來得最多的就數這個院子了。因為院子裡面種著葡萄，所以又叫紫院，既是葡萄成熟的顏色，又有紫氣東來的意思。

看到寇彤一行三人過來，立馬有伶俐的丫鬟進門去報信，還有兩個丫鬟打起簾子，請寇彤母女進去。

進了正房之後，袁嬤嬤示意寇彤與蘇氏在明堂稍等，然後她就去了明堂右邊的房間。左邊是呂老夫人的起居室，明堂是呂老夫人處理內院事情的地方，右邊應該就是呂老夫人平時跟人會客的會客廳了。

袁嬤嬤進去一會兒後就出來了，她挑了簾子，示意寇彤與蘇氏進去。

外面很熱，呂老夫人的房間裡卻放了冰盆，讓人覺得清涼舒適，寇彤渾身的熱意瞬間都涼了下來。

房間裡面坐了好幾個人，寇彤低著頭跟在蘇氏身後，頭也不抬一下。前一世她因為規矩不好，被四房的幾個姊妹嘲笑過、被鄭家人羞辱過，她雖然不在乎那些人說什麼，但是她不想因為自己而讓母親受四房人的嘲笑。

「姪媳蘇氏見過四伯母。」因為多年遠出在外，蘇氏跪在蒲團上，行了一個大禮。

「姪孫女寇彤見過四伯祖母。」寇彤跪在蘇氏左後方，跟著行了一個大禮。

「快起來吧！」呂老夫人說道：「這麼多年來，妳一個人在外面，還帶著孩子，著實是辛苦了。」

就這一句不鹹不淡的寒暄，便讓蘇氏鼻頭一酸，不由得想起這麼多年來所受到的苦，想著今天終於回到本家，往常再多的辛苦也值了。

「姪媳不辛苦。」蘇氏站起來說道。

「這孩子是……」呂老夫人多年未見，一時想不起來她叫什麼名字。

「這是彤娘。」蘇氏忙將寇彤推到呂老夫人身邊。

呂老夫人盯著寇彤看了一會兒，說道：「嗯，模樣出落得真好，倒隨了我們寇家人，濃眉大眼的。」

「謝四伯祖母的誇讚。」寇彤雙手交疊，行了一個禮。

「嗯，規矩也不錯，妳這做母親的還算稱職。」呂老夫人滿意地點點頭。「妳帶著彤娘

注：一嘟嚕，北平方言，一串之意。

見見她二伯母並大姑姑吧！」

初次見面，長輩應該有見面禮送上的，可是呂老夫人根本沒有這方面的意思。前一世有沒有，寇彤已經不記得了，她那個時候大抵也沒有在意這些事情吧。

蘇氏帶著寇彤見了寇家四房的二兒媳——連氏。

二伯母跟記憶中一樣，還是那十分好相處的樣子。寇彤卻知道，二伯母其實為人十分軟懦，所以呂老夫人到現在還沒有將內院的事情交給她。

「彤娘這孩子生得真好！」連氏拉著寇彤的手，上上下下打量一遍，說著就捋下手上的鐲子要往寇彤手上套。

她一邊要給寇彤戴鐲子，一邊對蘇氏說道：「弟妹，這些年來辛苦妳了。」

寇彤不敢收，連忙將手從連氏手中抽了出來。

二伯母真是好沒心機的人啊……四伯祖母還沒有給見面禮呢，她倒先給上了，這不是打四伯祖母的臉嗎？這樣的心性，一點都不會察言觀色，難怪四伯祖母不願意讓她管家了。

「二嫂太過客氣了。」蘇氏笑著說道。

「大姑太太，妳也回來了。」蘇氏忙給寇家四房的大姑太太——安平侯夫人寇牡丹行了一禮。

寇彤也跟著見禮。

寇彤與蘇氏坐下來之後，接下來又是丫鬟、婆子們上來給蘇氏、寇彤見禮，就這樣喧鬧了半天，兩個人才坐定。

「俊英媳婦也辛苦了，這麼些年帶著孩子獨自在外面，一個女人家，總是難些……」呂老夫人盯著蘇氏身上這件蘇繡的衣裳，聲音漸漸慢了下去。「我當妳們在外面定然受了不少苦，現在看來，倒是我多慮了。」

蘇氏扯了扯身上的衣裳，站起來剛想說話，就被安平侯夫人搶過了話頭。

「是呀，弟妹身上這件衣裳可不便宜呢！」安平侯夫人若有所指地說道：「那年俊英出事之後，就再沒了弟妹母女的消息，我還當弟妹與彤娘已經遭遇不測了呢，沒想到今天卻好端端地出現了。也不知這麼多年，弟妹去了什麼地方？見了什麼人？莫不是已經改嫁他人了吧？」

「大姑太太這話說得有些重了。」連氏向來老實，她聽出這話不對，忙向蘇氏說道：「大姑太太向來快人快語，她就是隨口問問罷了，絕沒有疑心妳的意思，弟妹妳可千萬別往心裡去啊！」

蘇氏的臉脹得通紅，神色有些激動。「我蘇家男無帶罪之人，女無再嫁之身！我為相公守寡這麼多年，清清白白，對日月可表。我剛進家門，大姑太太不說關心我們母女這些年是怎麼過的話，反倒是先如此折辱我，早知如此，我剛才就不該進門，就該一頭碰死在寇家大門口以示清白。」

「弟妹，妳別生氣。」連氏勸說道：「大姑太太並無他意，她只是覺得奇怪，隨口問問而已，絕對沒有質疑妳的意思。」

「這事，是牡丹不對。」呂老夫人開口說道：「牡丹，快向妳弟妹道歉。」

聽呂老夫人這樣說，安平侯夫人當即不高興地說道：「我又沒有說錯！寇俊英犯了那樣的罪，雖然沒有被除名，但是卻給寇家抹黑了，是寇家的罪人。死了的人就不說了，這活著的人卻這麼些年都無影無蹤的，現在突然冒了出來，由不得人不懷疑啊！」

寇彤臉色蒼白，緊緊地抿著嘴唇，強壓下內心的怒火。

父親雖然犯了事，但是這件事情卻是替人頂缸。當初主謀穆貴妃如今都已經翻案了，只是因為寇家無人伸張，所以父親才會一直含冤不白。

至於這麼多年來，母親雖然未回寇家，卻每年都有書信，怎麼叫無影無蹤？明明是寇家人對她們不管不顧，現在反倒怪罪起她們母女了。

上一世，她與母親衣衫襤褸地回到寇家，結果受盡了寇家眾人的輕視與奚落；如今她們穿著稍微體面一點，母親竟就遭受這樣的折辱！

「大姑姑！」寇彤再也忍受不住，上前一步說道：「當年之事，隱情頗多，我父親如今已經不在了，再提無益，我也不想與妳爭辯什麼。只是，我與母親在外多年，母親含辛茹苦地為寇家教養女兒、為父親守節，受了這麼多苦，回來妳不說安慰，反倒扣了這樣一頂大帽子在我母親頭上，這便是寇家的待人之道？這便是寇家處事之道？我今天算是開了眼界了！」

「好呀！一個小丫頭也敢來教訓我？」安平侯夫人在婆家雖然不甚如意，但是在寇家可是說一不二的主兒。「我說的都是實話！就憑妳這毫無禮數的樣子，便足以證明蘇氏沒有盡到教養之責！看看妳這個樣子，哪裡配當我們寇氏嫡出的姑娘？」

「我——」

「彤娘！」

寇彤剛想辯解，就被蘇氏喝斥了一聲。

「大人說話，小孩子家莫插嘴！」

「母親……」寇彤看著蘇氏生氣的樣子，撇撇嘴，有些委屈。

「好了！都是一家人，怎麼才見面就吵上了？牡丹妳也是的，跟一個孩子計較什麼？」呂老夫人說道：「姪媳婦，妳也別怪牡丹說話不中聽。這衣裳雖然不是頂貴的，但也絕不是一般人家能穿得起的。妳們母女二人在外面這麼多年，一無家族可以庇護，二無男丁可以依仗，如今卻穿了這名貴的料子來，由不得人不懷疑。」

「姪媳在外多年，日子過得一直比較緊巴巴。後來彤娘這孩子跟著一個神醫學了醫術，在鎮子上給人看病，這日子才算漸漸好了起來。」蘇氏頓了頓，再道：「平時也沒有穿這麼好的衣裳，因為寇家在南京是名門望族，我與彤娘又是多年未回家，總不能穿著寒酸的衣裳登門，所以才特意買了這樣的衣裳，就是怕給寇家抹黑。沒想到，還是讓大姑太太跟四伯母誤會了。」

「哦？」呂老夫人若有所思。「原來如此啊！沒想到妳們吃了這麼多苦，彤娘這孩子居然還拋頭露面出去行醫，給人看病啊！」

「彤娘會醫術？這怎麼可能！她——」安平侯夫人一副不相信的樣子，還想再說，卻被呂老夫人一個眼神給制止了。

「妳們母女倆風塵僕僕地前來，也辛苦了，先下去休息吧。看看天也晚了，待會兒我會讓人直接將晚膳送到妳們屋裡。今天晚上好好休息，有什麼事，咱們明天再說。」

「我給幾位姑娘帶了禮品，不知道能不能請幾位來見見？」蘇氏問道。

「喔。」呂老夫人一副剛剛想起來的樣子。「瞧我，真是的，年紀大了就忘事，除了咱們家的阿娟、阿瑩、阿妍之外，軒哥兒這回也跟著牡丹回來了。他們嫌家裡熱，幾天前就到莊子上乘涼去了。說了今天回來，估計要等太陽落山，消了暑氣才能回來呢！明天早上，妳再見也不遲。」

「是。」蘇氏點點頭，帶著寇彤朝眾人行了一禮，就由袁嬤嬤帶著出了門。

兜兜轉轉，三人來到一個小小的院落——蟬院。

「就是這兒了。」袁嬤嬤非常抱歉地說道：「這會子大姑太太也在，還有表少爺也在，沒有大一點的院子了。這院子雖然偏，卻有一株大楊柳跟一株大大的皂角樹，可涼快了！」

蘇氏站在院子門口，半天都沒有說話。

袁嬤嬤這才想起來，抿了抿嘴，帶著十分的歉意，說道：「原來六房的院子，現在已經被五房跟四房分了，兩家一人一半。五房的用來給長孫娶新媳婦，當作新房了；至於咱們四房，將那房子改成了一個專供女先生教小姐讀書的書房。現在只能委屈您跟彤姊兒住在這裡了。也是我沒有能耐……」

蘇氏嘆了一口氣，上前一步，拉著袁嬤嬤的手說道：「嬤嬤妳不必如此。我們六房如今衰敗至此，被人……也是正常的事。若是外人也就罷了，可這四房老太爺跟我們六房老太爺可是嫡親的兄弟，老太太這樣做，未免太……」未免太令人齒冷了！「罷了！嬤嬤妳事情也多，先去忙吧，那邊估計還等著聽妳回話呢。」

「欸，那我先走了。」袁嬤嬤說道：「若是有什麼事情，您讓人去找我。我馬上讓人將您的行李送過來，再撥個小丫鬟來服侍您跟小姐。」

「多謝嬤嬤。」蘇氏說道。

「您太客氣了。」袁嬤嬤又說了幾句話，這才離開了。

袁嬤嬤離開之後，寇彤與蘇氏才走進這個名叫蟬院的院落。

院子小小巧巧的，三間主房，三間廂房，外加一個小小的廚房。主房裡面家具齊全，其中一間廂房裡面簡單地擺放著兩張床、兩個雙門櫃，還有幾把椅子，看來廂房應該是給下人居住的地方。

已經到了傍晚了，一聲一聲的蟬鳴依舊不停，很是吵鬧，怪不得叫蟬院。

寇彤跟蘇氏將院子前後左右都看過一遍之後，不約而同地露出滿意的表情。跟范水鎮的房子比起來，這兒已經好很多了。但是母女兩個都明白，她們六房原也是有自己的屋舍的，只是卻被旁人占了罷了。

寇彤知道，母親看著放下了芥蒂，但是剛才安平侯夫人的質疑、六房屋舍被瓜分的事情，她肯定還是耿耿於懷的。

「母親，四伯祖母好像並不是很歡迎我們，我看不如我們到外面租房子住吧？」寇彤期盼地盯著蘇氏，好像只要蘇氏一點頭，她就立馬要離開寇家一樣。

「傻孩子！」蘇氏嘆了口氣。「我們能到哪裡去?這裡才是妳的家。不要胡思亂想了，待會兒下人該送飯過來了，叫人聽見了不好。」

「嗯，我知道了。」寇彤乖巧地點點頭。「母親在哪裡，我就在哪裡。」

蘇氏衝寇彤擠出一個笑臉，心中卻憂思更甚。

彤娘已經十五歲了，眼看著就到了要嫁人的年紀，所以她不顧彤娘的反對，硬是要回到寇家來，就是希望女兒能從寇家出嫁，這樣嫁到鄭家去也算是有了娘家依仗。可是看剛才的情況，她真是把事情想得太過美好了。四房的人並沒有將她們母女當作自己人，四房待她們的態度，就像對待一個窮親戚一樣。

蘇氏嘆了一口氣，她得早點跟鄭家人見面，風風光光地將女兒嫁出去，這樣她才能放心。

不一會兒的工夫，便有丫鬟將她們的行李送了過來。

再過了一會兒，又有兩個婆子端了飯菜過來。

那送行李的三個丫鬟裡，有一個丫鬟留了下來，說是袁嬤嬤安排來服侍她們的。

寇彤卻堅持讓她回去。「之前在鄉下的時候，我跟母親從來都沒有要人服侍過。姊姊的好意我們心領了，但是若留下姊姊，的確沒有事情讓姊姊做。我們到底是客人，怎麼能跟主人家搶丫鬟呢？」她說著，遞了一個碎銀子給那個丫鬟。「姊姊有這份心，我們就十分感激了，實在不敢勞動姊姊。這點銀子給姊姊買花戴。」

那丫鬟看了看寇彤，又看了看蘇氏，也沒有堅持，最後一屈膝，行了個禮就走了。

「母親，我私自把人趕走了，妳不會生氣吧？」寇彤問道。

「這是小事，母親自然不會生氣。」蘇氏說道：「可是，這畢竟是袁嬤嬤安排的，甚至有可能是妳四伯祖母讓她安排的，妳就這樣駁了主人家的面子，恐怕有些不妥。而且，就算妳不想讓她服侍，直接讓她走就是了，或者隨便打賞一點銅板，意思到了就行了，那可是銀子，怎麼說給就給了呢？那錢可是妳辛辛苦苦掙來的呀！」

「母親！」寇彤笑嘻嘻地說道：「錢財都是身外之物，沒有了還可以掙。我知道母親心疼我，但是母親妳想想，四伯祖母家這個樣子，分明是將咱們當成前來打秋風的窮親戚，根本沒有將咱們當成自家人。既然如此，我們更應該小心了，這吃穿用度都要跟他們家分開才行。」

寇彤扳著手指頭跟蘇氏算起了帳。「這裡有小廚房，從明天開始，我們就自己生火燒飯吧！既然我們客居於此，也要有做客人的自覺才行，絕不能占人家一分一毫的便宜。讓那丫鬟來服侍我們，每個月至少也要給半吊錢的月例吧？若是這錢咱們自己出，太不划算了，畢竟這些事情我們自己都會做，幹麼還要請一個人來做呢？可要是讓四房出，回頭又說我們占人家的便宜了。母親，我可不想被人家看低。」

最重要的原因寇彤沒說——經過前世，她已經不相信寇家的任何人了。防人之心不可無，她可不希望自己做了什麼，馬上就有耳報神報到紫院去了。

「就妳能掐會算！」蘇氏見她這個樣子也笑了。「我知道妳的意思了，可咱們住在這裡，豈不是還要付租房子的錢？」

「那怎麼行！」寇彤眨著大眼睛說道：「他們可是占了我們六房半個屋舍的，這麼多年來我們都沒有跟他們收過房子的錢，現在我們只住了這一個小小的院落，根本不用再給他們錢！」

「彤娘真是能幹！」蘇氏笑著打趣道：「既是大夫，又會精打細算，以後嫁到鄭家，定然是個管家好手。」

「母親……」寇彤笑得有些虛。「好端端的……妳提這些做什麼？」

「好好好！」蘇氏見寇彤不自在，以為她害羞了，便說道：「咱們將飯吃了，然後把屋子收拾一下，早點洗澡睡覺吧！」

「嗯。」寇彤也覺得餓了。「吃了飯後，要燒滿滿一大桶水才行。今天熱死我了，出了好多汗，我要好好泡泡澡！」

蟬院裡面，母女兩個忙著吃飯、收拾東西。

第二十章　堂姊寇妍

同一時間，吃過晚飯的安平侯夫人寇氏正坐在紫院呂老夫人的屋子裡，十分不高興地抱怨著。

「……母親，妳看看她那個樣子，真是太讓人生氣了！我可是她姑母，以後還是她婆母，她居然這樣跟我講話，真真是氣死人了！」

「好了，牡丹！」呂老夫人聽著女兒的抱怨，不由得皺了皺眉頭。她聰明一世，怎麼就生出這麼個腦袋不開竅的閨女？她生了三個兒女，除了大兒子有出息之外，剩下的兩個真是一點也不隨她。當初她剛剛嫁進寇家，先是一舉得男，緊接著又生了龍鳳胎，因此寇家裡裡外外、上上下下都被她把持在手中。

那時寇家還未分家，幾房兄弟都住在一處，她作為嫡出的媳婦，自然是與旁人不同的。她要主持中饋，家中事務繁瑣，大兒子就被婆母抱去教養。小兒子與女兒，她則是一直帶在自己身邊，但是她非常忙，就疏忽了對兒女的教養，等她發現小兒子與女兒已經養成了這目空一切的性子之後，再要糾正已晚了。

她將女兒拘在身邊教養了一段時間，但那時女兒出嫁在即，她就是想教也來不及了。

因為女兒心思簡單，凡事都放在臉上，又是這樣的性子，讓女兒與婆母過招的時候吃了好幾次虧，如今竟還要為庶出的長子說親。

她的女兒，在家時千疼萬愛，嫁到侯府本來是享福去的，誰知道卻要受這樣的委屈，可真是苦了牡丹這孩子了。

呂老夫人想到這裡，心又軟了幾分。若不是自己那時候太過疏忽，哪能讓女兒養成這樣的性子？說來說去，都是她這個做娘親的不好。

「牡丹。」呂老夫人放軟了聲音，哄著女兒說道：「今天的事，我知道妳不高興，可是在我看來卻是再好不過了。」

「母親，妳為什麼這麼說？」安平侯夫人不理解呂老夫人的意思。

「妳那婆母就想讓妳給那庶子挑一個名門閨秀，既要嫡出，又要模樣好。妳看看彤娘，每一樣都符合要求，真是再合適不過了。」

「可是她……」

「我知道妳要說她性子不好，對妳無禮。」呂老夫人細心地跟女兒解釋道：「她跟著蘇氏養在山野間，能知道什麼？若說有壞處，就是有些不知禮，但這是小事情，妳可以慢慢教她。像她這樣什麼都不懂，不藏不掖的性子，嫁到你們家最合適不過了。若真是找了一個表面上百依百順，卻背後藏奸的，以後對妳可是大大的不利。妳想想，是不是這個理？」

安平侯夫人聽了，想了一會兒，便覺得呂老夫人說的有道理。「母親，妳說的對，她就是什麼都不懂，我日後才好拿捏她！」

「是呀！」呂老夫人拍著她的手說道：「更何況，蘇氏以後就在咱們家了，只要蘇氏活著一日，那丫頭就要一直看妳的眼色過日子，妳說這樣四角俱全的事情，到哪裡找去？」

呂老夫人的諄諄善誘讓安平侯夫人十分高興。「就是！等她進了門，若是乖乖聽話，等我的軒哥兒襲了侯位，分家的時候，我就發發慈悲給點銀子打發他們出門；若是她不聽話，到時候就不要怪我無情，一分錢都不給她！」

「這才對！」呂老夫人見女兒轉過彎來，便欣慰地說道：「妳就應該這樣想，但是千萬莫在人前顯露出來。妳這孩子吃虧就吃虧在太實誠了，有什麼事情都表現在臉上。以後萬萬不可如此，知道了嗎？」

「知道了，母親。」安平侯夫人像個小姑娘一樣，挽著呂老夫人的胳膊說：「有母親護著我、幫著我，我怎麼會吃虧？多虧了母親。」

「妳呀！」呂老夫人看著女兒毫無心眼的樣子，嘆了一口氣。

她原本以為蘇氏母女多年在外，日子過得一定十分拮据，自己發發慈悲，將她們母女接回來，小施恩惠，不愁那蘇氏母女不聽她的擺布。可是現在看來，她們日子過得還不錯，至少還沒有到捉襟見肘的程度。

再有，那彤娘小小年紀居然還會醫術？想來蘇氏應該還不至於矇騙她。

可是不管怎麼樣，蘇氏她們還不是回來了？她怎麼說也是蘇氏的長輩，作為伯祖母，她幫姪孫女安排親事也是應該的，更可況還是嫁到安平侯府去呢！那蘇氏母女長年在外，根本不知道安平侯府的事情。這事情好辦得很，恐怕只要自己稍微露露意思，蘇氏愛女心切，一定會巴巴地貼上來的。

呂老夫人滿意地笑了。這件事情辦好了，再等兩年，讓妍姊兒嫁給軒哥兒，牡丹就可以安安心心地享清福了。

第二天一大早，天剛矇矇亮的時候，寇彤就被熱醒了。

她醒來的時候，發現蘇氏已經不在身邊了。

她一骨碌地坐起來，穿上衣服，剛剛跨出院門，迎頭就看見蘇氏從外面提了一桶水進來。

這個院子裡面沒有水井，若要用水，必須要從院門出去，繞到院子後面，到公用的水井裡頭打水。昨天晚上，母女兩個來來回回跑了好幾趟才打了足夠多的水來洗澡。

「母親，妳怎麼起這麼早？怎麼自己一個人去拎水了？怎麼不叫上我一起？」寇彤忙跑去跟蘇氏一起抬水，口中的話一句接一句地往外迸。

「我看妳睡得香，就想讓妳多睡一會兒。」蘇氏將水桶放在廚房門口，說道：「既然起來了，快換上衣服吧。我已經去過大廚房，將早飯端過來了。我們快點吃，吃完了飯，妳跟我一起將這些禮物拿到袁嬤嬤那裡，請她幫我們將東西送到各房去。」

「那也不用太著急啊！」寇彤說道：「我們今天有一整天的時間呢！而且就算我們著急，四伯祖母每天上午都要主持中饋，家中大小僕婦都要找她彙報事情，她恐怕沒有時間見我們呢！」

「所以我們要早些起床，去給妳四伯祖母請安。」蘇氏給寇彤梳了一個翻疊圓鬟髻，在髮髻上插了一根小小的玉簪，道：「請安的時候，我就將分開吃的事情跟妳四伯祖母提一提，她要是同意，我就出去買些米麵什物回來；她要是不同意，我們就每個月給廚房交伙食費。」

「嗯。」寇彤想到一事，疑惑地問蘇氏。「對了，母親，袁嬤嬤為什麼會幫我們啊？」

「妳怎麼會想起來問這個？」蘇氏說道：「因為袁嬤嬤是寇家的家生子，與妳父親的奶嬤嬤是親姊妹。」

她一直以為袁嬤嬤是四伯祖母的陪房，沒想到袁嬤嬤居然是寇家的家生子，更加沒有想到的是，袁嬤嬤與父親竟有這一層關係。

母女兩個匆匆用了早飯，又收拾了一下，便拿著昨天買來的禮品去找袁嬤嬤。

得知她們的來意，袁嬤嬤就將禮物悉數收下，並保證道：「太太放心，我這就去送，早飯之前，各房的主子、小姐定然都能收到了。」

蘇氏再三道謝後，便跟著寇彤一起回到蟬院。

過了半個時辰之後，看看時間差不多了，蘇氏便帶著寇彤去了紫院。

呂老夫人已經起床了，正在梳洗，蘇氏跟寇彤在明堂裡等了一會兒，就看見安平侯夫人寇氏為首的一群人陸續進了紫院。

安平侯夫人走在最前面，她今天穿著湖藍遍地繡金銀暗花的廣袖裙，很適合她的身分。她有著寇家人標緻的大眼睛，可惜顴骨高高的，模樣隨了呂老夫人，顯得有些刻薄。呂老夫人雖然顴骨高高的，但是看來卻很有氣度，這一點安平侯夫人較其母遜色了許多。

她身後跟著一對姊妹花。

個子高的那個大概十五、六歲的樣子，她有著寇家人的大眼睛，杏眼粉腮，模樣清秀，是二堂姊寇瑩。她穿著玫瑰粉的對襟圓領長裙，上頭的刺繡是繞領纏枝花卉，整個人顯得十分的漂亮。只是她的臉色卻有些難看，並不時地回頭往身後張望。

個子矮一些的大概十二、三歲的樣子，鳳眼薄唇，氣質溫婉，跟連氏有六、七分相似，是寇家四房最小的姑娘寇娟。她拉著姊姊的手，亦步亦趨地跟在安平侯夫人後面。

隨著幾人越走越近，寇彤看到了跟在二堂姊寇瑩身後的兩個人。

一個穿水紅撒虞美人花亮緞裙裾的少女，正語笑嫣然地跟旁邊的人說著話，巴掌大的小臉上一雙黑白分明的大眼睛顧盼生輝，削肩窄腰，嬌小玲瓏，像朵嬌豔的桃花般美麗動人。

是大堂姊寇妍！

寇彤心中翻湧著一陣一陣的酸澀。

大堂姊還是如記憶中一般貌美動人，怪不得，怪不得鄭世修會念念不忘……

寇彤也是美麗的，她也長著雙美麗的大眼睛，可是鄭世修卻喜歡大堂姊那樣嬌小的女孩子，模樣俊俏，性格開朗，討人喜歡。

而寇彤卻身材高䠷，幾乎要與鄭世修比肩……

寇彤壓下內心的酸澀，低下頭去，不再看寇妍。

就在寇彤低頭的工夫，安平侯夫人已經走到她面前了，若不是蘇氏推了她一把，她幾乎就要忘記行禮了。

自己這是怎麼了？寇彤心中暗暗惱怒。真是沒有用！以後自己可能還有很長一段時間要在寇家長住，抬頭不見低頭見的，自己若總是這樣情緒失控可不行。寇妍也好，鄭世修也罷，跟自己都沒有關係了！

我只要管好自己，照顧好母親就行了。過段時間，我就想辦法搬出去，到時候，鄭家、寇家於我而言，都是不相關的人了。

寇彤吸了口氣，抬起頭來。

「這位妹妹是哪一房的？我怎麼從來沒有見過？」

寇彤這才看見，她面前站著一個十六、七歲的少年，面目清秀，長相英俊。他頭上戴著一個羊脂玉的簪子，身上穿著月白色的絲綢直裾，腰間掛著一個做工精緻的荷包。是大姑姑的兒子，安平侯世子楊啟軒。

「你怎麼知道她就是咱們寇家的人？」女孩子嬌俏的聲音說道：「你怎麼知道她就是妹妹？你看看，她幾乎要與你一樣高了，說不定是姊姊呢！」

「昨天咱們回來的時候，外祖母不是說了嗎？六房有個妹妹來家中作客，所以我猜定然就是她了。」楊啟軒十分好脾氣地跟寇妍解釋著。

寇妍嬌笑道：「你既然知道了，幹麼還明知故問？」

「我不過是問問看，怕自己弄錯了。」楊啟軒說道。

「不用問，定然就是了。」寇妍上前一步，拉著寇彤的手，說道：「妳就是彤娘吧？祖母昨天跟我說的時候我就想去看妳呢，可是太晚了，所以就沒有去。今天早上我看到妳們送來的玉簪子了，很漂亮，我很喜歡。妳看，我都戴上了！」

寇彤聞聲看去，果然，寇妍頭上戴著一根金絲纏成的簪子，十分好看。

「在京城的時候，母親總是不讓我戴金子做的東西，說金子俗氣，只有小門小戶、沒見過世面的人才會戴呢！可是我看著金子亮晶晶的樣子就是喜歡，真是謝謝妳了。」

她說話的時候，語氣之中帶著幾分熟稔，好像與寇彤很親暱一樣，剛才那關於金子的言論，也好像真的是毫無芥蒂、毫無心機地說出來的一般。

寇彤頓了頓，看著她嬌俏的面容，不知道她說的話裡面有幾分真、幾分假。她垂下眼，這樣子面對堂姊，她心裡始終有些不自在。

「妳怎麼不說話？」寇妍問道。

「喔。」寇彤笑了笑，輕輕地將手從寇妍手中抽出來。「這東西是母親選的，不是我選的，妳要謝，還是謝我母親吧。」

「不管是誰，終歸我都要謝的。」寇妍說道。

「外祖母出來了，咱們進去請安吧！」楊啟軒催促著寇妍。

「嗯。」寇妍轉過頭，對楊啟軒笑笑，兩個人一起進去了。

寇彤落後一步，跟在蘇氏後面。

「妳別聽她的。」

寇彤聞言回頭一看，是二堂姊寇瑩。

寇瑩鄭重地告訴寇彤。「大姊姊那個人表面上對妳甜言蜜語，實際上卻根本沒有把妳放在心裡，妳千萬莫要被她騙了。」

寇彤對她笑笑，沒有說話。

「妳怎麼這樣見外？」呂老夫人十分不高興地說道：「妳這是回了自己家，又不是到別人家中作客，怎麼還帶了東西來？難道我還沒有見過人參不曾？」雖然是訓斥，這語氣卻帶了幾分親暱，與昨天不鹹不淡的語氣簡直是天差地別。

在自己的記憶中，四伯祖母好像就沒有這樣跟她們母女說過話。無事獻殷勤，非奸即盜！寇彤可不認為短短一個晚上，四伯祖母就能將自己與母親當作自家人來對待。

寇彤心中腹誹：四伯祖母非常疼愛子女，對孫子輩的孩子也很寵溺，但是絕對不會疼愛我與母親的，除非我們母女倆讓她有利可圖。

那麼，就只有大姑姑的事情了。看來，雖然自己改變了，但是很多事情的發展都還是跟前世一模一樣的，大姑姑定然是為了庶出長子的婚事回娘家訴苦來了。

如果寇彤沒有猜錯的話，四伯祖母定然是想讓她嫁給安平侯的庶長子了！

不過，這件事情寇彤卻一點兒也不擔心。

第一，她知道母親一定不會答應的；第二，如果跟寇家四房鬧翻了，她們隨時都可以搬出去，完全沒有必要在這裡寄人籬下，委曲求全。

她已經改變了，有足夠的能力來維持她們母女倆的生計。

「四伯母……」聽了呂老夫人的話，蘇氏有些感動，有些高興。「我們多年未回家，不能在您老人家身邊侍奉，如今回了家，怎麼也不能空著手。這兩株人參原也不值當什麼，只是這是彤娘她師父從山裡挖出的野參，可比世面上的人參藥性要好得多呢！我也實在沒有能拿得出手的東西了，只有這兩株人參還像樣，您要是這麼說，姪媳婦真是不知道該怎麼辦好了。」

「好了、好了，妳這孩子就是心眼實。」呂老夫人一副十分疼愛的樣子。「你們都回去吧，天氣也熱，就不拘著你們在這裡了。讓英哥兒媳婦留下來陪我用飯，我們娘兒倆好好說會兒話。老二媳婦，妳也回去吧！」

「是。」連氏一大早就服侍呂老夫人起床、穿衣、洗漱，現在終於能歇歇了。若不是蘇氏來了，她還要一直服侍呂老夫人用早膳呢！她感激地看了蘇氏一眼，道：「那就辛苦弟妹了。」

「應當的。」蘇氏笑著說道：「二嫂也該讓我盡盡孝心。」

寇彤便跟著其他人一起出了紫院。

「彤娘，妳等一下！」

寇彤回過頭，就看見寇妍笑盈盈地對自己說——

「我從前出門的時候，看見鄉下人生活淳樸、簡單，不似咱們這簪纓家族規矩大、事情多，想著妳在鄉下住了這麼久，定然有許多有趣的事情，等待會兒用了早飯後，妳到我院子裡來，給我們講講鄉下的事情好嗎？」

「大姊姊，我也要聽！」三姑娘寇娟年紀小，對新鮮的事情向來感興趣。「大姊姊，我也能去聽嗎？」

「當然可以，妳可以來我院子裡。」寇妍笑著回答她。「二妹妹也一起來吧！」

寇瑩聽了，本來不想答應，但是看了看站在寇妍旁邊的表哥楊啟軒，便抿了抿嘴唇道：「大姊姊既然開口說了，那我就卻之不恭了。」

「嗯，人多才熱鬧。」寇妍聽了，高興地說著。「我讓祖母房裡的人給咱們泡上一壺好茶，再拿一些上好的點心，咱們姊妹一處說說話、聊聊天，好好親近親近。」

「欸，還有我，我也跟妳們一起。」楊啟軒急忙表態。

「瞧你著急的樣子。」寇妍瞥了他一眼，笑道：「哪裡就能忘了你呢！」語氣十分的親暱。

寇瑩見了，臉色就有些難看。

寇彤站在旁邊，看著寇妍巧笑倩兮的樣子，心中有些嘆服。

除去之前的事情不說，寇妍還真是個不錯的人。知道自己剛到南京，有些不適應，就想著讓自己融入到姊妹的圈子裡。她說話的時候總帶著笑，讓人覺得親切又自然，好像跟她認識了很久似的。

果然招人喜歡啊！

這樣子的堂姊，想必正是鄭世修喜歡的那一種姑娘吧？這性格可是天生的，自己恐怕一輩子都無法成為她那樣的人吧……

第二十一章 吵架風波

寇妍的院子裡面種著幾株青翠欲滴的綠蘿，因此取名蘿院。院子很大，比呂老夫人的紫院要稍微小了一點，比寇彤母女住的蟬院要大了一倍還不止。

寇彤打量著房間裡面的擺設，越發覺得寇妍真不愧是寇家嫡出的大姑娘，吃穿用度樣樣都是最好的，就連屋裡的擺設、丫鬟身上的裝束，都與別處不同。

瓜棱腳圓臺桌上擺放著開窗六角形果盤，盤子裡面放置著幾塊剛剛切出來的西瓜，另外幾個描金盤子裡面則擺放著時新的糕點。

櫸木七屏風三彎腳羅漢床上放著一個紅漆刻花開富貴牡丹的小炕桌，炕桌上放著一個小小的羊皮燈。

小炕桌旁邊隨意放置著一些團扇、荷包、木偶、幾本詩詞書籍，都是女兒家喜歡的小玩意兒。

房裡四個角落放置著冰盆，沁人心脾的清涼從角落裡散發開來，與好聞的香料味道一起，令人身心舒暢。

幾個人陸陸續續都到齊了，作為主人，寇妍自然要好好招待客人。她招呼大家坐下，吃茶、用點心，過了好一會兒，才把話題轉到寇彤身上。

寇妍給寇彤續了一盞茶水，說道：「彤娘，妳一定要好好給咱們姊妹說一說鄉下的風土人情及有趣的故事才行，也讓我們開開眼界。」

「若說鄉下的故事，我還真是說不出來。」寇彤說道：「不過我在鄉下行醫的時候，事情多，遇到的人也多，自然而然就能遇見一些與旁人不一樣的見聞。如果你們想聽的話，我倒是可以說出幾個，保證跟書上不一樣。」

「那太好了！」寇妍說道：「我們就是要聽跟書上不一樣的，若都是跟書上一樣，能有什麼意思？」

「表妹說的對。」楊啟軒贊同道：「我也想聽一些新鮮的故事。」

「我也想聽、我也想聽！」年紀最小的寇娟也說道。

「那二姊姊呢？」寇彤問道：「不知道二姊姊會不會覺得我說一些鄉下的事情太過無趣？」

「怎麼會？」寇瑩說道：「大家都喜歡聽，我自然也是喜歡聽的。」

「好了好了！」寇妍推了寇彤一把。「彤娘妳就快些說吧，別賣關子了！」

「嗯，那我先說一個地主家的故事……」寇彤就按照自己看到的，把劉地主家的事情慢慢地說了出來。

「真沒有想到，故事的結局居然會是這樣。」寇妍嘆了一口氣。

寇瑩說道：「楊姨娘真是傻，如花似玉一般的年紀，居然嫁給了劉地主那個人，劉地主的年紀都可以做她爹了，真是太不值得了。」

「對呀！」楊啟軒也說道：「楊姨娘真是可憐！我本來以為劉太太是個賢慧的人，沒想到她居然這麼陰險，聯合柯大夫坑害楊姨娘腹中的胎兒，楊姨娘何其可憐啊！」

「要我說，都是她自找的！」寇妍氣憤地說道：「好好的日子不過，非要嫁予旁人做妾，既然做了妾就要有做妾的本分。妾是什麼東西？不過是個玩意兒！主母讓妳生妳就能生，不讓妳生妳就不能生。她不安守本分、侍奉主母，居然還想著要跟主母爭寵，這樣的人，就應該打殺了她，誰讓她自甘下賤去做妾的！」

「也不是所有的人都想做妾的，有些人是逼不得已的。」楊啟軒義正辭嚴地說道。

「牛不喝水，強按頭也沒有用。」寇妍說道：「我就是看不慣那些給人家做妾的人！」

寇妍的看法雖然有點偏激，但是卻不無道理。既然做妾，就要守著做妾的本分。若不守本分，又沒有心機，成王敗寇，最後的慘敗只能算是咎由自取了。

「正妻是人，妾也是人。妾生的孩子也是家族的繼承人，妾生的兒子也是正兒八經的主子啊！」楊啟軒紅著臉說道：「反正這件事情，就是劉太太的錯。」

「你是成心跟我過不去是不是？」寇妍聽了十分生氣。「怎麼能怪劉太太呢？若不是楊姨娘自甘下賤，劉太太會逼著她給劉地主做妾嗎？劉太太也沒有逼著她貼那宜男藥膏，劉太太更沒有逼著她喝藥。一切都是她咎由自取的！你這個人太不通情理了，我沒法兒跟你說話！」

寇妍在家中受盡寵愛，在外人面前禮儀良好，教養也好，一般情況下她是不會與人爭執的。可是現在是在自己家中，這件事情本來就不好判斷誰對誰錯，她堅持認為自己是對的，自然會據理力爭，寸步不讓，說出來的話也就越來越咄咄逼人。

寇娟年紀小，看見這樣，早嚇得不知道怎麼辦才好了。

寇瑩則站在旁邊不說話。

這件事情是由自己引起的，因此寇彤忙勸解道：「大堂姊，這不過是旁人家的事情，咱們聽聽，說說笑笑也就過去了，不用這麼較真。」

「怎麼不較真？」寇妍越說越生氣。「明明是那個楊姨娘有問題，他卻口口聲聲說劉太太有錯，真不知他腦子裡想的是什麼！」

寇妍冷笑道：「既然他說妾生的兒子也是正經的主子，是家族的繼承人，那他怎麼不跟他那親親好大哥相親相愛，和和美美的相處？可見他今天是故意跟我過不去的。」

這話說的，卻是過了。

「寇妍！」楊啟軒氣道：「妳怎麼這麼胡攪蠻纏，不通情理！」

「我胡攪蠻纏？」寇妍聽了，不怒反笑，指著門口說道：「我是胡攪蠻纏，不通情理之人，安平侯世子還是不要站在我這胡攪蠻纏之人的屋子裡了，免得於您身分有損。」

「妳！」楊啟軒氣結，一甩袖子，真的走了。

「哼！」寇妍看著他的背影說道：「走便走，有什麼了不起的！」

寇瑩看看寇妍，又看了看外面焦灼的陽光，最後咬咬牙說道：「大姊姊，妳莫生氣，我去勸勸軒表哥，說不定他馬上就來跟妳道歉了。」

「不用妳獻殷勤！」寇妍遷怒於寇瑩，道：「別以為我不知道妳打的是什麼主意！我與軒表哥一起在京城長大，吵吵鬧鬧不知多少回，這樣的事情太多了，哪一次不是軒表哥主動回來跟我低頭，還用得著妳去勸？妳不過是想偷著這一會兒小意溫柔罷了！」

寇瑩的打算被看穿，一時間臉脹得通紅，進退無措。

「妳還站在這裡做什麼？」寇妍譏諷道：「快去吧！軒表哥肯定還沒走遠呢！」

寇瑩聽了，眼中含著淚，不知是氣的還是羞的，站了一會兒後，到底還是出去追楊啟軒了。

寇彤看著她凌亂的腳步，突然就想起自己。自己上一世是不是也如她一樣，如此戀慕著鄭世修呢？

「不自量力！」寇妍嗤笑道：「不管她再怎麼費心，軒表哥都不可能喜歡她的，不過是竹籃打水一場空罷了！」

寇彤聽著，心頭一震。當初自己要嫁給鄭世修的時候，大堂姊是不是也這樣嘲諷過自己？她表面上看著和氣，實際上卻真的像寇瑩說的那樣，表裡不一嗎？

當初大堂姊以守寡之身再嫁鄭世修時，有沒有想過她？有沒有想過她是她的堂妹？有沒有想過一旦她嫁進來，她寇彤在鄭家便再無立錐之地？

寇彤看著寇妍輕蔑的眼神，心中翻江倒海一般，什麼滋味都有。

「彤妹妹，妳喝茶呀！」寇妍笑著給寇彤續了一杯茶水。「咱們別管他們，妳看著好了，不出兩天，軒表哥肯定要來跟我道歉的。到那個時候，寇瑩她的臉才叫好看呢！」

面對寇妍笑盈盈的臉，寇彤卻無論如何都沒有說笑的心情。

寇彤站起來跟她告辭。「大堂姊，我出來也有一會兒了，我來的時候，母親正服侍四伯祖母用早膳，並不知道我出來了，這會子，恐怕正在找我呢，我也該回去了。」
「彤姊姊，我跟妳一起走。」年歲最小的寇娟也站起來說道。
「妳初來南京，我本是想好好跟妳親近親近的。」寇妍拉著寇彤的手說道：「可是妳也看到了，今天的好興致都被那兩個人破壞了。他楊啟軒走了也無所謂，本來就是咱們姊妹聚會，若不是他非要來，我才不帶他呢！來了就來了，還非要氣我！他走就算了，寇瑩居然就這樣丟下妳我姊妹，跑出去追他，真是太過分了！她是被二嬸嬸寵壞了，妳千萬莫放在心上。有空就常來玩，咱們姊妹多年不見，就該多親近。我瞧著妳，就覺得特別親近，恨不得妳就是我嫡親的妹妹才好呢！」
寇妍親親熱熱地說了許多，寇彤卻越聽越覺得可笑。
她是介意的。她以為自己可以毫不介意，忘記往事，原來她是介意的！她不是聖人，她真的不能全部忘懷。
嫁給鄭世修那麼多年，她卻一直是處子之身，丈夫心中裝著的是另外一個女人，她如何能不介意？
同為寇家嫡女，若單論容貌，寇彤不僅不會輸給大堂姊寇妍，甚至比她更漂亮。關於容貌這一點，就連鄭世修都說她好顏色。可是鄭世修也好，旁人也罷，說的、看的、誇的，無一不是大堂姊！
她表面上不介意，其實心中卻處處拿自己跟大堂姊比較。
大堂姊有做高官的父親；自己的父親卻是罪人。

大堂姊有良好的教養，是名門閨秀；自己卻養在鄉野。
大堂姊吃穿用度無一不是好的；自己卻寄人籬下。
大堂姊出門乘華車，穿錦繡，食珍饈；自己卻三餐不繼。
大堂姊氣度高雅，性格討喜，心地善良；自己毫無氣度，性格內向。
總之，她除了容貌，並無一處比大堂姊強。
但是鄭世修看中的並非容貌，而是大堂姊的才華氣度。
可是，今天大堂姊的所作所為，徹底推翻了她的看法。
記憶中美麗嬌俏、惹人喜歡、心地善良的大堂姊寇妍，不過是那些下人告訴她的，不過是鄭世修口中描述的，不過是在她自卑地寄人籬下時，因為大堂姊施捨自己幾句好話，而被自己勾畫出來的。
她本來還想跟著大堂姊學個一星半點兒呢，現在看來，根本沒有必要，是記憶欺騙了她。
並非她不如大堂姊，是那個人瞎了眼睛罷了。
鄭世修啊鄭世修，你心心念念喜歡的人也不過如此。
寇彤輕聲嗤笑。都過去了！大堂姊也好，鄭世修也罷，寇彤的心結，對過往的念念不忘，到今天才算是真正過去了！
寇彤送寇娟回了她的院子後，才懷著輕鬆的心情回了蟬院。

她回到蟬院的時候，發現母親還沒有回來。看看天色雖然還早，但是太陽卻十分毒辣，她便撐著一把傘，來到紫院等待母親。

她坐在明堂的松木南官帽椅上，手裡握著繡著金魚滿貫的團扇，有一下沒一下地搧著。這時，繡著龜鶴延年的簾子一閃，蘇氏低著頭從裡面走了出來。

寇彤連忙站起來，迎上去。看見蘇氏面色蒼白，她有些擔心地問道：「怎麼了，母親？」

蘇氏抬頭看了看寇彤，不自然地說道：「我沒事，妳不要大驚小怪的。」

寇彤看了看那繡著龜鶴延年的簾子，目光由晦澀不明漸漸變得明朗。既來之，則安之，她什麼都不怕。

她扶著蘇氏，一邊往外走，一邊說道：「今天外面熱，我撐了傘過來，咱們回去吧。」

母女兩個剛剛回到蟬院，便有兩個小丫鬟抬著一個木桶跟了過來。太陽很毒辣，她們原本細膩白皙的臉被太陽曬得紅通通的，被汗水打濕的鬢角緊緊地貼在臉頰上，顯得有些狼狽。

見到寇彤與蘇氏，她們殷勤地向兩人行禮。「大太太、大小姐！」

寇家六房只有一個兒子，便是寇彤的父親。

昨天她們還稱呼蘇氏「太太」，今天就變成了「大太太」。

「這麼熱的天，妳們怎麼過來了？曬壞了怎生是好？」蘇氏好心地說著。

「我們皮糙肉厚，比不得大太太及大小姐金貴，曬曬太陽也不值當什麼的。」一個小丫鬟伶俐地說道。「老夫人讓我們送了冰過來給大太太及大小姐消暑。」

蘇氏沒有說話，神色有些怔忡。

寇彤連忙將二人引進來，讓她們將木桶放下。「辛苦兩位姊姊了，木桶我晚點兒送回去。」

「不用送了！」那伶俐的丫鬟又說道：「老夫人說了，從今天起，您這院子裡跟其他院子一樣，每天早上、晚上各送一桶冰。這一桶算是早上的，等晚上的送來了，我們再把這個木桶收走。」

「有勞兩位姊姊了。」寇彤笑著將人送到門外，一人遞了一吊錢。「天氣熱，這錢姊姊們用來買糖水喝吧！」

那兩個人也不推辭，拿著錢，歡天喜地地回去了。

屋子裡有了冰後，立馬就變得涼爽許多，寇彤的心思也由冰轉移到了剛才的事上。

「母親，妳從四伯祖母屋裡走出來的時候，臉色十分不好，是不是四伯祖母跟妳說了什麼？」

寇彤用手抓了一把碎冰渣，沁人的涼爽從手上直涼到了心裡面，她舒適地呼了一口氣。

蘇氏看著寇彤享受的樣子，話到嘴邊又嚥了下去。這是大人的事情，彤娘吃的苦已經夠多了，這些事，還是不要讓她知道了吧。反正牛不喝水，強按頭也無用。只要自己不答應，四房也不能越過自己，將彤娘的親事更改的。

「沒什麼。妳四伯祖母說咱們太見外了，不許咱們自己生火。她說就讓咱們把這裡當成自己的家，千萬莫見外。」蘇氏笑了笑。「以後咱們的飯，還是由大廚房送來。」

「嗯。」寇彤點點頭，一副高興的樣子。「那就好，天氣熱，生火也麻煩。既然四伯祖母堅持，咱們就聽她的好了。」寇彤面上笑盈盈，心思卻轉得飛快。

看母親的臉色，只怕四伯祖母將大姑姑說的親事提了吧？母親肯定沒有答應。跟鄭家的婚事是父親生前定下來的，母親怎麼會為了攀附安平侯家的富貴，就枉顧父親的遺願？

前世，四伯祖母的意願落空後，對她們母女很是冷落，四房上上下下皆對她們母女冷眼以對，那一段時間若不是母親將身上僅有的金銀首飾絞成一段一段的，偷偷託了袁嬤嬤幫她們換吃的，她們母女幾乎就要三餐不繼了。

她也是從那個時候起，才下定決心一定要離開寇家。

可是她並無依仗，因此她用父親留下的那本《李氏脈經》作為陪嫁，嫁給了鄭世修。

本想著等自己在鄭家站穩了腳跟後，就將母親接出來的，誰知她出嫁不過半年，母親就過世了。

這是寇彤上輩子最大的痛，今生，這慘劇一定不會再重演了！

第二十二章 如意算盤

此刻，呂老夫人的紫院異常安靜。

坐在雕刻著萬字不到頭（注）的紫檀木羅漢床上的呂老夫人，正面色如常地撥著手中的菩提子佛珠。

「母親！」安平侯夫人寇氏著急地闖了進來。「怎麼樣了？」

呂老夫人停止撥動手中的佛珠，睜開眼睛，看見女兒風風火火地提著裙子跑進來，她不知道是該難過還是該慶幸。這麼多年過去了，女兒還是這單純的性子，有什麼事情都擺放在臉上。

「看妳急的！哪有一點侯府夫人的樣子？」呂老夫人憐愛地說道：「軒哥兒眼看著就要娶媳婦了，妳這般慌慌張張的，哪有一點做婆婆的端莊穩重？」

聽母親這樣閒適地跟自己話家常，安平侯夫人便覺得母親一定是將事情安排好了，心也就放了下來。她搬了一個內翻馬蹄藤面春凳，挨著羅漢床，坐到母親面前，愉悅地吃了一盞茶。

看著女兒歡愉的樣子，呂老夫人越發覺得為難。

據她所知，蘇氏母女當年是連夜倉皇離開京城的，這些年也如驚弓之鳥一樣地躲在鄉

注：萬字不到頭，又稱為萬字紋，是一種中國傳統文化中具有吉祥意義的幾何圖案。

下，不敢回鄉。在范水鎮，她們過著家徒四壁、捉襟見肘的日子。她原本以為只要自己稍稍露一點意思，她們肯定會對自己感激涕零的。

可是沒有想到蘇氏進退得體，寇彤落落大方，與自己想像的窮酸模樣大相徑庭。

但就算如此，呂老夫人依然覺得勝券在握。

寇彤已經十五，她父親又是罪臣，權貴之家不可能看上她，而地位太過低微的門戶，蘇氏母女肯定瞧不上的。

她今天要提的，可是安平侯府的長子，蘇氏焉能不動心？

可她萬萬沒有想到，寇彤居然與鄭家長子有婚約！

她與鄭家也有來往，怎麼從未聽鄭家人提過？她一開始還以為是蘇氏不願意結這門親事，所以拿鄭家來誆騙她。

但是她很快地就否定了自己的想法。

女兒家的名聲何其重要，蘇氏愛女心切，不可能拿寇彤的名聲開玩笑的。再說了，蘇氏母女離開京城數年，根本不可能知道安平侯長子的事情。如今從天上掉下這樣的好事，蘇氏她沒有理由拒絕。

這樣說來，蘇氏所說，寇彤與鄭家長子有婚約，便十有八九是真的。

同為南京望族，他們寇家與鄭家雖然來往不多，但也算是抬頭不見低頭見，她與鄭夫人也在一張桌子上吃過酒，怎麼從來就沒有聽鄭家提起過兩家是親家？

是了，這世上背信棄義的人多得是啊！

六房已經沒落了，寇俊英現在還是罪臣的身分呢！

更何況那鄭家哥兒是南京城出了名的美男子，不知道是多少閨秀心中的良人，已故的鄭家老太爺還是南直隸太醫院院使呢！沒有了老太爺後，鄭家雖然不如從前了，但是據說這鄭家哥兒有其祖父之風，小小年紀便跟著父親學習懸壺之術，當為南京太醫院學徒之翹楚。

以鄭家現在這種情況看來，大可以悔婚另娶，南京城內與鄭家匹配的閨秀多得是，沒有必要一定要娶寇彤。鄭夫人她見過，是個一味鑽營的內宅婦人，有這樣的人主持中饋，那鄭家更不可能娶寇彤了。

但是，這世上的事情永遠都不能說得那麼絕對。

呂老夫人想了想，便對著身邊打扇子的大丫鬟說道：「琉璃，妳去跟門房說一下，但凡六房的大太太跟大小姐要出門，都不許放出去，必須要請示我之後才行。沒有我的允許，私自放她們出去的，杖責二十！」

呂老夫人多年未曾說過這樣責罰下人的話了，今天冷不防地說出來，讓安平侯夫人與琉璃都嚇了一跳。

「是！」琉璃心一頓，立馬放下扇子，快步出了房門。

「怎麼了，母親？難道她不願意？」安平侯夫人說著，立馬站了起來。「不識抬舉！安平侯府的親事她也敢拒？」說著，就要去找蘇氏理論。

「妳站住！」呂老夫人沈著臉喝道。

「母親！」安平侯夫人有些不悅。「她們那種人就是給臉不要臉，妳何必跟她們商量？

如今她們吃穿用度都是我們寇家的，人在屋簷下，不得不低頭。她要是不願意，我就是綁也要把她綁到安平侯府！」

「胡說！」呂老夫人看見女兒這麼沈不住氣，越發動了怒。「妳這是做親，還是結仇？那不是與妳有不共戴天之仇的仇人，是寇家人，是妳嫡親叔叔唯一的孫女。」

「母親，」安平侯夫人被呂老夫人罵得十分委屈，哽咽道：「當初是妳答應我，這事情一定能辦成的，我都已經寫信告訴侯爺了。而且婆母說了，這親事一日不定下來，我就一日不能回京城……」

「妳就這麼聽話，任她拿捏？」呂老夫人氣得臉色鐵青，一巴掌拍在床上。「我辛辛苦苦養妳這麼多年，就是讓妳這樣任她搓圓捏扁的？妳怎麼這麼無用！但凡妳有我半分的心機與氣度，也不至於到今日……」

「妳可是我的親生母親，如今不幫我反倒還怪我！」安平侯夫人的眼淚滾滾而落。「當初這婚事也是妳答應的，若不是妳，我怎麼會嫁到那麼遠的京城？如今受了委屈，連個訴苦的地方都沒有，好不容易回了一趟娘家，妳還這樣說我……」安平侯夫人越說越委屈。

「好了好了！」呂老夫人心軟道：「就因為我是妳母親，才會這樣說妳。我這不是怪妳，是在教妳。遇到事情，妳但凡肯聽我一言半語，我也就阿彌陀佛了。」

「那現在怎麼辦？難道就由著蘇氏母女不願意？」一提到蘇氏母女，安平侯夫人就又氣沖沖的。

「妳怎麼知道人家不願意的？」

「妳剛才不是說……」

「蘇氏並沒有說不願意。」呂老夫人看著安平侯夫人紅紅的眼圈，幾不可聞地嘆了一口氣。「只是，那寇彤已經有婚約在身了。」

「怎麼會這樣？怎麼會這樣？」安平侯夫人急得團團轉。「那怎麼辦？那現在該怎麼辦？難道我要永遠都回不了京城了嗎？」

她一把抓住呂老夫人的胳膊。「母親，妳可一定要幫幫我！妳不能不管我呀，母親！」

呂老夫人的手臂被抓得生疼，心中也十分不悅。想我呂氏一生剛強，怎麼就生出這麼沒用的女兒啊！

看著女兒焦急的臉孔，呂老夫人忽略手臂上傳來的陣痛，有些疲憊地說道：「牡丹，妳放心好了，我不幫妳誰幫妳？」

「那就好！那我就放心了！」安平侯夫人聽了後，鬆了一口氣。「母親，妳有什麼打算？」

「蘇氏跟我說，跟寇彤有婚約的，是鄭家的長子，如今在南直隸太醫院做院生。這婚約是他的父親鄭海與妳堂哥寇俊英在京城時定下的，現在已經時隔多年，鄭家人從來沒有提起過這件事情，據我猜測，這婚約鄭家也許不想認了。寇彤與蘇氏離京多年，生死不知，鄭家或許以為她們永遠都不回來了呢！」

「嗯！」安平侯夫人有些高興。「對對對，母親說的是！那鄭家哥兒說不定已經重新與別的閨秀定下婚約了呢！」

「妳說的對。」呂老夫人點點頭。「但是，怕就怕這鄭家人還在等寇彤。雖然可能性不大，但是我們也不能掉以輕心。」

「那怎麼辦？」安平侯夫人再一次驚慌失措起來。

「所以這幾天，我命人將蘇氏母女拘在院子裡，不讓她們出去，這樣她們就沒有機會跟鄭家人接觸。趁著這時候，我去打探一下，看看鄭家還認不認這門親？若是鄭家人不認了，那一切都好辦。」

「那萬一鄭家人還認這門親事呢？」

「那我就告訴鄭家人，寇彤母女已經死在外面了，讓他們另擇佳偶。這期間，我再出面給那鄭家哥兒作媒，這事情就沒有不行的了。待到那時，蘇氏母女就算找到鄭家也於事無補了。」

安平侯夫人越聽越高興。「母親這方法真好，這樣一來我就不擔心了。」

「這還不夠呢！」呂老夫人笑著說道：「我會找人到寇彤面前說說妳那長子的好處，並說妳有意於她，想讓她嫁入安平侯府，不愁她不動心。那寇彤就是讀過幾年書罷了，後來一直養在鄉下，也未必見過什麼世面，安平侯府這樣的門第，她一定會動心的。」呂老夫人看著女兒，成竹在胸地說道：「到那個時候，鄭家已經另娶旁人，寇彤自己也願意嫁入安平侯府，那蘇氏就是不答應恐怕也不行了。」

房間裡面放了冰，這個下午寇彤覺得在寇家的日子，比她想像中要好過得多。因為昨天晚上太熱，沒有睡好，她下午就睡了一個懶覺。

等她睡醒了，才發現冰不知道何時已經融化完了，本來涼爽的內室也變得熱氣騰騰的。母親正坐在她的旁邊，拿了一把大大的蒲扇在給她搧風。

天氣很熱，就算有風，寇彤也不覺得涼快，但是總歸沒有那麼悶了。

「妳醒了？」蘇氏笑咪咪地說道：「快起來洗洗臉，看妳臉上都是汗，還印上了簟蓆的印子。」

「她們沒有送冰過來嗎？」寇彤揉了揉眼睛問道。

「沒有，要晚膳的時候才能送來呢！不過也快了，看著天色，也到了用晚膳的時辰了。」蘇氏看著寇彤迷迷糊糊的樣子，說道：「但恐怕今天晚上用不到冰了。」

寇彤這才發現外面的天已經全黑了。她從床上爬起來，走到明堂，看了看外面烏雲密布的天空，這才轉回到屋子裡洗臉。

「是用不到了，恐怕會有好大一場雨要下呢，明天又可以吃油炸爬扎猴了！」

「妳呀，就惦記著吃！」蘇氏說道：「只不過要偷偷地吃，不能被別人知道了，否則一定當妳是個怪人。」

爬扎猴是未出殼的知了的俗名。

每年夏天，蟬會在交配之後將蟬卵產下，蟬在樹上，而蟬卵會直接掉落在樹根附近的泥土之中。泥土中的蟬卵會長成蟬蛹，牠靠著吸食樹根部的汁液生存，牠們往往會在樹下的泥土中生活兩、三年，然後會在一個下過雨後、泥土濕潤的夏天傍晚往外爬。

牠們從土裡爬出來後，會順著樹幹一直爬到樹上，在攀爬的過程之中會褪去身上的外殼，變成真正的知了。

沒有從殼裡出來的知了，就叫爬扎猴。

在范水鎮的時候，寇彤喜歡在下過雨的夜裡在樹邊等著，然後就能看到樹上陸陸續續地爬了許多爬扎猴。

她會一個一個將牠們捏下來，放到口袋之中，回到家可以剝開殼炒著吃，肉質鮮嫩可口；也可以連殼放到油鍋裡面炸，外焦裡嫩，別提多美味了。

這個時候，文人士子都喜歡稱讚知了，就因為知了在樹上飲露水、喝樹汁，品行高潔。文人士子參加科考的時候，也喜歡佩戴蟬形玉珮，就是因為蟬在黑暗的泥土中待了很久，一旦爬出來就攀上枝頭，一鳴驚人，因此希望自己能像蟬一樣，有個好兆頭。

那些人口中的高潔之物，到了寇彤這裡就變成了腹中餐。

每當想到這裡，寇彤就覺得好笑。

師父告訴過她，爬扎猴健脾溫腎、潤肺利肝，對身體可好著呢！

用過晚膳，大雨傾盆而下，就像將天空這個雨棚撕開了一個口子般，嘩啦啦下個不停，原本炎熱的暑氣，也被這一場大雨洗滌一空。

好不容易涼快了，寇彤趕緊將醫書拿出來，好好攻讀。

待夜漸漸深了，雨也停了下來後，母女兩個提了一個小小的紗布燈籠，在樹底下摸來摸去。

第二天一大早，天剛矇矇亮，寇彤早早就起了床。趁著天氣還不是很熱，她想去街市上逛逛，順便採買一些平常所需之物。

在范水鎮的時候，寇彤經常一個人來往於鄉鎮之中，所以蘇氏對於她要出去倒也十分放心，只是叮囑她路上小心，太熱了就回來，要是不記得路就雇馬車回來。

「……老太太說了，內眷要出門，必須得老太太同意才行。」二門處，看守門房的婆子將腰壓得很低。「要不，您去老太太那裡跟老太太說，拿了老太太的手牌，我這裡絕對無話可說的。」

大戶人家女眷外出要經過家長同意這也是有的，只是不知道什麼時候起，寇家四房也如此行事了。

聽了門房這樣說，寇彤心中嘀咕了一下。但下人也只是奉命行事，寇彤覺得沒有必要為難下人，就什麼都沒說，直接轉身去紫院找呂老夫人了。

她剛剛走到紫院門口時，迎面跑過來一個丫鬟，急急慌慌地就撞到了她身上。寇彤並沒有怎麼樣，但那丫鬟卻摔倒在地上。

那丫鬟邊說著賠罪的話，邊從地上爬起來，神色十分的慌張。

寇彤看清楚眼前的人後，不由得一驚！

第二十三章　計劃落空

眼前的這個丫鬟身上穿著洋紅的繡花褙子，中等身材，眉目精緻。寇彤認得，這是呂老夫人身邊的大丫鬟琉璃。

她在呂老夫人身邊侍奉多年，呂老夫人很是倚重她，平日裡，是個最穩重不過的人。不知道發生了什麼事情，竟讓她如此失儀？

「琉璃姊姊，妳不要緊吧？」

聽了寇彤的話，琉璃好像這才反應過來，她一把抓住寇彤的手說道：「彤小姐，您……您快去看看吧！老太太……老太太她……她摔倒了！」

啊？寇彤大驚失色。「老太太身邊是誰在服侍？有沒有派人去告知二伯母、大姑姑？」

「二太太跟大姑太太並幾個小姐都在裡面呢！」琉璃臉色脹紅，汗流滿面。「我得趕緊去請太醫！」太醫院離這裡可還有一段路呢，呂老夫人這個年紀，摔倒了可大可小，若是問題嚴重，等太醫請來了，呂老夫人還不知道怎樣了呢！

寇彤也不理會她，直接三步併作兩步地跑進了呂老夫人的屋子。

楊啟軒站在門口急得團團轉，見到寇彤來了，他焦急地望著寇彤，也不知道說什麼好。

「彤表妹，妳來了——」

他話還沒有落音，寇彤已經越過他，走到內室去了。

呂老夫人的床邊圍了一群人，皆是焦急得不行，寇彤甚至聽到了嚶嚶的哭聲。寇彤心中一頓！難道這麼嚴重了嗎？

她連忙推開圍擠在床邊的眾人，看到呂老夫人仰面躺在床上，身上蓋了一層薄薄的寢被。

這麼熱的天，都擠在屋裡，還給呂老夫人蓋被子？呂老夫人這是摔倒了，又不是傷寒，蓋什麼被子呀？就是好人也給熱壞了。

寇彤呼啦一下，掀開呂老夫人身上的寢被。

「彤娘，妳做什麼？」連氏首先驚呼出聲。

「四伯祖母得的又不是傷寒，蓋上被子於四伯祖母的身體無益，恐怕還會熱壞了四伯祖母。」寇彤邊說著話，邊坐到呂老夫人床邊，查看呂老夫人的病情。

呂老夫人身體僵硬，目翻白眼，口不能言，體不能動，並抽搐不止。

寇彤只看了一眼就知道癥結所在，呂老夫人這得的是風痱症啊！

風痱症，發起病來半身不遂、肢體麻木、舌蹇不語、口舌歪斜，這可不是好治的病症。

就在此時，呂老夫人突然一陣劇烈的抽搐，口中也流出涎液來。

寇彤忙捏住呂老夫人的嘴，對旁邊的人說道：「快拿筷子來！」

「寇彤！妳這是做什麼？難道要謀害母親不成？」安平侯夫人擠到寇彤身邊，厲聲地質問著。

「大姑太太，妳有話好好說。」連氏勸了安平侯夫人一句，然後轉過頭來，為難地說道：「彤娘，妳這是做什麼呢？好歹要跟我們說一聲，要不然別說大姑太太，就連我都不放心呢！」

「四伯祖母得了風痱症，現在身體已經不受控制，所以才會僵硬、口不能言。她抽搐得越來越厲害了，要拿筷子來給她咬著，防止她咬到舌頭傷著自己。」她耐著性子將原因解釋給眾人聽。「我是大夫，之前出診的時候遇到過這種情況，你們要相信我。」

醫者父母心。看到呂老夫人這樣，寇彤忘記了呂老夫人對她們母女曾有的算計，現在只當她是自己的病人。

就在她說話的當口，呂老夫人抽搐得越來越厲害，寇彤都有些吃力了。

連氏聽了，連連點頭，忙吩咐下去。「快去拿筷子！」

「不要銀筷了，要木筷子！筷子外面裹上棉布！要快！」寇彤一迭連聲地說道。

很快地，有人拿了筷子來。

寇彤忙將筷子塞到呂老夫人口中。

這一來，眾人對寇彤都有了幾分信任。

她又將呂老夫人頭底下原本枕著的高高瓷枕抽出來，用一塊薄毯子疊了兩層，放到呂老夫人頭底下墊著。呂老夫人雖然上了年紀，可身體並不輕，寇彤這樣換了一個枕頭，就已經出了很多汗。擦了擦汗，她便又捲起袖子，給呂老夫人按揉身體。

漸漸地，呂老夫人便不再抽搐了，身體也軟了下來，不像剛才那樣僵硬。

眾人見寇彤的一連串措施讓呂老夫人放鬆了下來，提著的心也就放到了肚子裡。

「二老爺回來了！鄭太醫、鄭少爺也到了！」門口有小丫鬟打起簾子大聲說道。
隨著這一聲，寇妍、寇娟、寇瑩與安平侯夫人都躲到屏風後面去了。
只有二太太連氏跟寇彤守在呂老夫人身邊。
大晉朝風氣開放，並不拘男女見面，只是像這種情況，其他人都在，可能會影響了太醫看病，再者，也沒有必要。
寇彤跟連氏因為要照顧呂老夫人，還要向太醫說明情況，就留在了屏風外面。
二老爺寇俊豪引著鄭太醫進來，連氏跟寇彤忙迎了上去。
連氏說了呂老夫人發病時的情況。
鄭太醫聽了之後，說道：「這極有可能是得了風痱症！」
「是啊、是啊！」連氏說道：「剛才彤……大小姐也是這麼說的，大小姐還為老太太做了救治呢！」
鄭太醫聽了吃了一驚，寇家人真是膽大，居然讓一個小姑娘來為呂老夫人診治，就不怕這小姑娘將老夫人給治得出了意外嗎？他不由得打量了寇彤幾眼，寇彤此刻正眼觀鼻、鼻觀心地站在呂老夫人旁邊，除了更穩重自持一些，看起來，她與尋常閨秀並無不同。
待鄭太醫看過呂老夫人之後，才讚嘆著說道：「貴府大小姐天資聰穎，剛才做的那一番救治很有效果。風痱症最忌諱患者抽搐不止，身體僵硬，若非大小姐剛才的救治，等到在下到來，恐怕老夫人情況堪憂啊！現在看來，呂老夫人雖然看著凶險，卻無生命之危，只要服對了藥，後期好好休養，便可無虞。」鄭太醫頓了一下後，問道：「不知大小姐是從何處知道這些救治方法的？」

寇彤抿了抿嘴，抬起頭來，看著眼前這個人，聲音毫無起伏地說道：「我是大夫，自然知道這些。」

在寇彤抬起頭的一瞬間，鄭太醫有片刻的恍然。

怪不得人人都說鄭家長房嫡女豔若朝霞，皓如美玉，他原先還以為不過是以訛傳訛，現在看來，傳言不僅沒有言過其實，他反而覺得這寇家長房嫡女何止是豔若朝霞，簡直是秋水為神玉為骨，這樣的容貌足以讓一切失色了。

「……喔。」鄭太醫的失神也只是一瞬間，片刻後他就神色如常了。「原來如此。大小姐小小年紀，這醫術上的造詣非常人能比啊！」

「鄭世兄謬讚了。」二老爺寇俊豪說道：「若論醫術，誰不知道你家世修天資聰穎，不輸乃父啊！」二老爺寇俊豪說著，拍了拍旁邊站著的那個穿天青色外袍的少年。

那人不是旁人，正是鄭太醫的兒子，寇彤上一世的夫君——鄭世修。

寇彤萬萬沒有想到，她與鄭世修的見面會是在這種情況下。

鄭世修像他父親鄭太醫一樣，對寇彤充滿了好奇。他以為只有他妹妹鄭平薇一個人會些醫術，怎麼還有其他閨秀學醫嗎？她的醫術是跟誰學的呢？像她這樣的閨秀，恐怕只能自己看書學醫吧？光是看書就令父親開口稱讚，她的醫術一定非常高明吧？鄭世修不由得對眼前的這個女子刮目相看。

面對鄭世修探究的眼光，寇彤抬起頭來，看了他一眼，她的目光如千年不變的井水，異常的平靜深沈。

眼前的這個青澀少年，較記憶之中的人年輕了許多。他的眼眸一片純淨，還沒有蘊藏著她看不懂的東西，想來，他這個時候還沒有遇到大堂姊吧。

鄭世修，這一世我不會阻斷你的好姻緣，我與你再無干係。

寇彤在心裡默默地與過往道別，她衝著鄭世修點點頭，朝鄭太醫施了一禮，然後便轉到屏風後面去了。

鄭世修的眼光追隨著寇彤，直到被屏風隔斷了他的視線，他才驚覺自己的失禮。屏風的另一邊，寇妍卻目含怒氣地瞪著寇彤。

看到寇妍的目光，寇彤突然之間想了起來。她記得前世時鄭世修說過，他有一次跟著他父親一起到寇家，來給呂老夫人看病，遇到了如春花般嬌豔的寇妍，一時驚為天人，並與她兩兩傾心。看來，鄭世修說的那次偶遇，恐怕就是今天了吧。

她一直以為與堂姊心心相印的是大姑姑家的表哥楊啟軒，而鄭世修不過是單相思，如今看來，恐怕鄭世修說的也有可能是真的。

大堂姊寇妍的確與鄭世修兩兩傾心。

那啟軒表哥又是怎麼回事呢？難道大堂姊與表哥吵架，所以移情於鄭世修？

寇彤越想越覺得沒頭緒，她失笑地搖搖頭，這些與自己再無干係了。

寇妍時不時飄過來含著怒意的眼光，令寇彤有些哭笑不得，偏偏在屏風這邊又不能開口解釋。就算可以開口，寇彤也不知道要說什麼。難道要她告訴寇妍，鄭世修心心念念愛慕著她寇妍？就算自己說了，恐怕寇妍也不會相信吧？

就在寇彤哭笑不得的時候，寇妍卻來到她身邊，有些嘲諷地看著她。

寇彤正不明所以，就看到寇妍理了理身上的衣服，面上帶著挑釁的微笑，一轉身去了屏風外面。

「鄭太醫、鄭少爺！」寇妍聲音清脆如黃鸝，身姿優雅如隨風搖曳的春花般，施了一禮。「多謝二位為我祖母看病。」

寇妍的突然出現雖然突兀，但是因為她整個人溫和有禮，又是個優雅動人的年輕小姐，因此，倒不讓人覺得厭惡。

而二太太連氏、二老爺寇俊豪知道呂老夫人向來疼愛寇妍，以為寇妍是關心呂老夫人的身體，因此也並未放在心上。

鄭太醫挑了挑眉，寇家四房別的不說，養出來的姑娘倒是一個賽一個的貌美。

剛才那位大小姐就不說了，眼前這位小姐，若論容貌，也不輸剛才那一位，就是不知道品行如何。

「寇小姐真是太多禮了。」鄭太醫微微一笑。「這要多虧貴府大小姐救助及時。」

「話不是這樣說。」寇妍抬起頭來，看了鄭太醫一眼，又看了一眼鄭世修。「祖母病重，我與嬸嬸都嚇壞了，不知道如何是好。就算有人救治，我們沒有見到太醫來，心中也是不安的。」寇妍說著，眼圈泛紅落淚，如雨打梨花一般惹人憐惜。「因為您與鄭少爺來了，我們才有了主心骨。」

這話說的，有些過了。

鄭太醫與鄭少爺是主心骨，這讓二老爺寇俊豪的臉往哪兒放？鄭太醫看著二老爺寇俊豪微微有些變色的臉，心中暗暗責怪她亂說話。自己急急忙忙地來到寇家，幫呂老夫人看病，本來寇家二老爺寇俊豪對自己父子是心存感激的，但是因為這位小姐的幾句話，反倒讓寇家二老爺生氣了，那可真是吃力不討好。

鄭太醫忙說道：「寇小姐言重了。如今老夫人已經無礙，我們這就告辭了。」

「世兄，這藥要按時吃，大小姐給老夫人做的按揉也要繼續，這按揉加內服，老夫人的身子一定很快就能好的。我這幾天，每天上午都會來給老夫人診脈，再根據脈象與老夫人身體恢復的情況來寫方子。」

「有勞世兄。」二老爺寇俊豪邊說著，邊跟鄭太醫父子一起走到院子中，並親自將他們送到門口，坐上馬車。

寇妍望著一句話都沒有說，頭也不回的鄭世修，眼中的埋怨與失落昭然若揭。

在寇家，她是大小姐，自然受盡寵愛。在京城，她母親是才女，她也是琴棋書畫樣樣精通的小才女，加上長得好，模樣嬌俏，同齡人裡面，那些閨秀都不如她，旁人自然也都捧著她。

十五年來，她第一次嘗到了受人冷落的滋味！

她回過頭去，看到二太太連氏並其他幾個人都圍著寇彤說著誇讚的話，就連安平侯夫人也對寇彤好言相對，她心中越發覺得氣悶難當。當她看到楊啟軒也在那些人之中的時候，眸中的神色又暗了幾分。

寇彤，我才是寇家大小姐，妳不過是寄居之人，居然敢冒名頂替我大小姐的名號！妳是大小姐，我成了什麼？那鄭太醫居然叫我「寇小姐」?!現在大家都誇獎妳，就連啟軒表哥也誇讚妳！

妳等著吧！屬於我的東西，我都會拿回來的！

那是我的祖母！這裡是我家！啟軒表哥是我的！鄭少爺喜歡的人也只能是我！

鄭太醫每天上午都會來給呂老夫人診脈，而鄭世修就替他父親揹藥箱、做紀錄。每當這個時候，寇妍總是會守在呂老夫人身邊，細心地照料呂老夫人。

剛開始兩天，寇彤會將呂老夫人的恢復情況詳細地說給鄭太醫聽。

從第三天開始，向鄭太醫父子敘述呂老夫人病情的工作，就移交到了寇妍身上。只有鄭太醫或鄭世修問一些更深層次的東西，寇妍答不上來時，寇彤才會補充。

一連幾天，皆是如此。

呂老夫人的身體恢復得一天比一天好，到了第六天，已經可以開口說話了。

「我能恢復得這麼好，皆是鄭太醫的功勞，等我好了，要好好的謝謝鄭太醫才是。」呂老夫人背後靠著墨綠色的大迎枕，很慢地說著感謝的話。

「老夫人言重了。」鄭太醫謙虛道：「治病救人乃是醫者本分，老夫人能恢復得這麼好，皆是您福慧雙修的結果。」

鄭太醫說著，眼光在寇彤、寇妍身上一轉，說道：「兩位小姐皆是如寶似玉一般，一個在醫術方面頗有天分，另一個巧慧伶俐，老夫人有這麼孝順的兒孫，定然能早日康復，福壽雙全。」

呂老夫人慈愛地看了看寇彤、寇妍。「她們都是小孩子，沒有鄭太醫說得那麼好，不過是略有些孝心罷了。」話雖如此說，語氣之中卻難掩驕傲。

「貴府大小姐儀容不俗，早就盛名在外，在下也是早就聽說的，只是沒想到大小姐除了容貌出眾，才情高雅，居然還通曉醫術，真真是讓我開了眼界。」鄭太醫笑著恭維道：「寇家果然不愧是名門望族啊！」

聽著話裡話外的意思，鄭太醫以為她是四房嫡出的大小姐啊！寇彤不由得朝呂老夫人望去，她想知道呂老夫人會怎麼回答。

「鄭太醫謬讚了。」呂老夫人只微微一笑，打著哈哈道：「她不過懂些皮毛，登不得大雅之堂，在鄭太醫這樣的杏林聖手面前，不過是班門弄斧，惹人笑話罷了。」

果然，寇彤心中不由得一哂。呂老夫人怕鄭家父子知道自己的身分，怕鄭家父子看自己會醫術便主動提起婚約，所以便含糊其辭，不願意說明情況。

鄭太醫以為呂老夫人是在謙虛，心中那好奇的念頭就更盛了。

「不知道大小姐這推拿按揉的手法是跟誰學的？」鄭太醫笑著說道：「我聽說大小姐是自己看書學的醫術，難道這推拿手法也是自己看書看出來的嗎？我家世修對大小姐推拿的手法十分感興趣，回去翻了很多書，已經不眠不休好幾天了，也沒有找到大小姐這樣的按揉手法。不知道大小姐看的是什麼書？可否將書名告知一二？」
鄭世修聽到自己這幾天的所作所為被父親說破，起初有些難為情，但是既然父親都已經說了出來，他便也就抬起頭來，走到寇彤身邊，說道：「還請大小姐不吝賜教。」
寇彤沒有說話。
「鄭世叔與世修哥哥認錯了。」寇妍抿嘴一笑，聲音嬌俏而軟糯。「我才是寇家的大小姐寇妍。彤妹妹雖然也是寇家人，但卻不是我們四房的，而是六房的大小姐，是祖母的姪孫女。她與我年歲相當，只差了幾個月，所以您才會認錯。」
房間內，霎時間變得鴉雀無聲，鄭太醫與呂老夫人一下子變得沈默了。
呂老夫人沈默是因為她的精打細算被寇妍一下子戳破。
鄭太醫沈默則是因為太過於震驚，以至於說不出話來。
而寇妍卻絲毫都沒有覺察到不妥，她轉過頭來，暗中得意地望了寇彤一眼，又轉過頭去說道：「祖母很疼愛彤妹妹，待她如嫡親的孫女，經常有人將我們姊妹兩個弄錯，您也不是頭一個了。」她嬌俏的聲音在一室寂靜中顯得那麼的突兀。
過了片刻，寇妍才反應過來——怎麼只有她一個人在說話？為什麼祖母的臉色看上去有些不對？
在她反應過來的瞬間，鄭太醫與呂老夫人也反應了過來。
「原來是這樣。」鄭太醫的聲音中有些僵硬、有些欣喜。「兩位小姐一個巧笑嫣然，一個笑靨如花，不管哪一個都是大家閨秀。寇家果真是世家名門，天底下的佳麗都集中到寇家來了嗎？」
「哪裡、哪裡。」呂老夫人笑著說道：「鄭太醫謬讚了！」
兩人又寒暄了幾句話，鄭太醫父子才起身告辭。
鄭世修看著突然間變得心事重重的父親，不知道發生了什麼事情。
剛才他其實也感覺到了氣氛有些異樣，呂老夫人的不自然、父親的驚訝，他都盡收眼底。可是，剛才寇家大小姐說的話並沒有什麼不妥呀！
寇家大小姐長年在京城，偶爾回來一趟，父親認錯了也是在所難免的，這並沒有什麼奇怪的呀！
只是沒有想到，那姑娘居然不是鄭家四房的人。
她那麼嬌豔動人，莫說是父親，就連他一開始也認錯了，也以為她就是寇家大小姐呢！
他怎麼從未聽說過寇家六房的情況？她怎麼會醫術？真的是全靠自己看書學習的嗎？
「世修。」
鄭太醫的聲音打斷了鄭世修的思緒。
「怎麼了？父親。」
鄭太醫看著兒子那不明所以的眼光，斟酌了一會兒，還是決定告訴鄭世修實情。
「你是不是覺得奇怪，父親為何會對於那姑娘是六房小姐一事感到震驚？」
「是呀，縱然寇家四房的大老爺現在位居禮部侍郎，可是我看重的是那位小姐的氣度，是她手上精妙的推拿功夫，與她是何出身關係並不大。」

鄭世修說著說著，臉上不自覺地帶了微笑，突然想起父親就在自己身邊，又連忙收起了笑容。「她是四房的也好，是其他房的也罷，對父親來說有什麼要緊的嗎？」

「你說的沒錯，她是寇家四房的人也好，是其他房的人也罷，於我們都不重要。」鄭太醫說著，語氣一頓。「可是，她偏偏是寇家六房的大小姐，這讓為父我如何不震驚？」

聽了父親的話，鄭世修越發覺得糊塗了。「六房的大小姐，有什麼不一樣的嗎？」

「當然不一樣。」鄭太醫看著兒子一無所知的樣子，不由得說出了實情。「寇家六房的大小姐，與你有婚約！」

第二十四章 各有思量

寇家六房的大小姐，與你有婚約！

鄭太醫的這句話就像響雷般，炸在鄭世修的耳邊。

她與我有婚約！

「她是我未過門的妻子……」想到寇彤那明豔端莊的樣子，鄭世修不由得喃喃出聲。他的心怦怦直跳，只覺得臉上發燙，連耳根子都紅了。

「只是，這婚書被你母親燒毀了。」

鄭太醫的話好像當頭棒喝，一下子便把鄭世修打懵了。

他不明所以地望著鄭太醫，好像聽不懂他說的話一般。婚書是何其重要的東西，事關他的終身大事，事關兩姓之好，母親珍重地保管還來不及呢，怎麼會燒掉它？

「當初我與寇家六房的大老爺寇俊英同在京城太醫院做院生，有同窗之誼，我看寇俊英雖然還是學生，但是醫術非常了得，非池中之物，便生了結交的心思，一來二去，我們兩人就成了無話不談的好朋友。後來先是你母親誕下你，家裡從南京給我寄去了報喜的書信，兩年後，寇俊英的夫人也生下了一個女兒，那便是寇家六房的大小姐。

「我當時想著他與我同為南京人，又同在杏林界為官，而他又出自寇家嫡支，就有心與他做親，便跟他提了兒女婚事。他也是豪爽之人，當即就答應了，我們當場便寫了婚書，互換庚帖，這親事就這樣定了下來。」

原來是這樣。鄭世修點點頭，茫然無措地道：「那婚書怎麼會被母親燒了呢？」

「後來兩年，就跟為父想的一樣，寇俊英在京城太醫院嶄露頭角，蒸蒸日上，而我卻一直不得志。因為你祖父當時是南直隸太醫院院使，抱著寧為雞頭不為鳳尾的想法，我便回了南京，在你祖父手下當職。寇俊英在京城太醫院如魚得水，我因為有你祖父的扶持，在南京也不錯，我們經常互通書信，交換醫術心得。後來，寇俊英卻因為穆妃謀害蕭貴妃一案被牽扯進去，被關押了起來。」

鄭太醫的聲音變得有些艱澀。「寇俊英其人醫術高明，又是個醫德高尚的君子，絕不可能做出那等害人的事情。我當時堅信，一定是有人看他在太醫院口碑好，所以故意陷害。事發當時，我很是為寇家母女擔心，不知道她們怎麼樣了，就著急地四處打探消息。因為四房老太爺與六房老太爺乃一母所生，是嫡親的兄弟，我便想著跟四房打聽。誰知四房卻獨善其身，一點兒都不願意與寇俊英沾上關係，還勸我不要多管閒事。

「對於四房的冷漠，我很是生氣。可是就在此時，京城傳來寇俊英被處以死刑的消息，震驚之餘，我也開始後怕了。我怕因為自己曾經與寇俊英交好而牽連上鄭家，便也開始對此事不聞不問，還由著你母親燒毀婚書，同時將數年來與寇俊英來往的書信悉數銷毀……」

說到此處鄭太醫嘆了一口氣。他沒有想到七年之後，六房大小姐會出現在他的面前。

寇家六房僅剩下那對母女，那是他知交好友的遺孀，還是他的親家。不管出於哪一條，他都有義務照顧她們母女，可是他卻什麼也沒有做，甚至還裝作什麼都不知道地躲了起來。

一年前，蕭家倒臺的時候，他曾經想過去尋找她們母女的，可是太醫院事務太多，他始終分不出精力來。

……是分不出精力，還是在為自己找藉口？鄭太醫越發覺得自己有愧於寇俊英。

濟良，我對不住你，我有愧於你！你才是堂堂正正的君子，我根本就不配與你相交！濟良，有朝一日，黃泉之下你我相見，你也會怪自己當初識人不清吧？

隨著鄭太醫的述說，鄭世修的臉變得蒼白。

怪不得他從未聽說過自己有親事，怪不得父親聽到她是六房的大小姐時會如此驚訝，事情居然是這個樣子！

不知道她曉不曉得自己與她有婚約？她若是小自己兩年，也有十五歲了吧？不知道寇夫人有沒有跟她說過他們之間的婚事？看到父親與自己，她一點異常都沒有，也許寇夫人從來就沒有跟她提過這門親事吧……

寇夫人一定覺得鄭家太過於冷漠，在那個時候沒有援手，所以不願意認這門親事了吧？婚書已經被母親燒毀，如果寇夫人不承認這門親事的話，那他們鄭家也束手無策。

鄭世修有片刻的茫然，只覺得心裡面空蕩蕩的。她原本應該是他的妻子，她與他有婚約的！只是，這婚約如今卻不知道算不算數了……

「世修。」鄭太醫長嘆了一聲，好像一瞬間老了好幾歲。「姻緣皆是天定，剛才在寇家，呂老夫人明顯不想讓咱們知道那姑娘是六房的長女。當初咱們做了那樣的事，人家不願意也是正常的。這事情先緩一緩吧，等過段時間，我會親自跟寇家母女說清楚。若能求得她們原諒，自然再好不過；若是……她們不肯原諒，你便當沒有定過這門親事吧！」

「……是。」鄭世修怔怔地說道。

鄭太醫心中嘆道：濟良，若是你還在，若是沒有那一場變故，如今你我就是兒女親家了。你的女兒，那般的容貌人品，那般的醫術，樣樣都隨了你呀！郎才女貌，與我家世修當真是天作之合。只可惜……

鄭太醫沈默良久。

呂老夫人的身體一天天好了起來，雖然要完全恢復尚需時日，但是現在也已經好了七、八分了。

鄭太醫受到了寇家的酬謝。

寇家人將呂老夫人能這麼快康復的功勞歸於鄭太醫。

至於寇彤當初的救治以及後期的推拿，一開始是有人誇讚的，可是在呂老夫人的授意下，漸漸地便沒有人再提及此事了。

呂老夫人的身體雖然漸漸康復，但是以後都不能再操勞了，於是這主持中饋的權力就交到了二太太連氏手中。

天氣一天熱似一天，別說是人，就連寇家馬棚裡養的幾匹馬都懶懶的，不想動，只伏在地上喘氣。

寇彤卻突然想起了一件十分重要的事情，必須要出去一趟。

炎炎烈日下，寇彤撐了一把油紙扇，來到二太太連氏居住的槐院。

寇彤說了自己想出去的想法，連氏一口答應了。「按說妳與弟妹初回南京，應該由我們帶著妳們在南京城裡面逛逛的，只是這一段時間天氣實在是熱得厲害，加之老太太又突然間病了，所以我們也不好總往外跑。」

連氏的意思是說，應該要帶著她們母女出去交際一下的，否則別人根本不知道有她們母女的存在。但是，看呂老夫人前面的做法，她根本就不想讓別人知道自己的存在，跟天氣熱或者冷並沒有關係。

「妳來了這些日子，肯定是悶壞了。既然這樣，我派一輛車、一個丫鬟跟著妳出去逛逛，只是出去了就要快些回來，不是二伯母要拘著妳，而是現在真是熱得厲害。」

連氏以為她是貪玩，所以想出去。

「不用了，二伯母。」寇彤今天下午要做的，是一件很重要的事情，她可不想有人跟著。「二伯母，不用車子了，我出去之後，自己叫車子就可以了。」寇彤說道：「我只出去一小會兒，很快就回來了，不用派人跟著的。」

「那怎麼行？」二太太連氏否決道：「家裡有現成的馬車，為什麼要從外面叫？萬一叫不到，妳豈不是要曬著了？既然妳不想要人跟著，那丫鬟就不帶了，但是馬車必須得用家裡的才行。」

見二太太如此堅持，寇彤想了想就點頭答應。「好，我用府裡的馬車。」

「妳母親對妳還真是放心。」連氏嘆道。

「我當初在范水鎮的時候，出去行醫都是一個人。」寇彤解釋道：「哪有大夫出門還帶下人服侍的呢，那樣豈不是讓人笑掉大牙？二伯母妳放心好了，我一個人行的。」

辭別了連氏後，寇彤撐著傘，沿著原路返回。

她剛剛走出槐院，遠遠地就看到寇妍、楊啟軒、寇瑩、寇娟一行人正朝著槐院走來。

寇妍與楊啟軒走在最前面，兩個人有說有笑的，顯然已經和解了。

寇瑩拉著寇娟走在後面，望向楊啟軒的眼神既哀怨又糾結。

看到寇彤，寇妍笑著說道：「彤妹妹，妳這是從槐院來呀？」

「是。」寇彤看著她笑盈盈的臉龐，說道：「我找二伯母有些事情。」

「相請不如偶遇，我們正好也有事情要找二伯母商量，不如妳跟我們一起來吧！」語氣熱情而誠摯。

「不了。」寇彤拒絕道。「今天不巧了，我還有些事情要處理，就不耽誤你們了。」

寇妍輕聲笑道：「哎呀，什麼事情也沒有我們要跟二嬸嬸商量的事情重要啊！好妹妹，人多才熱鬧，妳跟我們一起來吧！」

寇瑩也勸說道：「是呀，彤妹妹一起來吧。」

到底是什麼事情，讓寇瑩也站在寇妍那邊，幫著她說話？

寇彤反倒有幾分好奇了。

「好。」寇彤說道：「那我就湊湊熱鬧。」

「嗯。」寇妍對寇彤的回答好像很滿意。「咱們姊妹就該親親熱熱的常在一處玩。」

寇彤跟著一行人再一次來到槐院，連氏忙命人端茶、上西瓜及茶點。

坐定了之後，寇妍才說了來意。「祖母最是個喜歡熱鬧的人，但是現在卻拘在屋子裡，什麼都做不了，我想著咱們不如辦一個小宴會，不請旁人，就請咱們寇家本家的小姐、公子來玩一玩就行了，倒也不用特別正式，主要圖個熱鬧。祖母最喜歡人多，我們想著家裡熱鬧了，祖母看著歡喜，這病自然就能好了。」

「妍姊兒真是孝心可嘉，怪不得老太太心裡口裡常常念著妳。」連氏誇讚道。「二嬸嬸都沒有想到呢，妳居然想到了，二嬸嬸真是失職。」

「不光是我的功勞。」寇妍見事情有望辦成，忙說道：「二妹妹、三妹妹、軒表哥、彤妹妹都是這麼想的。」

「你們都是好孩子。」連氏不由得問道：「怎麼彤娘剛才沒有說？」

「我是剛才在二嬸嬸院子門口才遇到大堂姊他們，這事情我跟二嬸嬸一樣，也是現在才知道的。」寇彤接著說道：「四伯祖母的身體不好，這段時間確實悶了些，大堂姊想的法子自然是不錯的，只是，現在天氣太熱，四伯祖母畢竟上了年紀，又剛生了病，太過喧鬧恐怕於她的身體不利。」作為醫者，寇彤不過是實話實說。

連氏聽了，臉上就露出猶豫之色。事情是由寇妍提出來的，別人聽了只會誇獎寇妍孝順。但是萬一事後老太太累著了，病情加重，別人不會怪寇妍，只會怪她這個媳婦不會料理家事，畢竟現在主持中饋之人是她，出了什麼事情，別人頭一個就會怪罪於她。別人只會說，寇妍年紀小不懂事，自己這個掌家的人，怎麼能跟孩子一起胡鬧？

「彤娘說的有道理。」連氏轉過頭來，跟寇妍商量道：「要不，等一段時間後，老太太身子好些了，天氣涼一些時，咱們再請客吧？」

寇妍卻沒有回答連氏的話，而是對寇彤說道：「彤妹妹真是好孝順。咱們寇家這些孫子、孫女之中，便就只有妳一個是關心祖母身體的嗎？我們好心給祖母解悶，倒成了對祖母身子不利的人了！」

「大堂姊，我不是那個意思。」寇彤苦笑不已，心中後悔自己剛才多嘴。

「人家鄭太醫不過是恭維妳幾句罷了，妳不會真的認為妳醫術很高明吧？」寇妍說道。「人家一開始以為妳是我們四房的大小姐，看在四房的面子上，才說了幾句好聽的話恭維妳，妳若是當真可就真是犯傻了。」

寇彤看了寇妍一眼，說道：「人家自然是看著四房的面子才誇我，這個我自是知曉的。」

看在四房的面子誇我又怎麼樣？難道鄭太醫就是真心的誇妳？恐怕不見得吧？也許人家誇妳也是看在四房的面子上呢！都是因為四房的面子，難道誇了妳就有什麼不同嗎？

寇彤在心中腹誹道：吃一塹，長一智！以後你們想做什麼，我絕對不會多嘴的。這寇家，我也要早點離開才是。

「嗯！」寇妍點點頭。「妳嘴上這麼說，其實心裡肯定不以為然吧？我不怕對妳說實話，妳難道沒有發現嗎？自從那鄭太醫知道我才是四房的大小姐之後，就再沒有跟妳說過話了呢！這麼明顯的疏遠，妳都看不出來嗎？」

「大堂姊說的是。」寇彤說道。「他們的確再沒有跟我說過話了。」

寇瑩見寇彤跟寇妍說話一板一眼，還以為寇彤心中不自在，忙走過來說道：「彤妹妹，我知道妳孝順，但是妳也太小心了。鄭太醫都說了，祖母的病已經好得差不多了，要是不出意外的話，應該是不會有事情的。」

寇瑩雖然是為自己解圍，但是話裡話外卻都是幫著寇妍，一副想促成這個宴會的樣子。真是奇怪！寇彤不由得朝寇瑩望去。

寇瑩看了寇彤探究的眼神，有些不自在地避開了。

到底怎麼回事？難道是為了軒表哥？但辦不辦宴會，跟軒表哥好像沒有多大的關係吧？

「是啊，兩位表妹說的對。」半天沒有說話的楊啟軒突然開口了。「這件事情外祖母可是已經點頭允許的，二舅母妳就答應了吧。」

「原來老太太已經答應了啊！」連氏如釋重負地說道：「既然老太太都已經答應了，我這裡自然沒有不同意的道理。什麼時候辦？請哪些人？要準備什麼？你們儘管跟我說，我會一一幫你們辦妥的。」一副非常感興趣的樣子。

「就定在後天。」寇妍說道。「食材什麼的，我們也不懂，這個二嬸嬸幫我們準備就成了。」

「這些沒有問題。」連氏拍著胸脯說道。「但是你們要提供一張宴請的名單給我，我知道有多少人、有哪些人，才好準備相應的食材，安排席面，佈置座位。只要有名單，二嬸嬸保證幫妳把事情做得好好的，你們只要陪著老太太，哄著老太太開心就成了。」

「二嬸嬸妳真好。」寇妍甜甜一笑。「請的人不多，不過十來個，也沒有旁人，都是咱們寇家本家的人，這是我準備好的名單。」

連氏接過名單，從頭到尾看了一遍後，疑問道：「不是只有寇家的姑娘、少爺嗎？怎麼這鄭太醫家的公子鄭世修也在名單上面？」

「祖母的病多虧了鄭太醫救治，才能好得這麼快，世修哥哥是一定要請的。」寇妍這句話說得很溜，絲毫沒有停頓。就算如此，她臉上還是泛起了不自然的潮紅。

她的話乍一聽挺有道理的，但是細細一想卻有漏洞——是鄭太醫治好了呂老夫人的病，跟宴請鄭世修有什麼必然的關係嗎？

連氏卻沒有糾結這麼多，只是想著到時候要請哪些人來陪鄭世修？畢竟這名單上全是寇家人，只有鄭世修一個外姓人，是正兒八經的客人，一定不能失禮才是。

寇妍達到目標，便拉著眾人辭別了連氏。

剛剛走出槐院，楊啟軒就繃著臉問道：「妍妹妹，妳當初可沒有跟我說要請那姓鄭的，怎麼現在又說要請了？」

「什麼姓鄭的？人家有名字，叫鄭世修。軒表哥，你怎麼度量這麼小？」寇妍反問了楊啟軒一句。「鄭太醫治好了祖母的病，我們為了表示感謝與禮貌，請鄭家公子有什麼不對？」

「妳！」楊啟軒氣得指著寇妍說道：「妍姊兒，咱們從小一起長大，我對妳比對誰都瞭解，妳心裡頭想的是什麼我一清二楚！我從前事事都依妳，那是因為那些事都無傷大雅，所以才會不在意，但是，妳若是因此將我當傻子，那妳就大錯特錯了！」

就像楊啟軒說的那樣，寇妍與他從小一處長大，這樣吵架也是平常之事，哪一次到了最後不是楊啟軒伏低做小、賠禮道歉？所以，楊啟軒的話，寇妍絲毫不在意。

她冷著臉，譏諷道：「軒表哥真真是奇怪，你說的話我一點兒也聽不懂。你既然知道我心裡頭想的是什麼，還跟我說這些廢話做什麼？」

「好、好！」楊啟軒怒極反笑。「妍姊兒，算我看錯了人，妳以後就不要後悔！」

寇妍也寸步不讓，與他針鋒相對。「我寇妍還真就沒有做過後悔的事情！」

楊啟軒看了寇妍一眼，轉身大步走了。

寇瑩這次沒有猶豫，直接追了上去。

到了這個時候，寇彤才算真的看清楚這一齣戲——

寇妍要宴請，目的並非單純地想讓呂老夫人開心，真正的目的卻是在鄭世修身上。而寇瑩之所以幫助寇妍，也並非因為姊妹情深或者是祖孫情深，真正的目的卻是想讓楊啟軒與寇妍反目。

這一齣戲應該叫「醉翁之意不在酒」才對，真真是精彩極了！既然這齣戲已經落幕，自己也該趕緊出門辦事情了。

寇彤抬腳就要走，卻被寇妍一把拉住。

「彤妹妹，妳看看瑩姊兒，真真是一點女兒家的矜持都不顧了！」

寇彤不說話，就看著寇妍笑。寇瑩不矜持，妳為了見鄭世修，還不是費盡心機嗎？

寇妍恨鐵不成鋼地嘆了口氣。「她就是倒貼上去又能怎麼樣？是妳的，就是妳的，不爭不搶自然還是會屬於妳。不是妳的，妳就是搶到了也無用。妳說瑩姊兒怎麼就不明白這個道理呢？」

寇彤依然不說話，只是嘴角噙著笑，淡淡地看著寇妍。

事到如今，她已經不知道要跟寇妍說什麼了。

像寇妍這樣事事以自己為尊，要別人都順著她的性子，絕不是一天能養成的。她母親是才女，她長得好，又繼承了幾分母親的才情，自然從小受到追捧。可是，寇彤卻不認為，自己有追捧她的必要。畢竟剛才她還那樣聲色俱厲地喝斥過自己，而這不過是因為自己說了一句話罷了。

道不同，不相為謀。這大堂姊寇妍，她還是少接觸為妙。

以前寇妍說哪個人不好，自然有一班小姊妹跟著她一起出氣，她只要開個頭，底下自然有人接下去，那些更難聽的話根本不用她說出口，她只要在別人說那些非常過分的話時，以一副息事寧人的態度，不痛不癢地說幾句勸解的話就行了。沒想到她今天說了這麼多話，寇彤居然無動於衷！寇妍的臉色，當場就有幾分不好看。

她看寇彤噙著笑，突然想起來剛才自己當著那麼多的人面前數落過寇彤。

於是，她上前挽了寇彤的胳膊，面色凝重地說道：「彤娘，妳是不是生我的氣了？」

寇彤將胳膊從寇妍的臂彎中抽出來，奇怪地問道：「大堂姊妳說什麼呢？妳又沒做什麼對不起我的事情，我做什麼生妳的氣？」

「妳看妳！」寇妍拉著寇彤的手說道：「妳若是沒有生我的氣，怎麼不願意我挽著妳的胳膊？彤妹妹，妳若是生氣了只管說，我們是姊妹，我要是有做得不對的地方，妳儘管告訴我，我一定改正。」

「大堂姊抱著我的胳膊，不覺得熱嗎？」寇彤笑道：「我沒有生妳的氣，只是天氣太熱了，想趕緊回去。」

「彤妹妹，我雖有姊妹，但是……她們那些人不提也罷。」寇妍真誠地說道：「自從我見了妳，就打心眼裡覺得妳親近，恨不得妳就是我親妹妹才好。妳若是這樣與我疏遠，我的心裡真真是難受得緊啊！」寇妍說著，竟然抹了一下眼淚。「我知道，剛才在二嬸嬸面前，我說的話不好聽，但是妳也要知道，我向來便是如此，性子直，說話就沒遮攔。這都是因為我將妳當作親姊妹才會如此。在妳面前，我可是一點兒都沒有藏著掖著呀！」

妳的確沒有藏著掖著，可是就算妳要數落我、指點我，也是要分場合的吧！妳若真為我好，私底下就妳我兩人的時候，說什麼不行？難道非要當著那麼多人的面才能說嗎？真是一張巧舌如簧！

看著寇妍這一番唱念做打，寇彤自嘆不如。

她又看了看天色，不由得想到，自己如果不承認生氣了，寇妍是不會放自己走的。

寇彤只得感動地說道：「大堂姊，是我不對。剛才妳那樣說，我的確是生氣了。現在想想，大堂姊果然是將我當親姊妹才會那樣教導我，是我想左了，還請大堂姊不要生氣了。」

「彤妹妹，妳知錯就好。」寇妍點點，認真地說道。

寇妍，妳真是好巧的嘴！什麼時候又變成了是我的錯誤？寇彤在心中冷笑不已。

寇妍拍著寇彤的手，語重心長地說道：「妳年紀小，又養在鄉野，不知道世家之間往來的規矩，這並不是妳的錯。以後，妳要聽我的話，這些我都會慢慢教導妳的。那鄭世修、鄭太醫不過是看在寇家的面子，所以才會對妳有所恭維，妳不過是看了幾本醫書，碰巧會一些推拿的手法，也是趕巧了。只是，妳畢竟是世家女，那鄭氏父子表面上誇讚妳，說不定背地裡在笑話妳沒有禮數，女孩兒家的不讀詩書、不做針線，反倒弄這些醫術呢！所以，以後在外人面前，切不可賣弄妳的醫術了。」寇妍說著一頓。「特別是在鄭世修面前，妳一定要收斂。他是醫藥世家的子弟，妳那點醫術在他面前不過是關公門前耍大刀，徒惹笑話罷了。我說的這些，妳可記牢了？」

「是。」寇彤越聽越想笑，卻生生地忍住了。她眼睛一轉，面帶微笑地說道：「大堂姊說的是，我會記住的。」

看著眼前的人眼波流轉、面色紅潤，好像五月的石榴花般成熟美麗、明豔照人，寇妍不由得一愣。彤娘不愧是寇家的姑娘，果然貌美……

她一向自負美麗，此刻看了寇彤，倒生出幾分既生瑜，何生亮的感覺來。然而只有片刻，她就定了心神，無不驕傲地想著，同為寇家嫡女，她根本不可能與自己匹敵。

六房無男丁，早就衰落了，而他們四房正蒸蒸日上、如日中天！

她的父親可是禮部侍郎，而且父親還年輕，以後有的是升遷的機會；她的母親則是名冠京城的才女，琴棋書畫無所不精。

她有寇家人的美貌加上母親的才華，寇彤不可能比得上自己。

可惜了彤娘如此容貌，也只能被祖母隨便配個於家族有利的人吧？誰讓她們母女如今依附他們四房呢，寄人籬下，自然要受人擺布了。

再一看寇彤的臉，寇妍的心中便只有嘆息了。長得好卻沒有腦子，不過任人魚肉罷了。而且還沒有父兄家族庇佑，這以後嫁到旁人家中也不過是以色侍人而已。

寇彤自然不知道寇妍此刻正在可憐她，她只想著快點出門，把事情辦了。

「大堂姊，這天越來越熱了，我要回去了，妳還不回去嗎？」

「回去，當然要回去。」寇妍這才回過神來。「以後有時間，我再細細地教妳吧。今天說的，妳一定要記牢了。」

「嗯。」寇彤點點頭。「我知道了。」

第二十五章　侯府有請

寇彤出了門後，來到一個巷子口。

她讓車夫在這裡等著，徒步朝巷子裡走去。

鄭世修告訴過她，那巷子口種著一棵高高的白玉蘭樹，巷子裡面是一個集市，專賣古玩、書籍、字畫之類的東西。

越朝裡面走，寇彤越肯定自己沒有來錯地方。

果然，寇彤走沒幾步，就看到有個擺地攤賣書的襤褸老翁。

寇彤眼睛一亮，就是他！

她壓住激動的心神，裝作想尋找書籍的樣子，來到地攤前。這些書都比較破舊，她翻動的時候十分小心。

突然，她的手一頓，心也怦怦跳了起來，是《大劑古方》！

前世的鄭世修何其幸運，靠著兩本古醫書名震杏林界，一本是寇彤的嫁妝《李氏脈經》，而另外一本便是眼前的這本《大劑古方》。

大夫治病有兩怕：一怕找不到病因，無法對症下藥，會耽誤病情；二怕找到病因，自己卻沒有能耐治療。

現在醫藥界流傳著十八種不同的脈象，而《李氏脈經》裡面介紹了二十八種不同的脈象，再加上望、聞、問，便可以迅速找到病症的根源，對症下藥。
《大劑古方》裡面則有許多針對不同病症的經方，共一百零八個，有的是常見病症，有一些則是疑難雜症。有了這些經方，只需要根據病人的情況，略微加減幾味藥材，就可以給人治病了，往往能達到藥到病除的奇效。
有了這兩本書，莫說是鄭世修，但凡是個大夫，想不出名都難！平常大夫或號脈本領高超、或專治跌打損傷出名、或手中有一個經方，便可以支撐一個藥堂了。
鄭世修何其幸運，同時擁有這兩本書。
不過，這一世，他再不會有這種好運了！
她絕不會嫁給他，那《李氏脈經》已經被她焚毀了，至於這本《大劑古方》，她也要捷足先登，據為己有。
沒有了這兩本書，鄭世修還拿什麼揚名杏林界？還怎麼去幫皇太后治病？
上一世，你名利雙收，棄我不顧；這一世，你我再無干係了，你想娶誰便娶誰吧，與我再沒有關係了！
「老丈，這本書我要了。多少錢？」
那老者鬚髮皆白，衣衫襤褸，抬頭看了寇彤一眼，臉色十分古怪。
寇彤以為他沒有聽明白，又重複了一次。沒想到，那老者卻一伸手，把書從寇彤手中奪了去！

「這書不賣。」說完便喘個不停。

寇彤傻了眼。難道自己記錯了？或者鄭世修騙了自己？怎麼會不賣呢？鄭世修明明就是從他手中買的呀！

「老丈，這書為什麼不賣？」

那老者抬頭看了看她，說道：「妳這丫頭哪來這麼多話？這些話本小說，妳要買都行。這是醫書，不是玩的，不賣妳。」那老者說完話，又費勁地咳嗽起來。

原來如此！難道老者是要賣給會醫術的人？

「老丈，我是大夫，我是真的想買這本書。」寇彤連忙解釋道。「你就賣給我吧！」

「不賣、不賣！」老者不耐煩地擺擺手。「咳……妳才多大，就敢來誆騙我……小老兒……咳……不是……不是那麼好騙的……」不過幾句話，老者就咳個不停。

看他咳嗽得十分劇烈，面色通紅，好像肺都要咳出來了，寇彤一把抓過老者的手，手指搭在他的手腕上。

浮脈舉之有餘，按之不足，如微風吹鳥背上毛，如木在水中浮，浮而大，細脈者，細來累累細如絲，應指沈沈無絕期。

已然是病入膏肓，無藥可醫之狀！

寇彤不由得沈聲說道：「老丈，你的病……你家中還有何人？」

「妳會醫術？」老者驚異地問道：「小小年紀便會診脈，妳的醫術跟何人所學？」

「我師父姓安——」

「可是安無聞？」老者急急地打斷她的話，問道。

「你怎麼知道？」寇彤驚訝地問。「老丈你也認得家師？」

老者卻沒有回答寇彤的話，而是神色激動地問道：「那安無聞身邊是否有一個十七歲的少年？」

「你說的應該是子默吧！」老者難道與師父是好友，否則怎麼會連子默也知道？

「那他也是安無聞的弟子嗎？」老者緊張地問。

「嗯。」寇彤點點頭。「他是我師弟。」

「哈哈哈哈……怪不得妳小小年紀就能如此……妳既然能如此，那子默定然也不比妳差了……」老者仰天長笑，笑出了眼淚，不知是悲是喜。笑著笑著，他又劇烈地咳嗽了起來。

「老丈，您歇歇吧！」寇彤勸慰道。「您的病情……不宜激動。」

「姑娘，我自己的身子我自己知道。」老者掙扎著說道。「小老兒命不久矣！」

知道自己病入膏肓，卻無藥可醫，只能等死，那滋味可不是一般人能承受得了的。

寇彤覺得喉頭有些發緊。「老丈……」

「這書……」老者眼睛冒著奇異的光，把書交到寇彤手中。「這書……妳代我交給子默。」

「嗯。」雖然不知道老者與子默是什麼關係，但是寇彤依然重重地點頭，答應了他。

「老丈你請放心，這書我一定交到子默手中。」

「好，好、好……」老者佝僂著身子，欣慰地道：「那小老兒就放心了。」說著，他慢慢坐到地上，不再看她，而是說道：「妳走吧！」

「那我走了。老丈你……自己保重。」

寇彤將那本有些泛黃的《大劑古方》揣到懷中，朝外走去。

她走了幾步，便停下來，問道：「老丈，你……是否還有什麼話要我帶給子默？」

老者聽了她的話，身子不禁一僵，半天才緩緩地說道：「妳告訴他，他沒錯，是我錯了。」

「老丈請放心，書與話，我一定帶到。」

寇彤出了巷子後，本來想直接回去的，但是想著好不容易出來一趟，怎麼也要逛逛才行。於是，她先是讓車夫帶她到附近的醫館、藥鋪轉了一圈，接著又去了一家書店，在那裡淘換了幾本醫書。

這麼一來，等寇彤要回去的時候，已經到了下午了，肚子咕嚕咕嚕地唱起了空城計。都怪自己見了醫書就走不動路了，在書店耽誤了太多時間。可是如果不打開看，怎麼知道書裡面的內容到底好不好呢？雖然餓肚子，但是淘到了幾本好書，也是十分值得的。這幾本書是如今市面上流傳最廣的，大多是經方，應該是被人用了很多次。有了這些經方，自己以後出診遇到相同的病情，只要略做增減就行了。

至於懷中的這本《大劑古方》，她本來是想買下來自己用的，但既然老者託她帶給子默，那她還是不打開看了吧。反正沒有落到鄭世修手中，她今天的目的就算是達成了。

坐在馬車裡，雖然又熱又餓，但是寇彤卻翹起了嘴角。

回到寇家，寇彤剛剛下了馬車，立馬有僕婦過來，說老太太有急事找她。

不知道發生了什麼事情，寇彤也來不及回蟬院，抱著書籍就急急忙忙地跟著僕婦去了紫院。

「妳這丫頭跑到哪裡去了？這裡是南京，可不是在鄉下，想野到哪裡去都沒有人管。」剛進院門，安平侯夫人的數落就劈頭蓋臉地撒了下來。寇彤以為是呂老夫人又發病了，可是趕到正房時，卻看到呂老夫人正跟著一個精幹體面的老太太寒暄說著話。

「大小姐回來了。」

隨著琉璃一聲通傳，那老太太立馬轉過頭來看著寇彤。

「這位就是大小姐，小寇大夫了吧？」那老太太站起來，有些激動地走到寇彤身邊。小寇大夫？「是，是。」寇彤連連點頭。「我是小寇大夫。」沒有想到在南京，居然也有人知道自己，寇彤不由得十分高興。

「您家裡是有病人嗎？是要我出診嗎？」

「妳這丫頭，胡說些什麼？」呂老夫人不悅地訓斥道：「妳不會是看了幾本書，就認為自己真的會醫術了吧？都是妳母親把妳給慣壞了。還不快坐下！」

寇彤聽了呂老夫人的話，依言坐到了繡墩上。

「申嬤嬤，妳也看到了，這丫頭還是個孩子，不過是看過幾本醫書，略微懂得一些皮毛罷了。若說會醫術、能治病救人，那是絕對不可能的！」呂老夫人抱歉地說道：「我先前說了，妳不相信，如今見了人，總該相信我說的話了吧？並非是我推辭，而是侯府老夫人身體金貴，怎麼能讓一個孩子去醫治？」

侯府請自己去治病？寇彤心中一驚，不由得仔細打量了這個婆子一眼。她中等身材，稍微有些發福，黑白摻雜的頭髮梳得整整齊齊的，鬢角別了一支時新的宮花，穿著上好的衣料，乍一看，寇彤還以為她是富貴人家的老太太呢！

但料子上的花紋非常普通，只是一些尋常人家用的，並不是那些福壽或者主子才能用的花卉，可見她只是個地位高級的僕婦。

這身打扮與氣度，倒也像是侯府出來的了。

「老夫人，您太過自謙了。」申嬤嬤看了一眼寇彤，說道：「我家老夫人病了這些年，侯爺、夫人都非常焦急。當初，聽太醫說南方的氣候宜人，便搬到南京來了，就是為了讓老夫人能早日康復。為了我們家老夫人的身子，侯爺不知請了多少名醫都不見效。如今人家都說，小寇大夫治病手段高超，小小年紀就醫術高明、用藥如神，所以才特意讓婆子我來請，還請老夫人千萬不要阻攔。」

「申嬤嬤，侯爺、夫人孝心可嘉，只是聽旁人道聽塗說就來請我家姊兒去給老夫人治病，是否有些膽大了？」呂老夫人說道：「並非我有意推諉，只是我家姊兒今年才只有十五歲啊！」

「老夫人，我知道您放心不下，畢竟您跟小寇大夫接觸的時間不長，不知道小寇大夫的醫術也是正常。」申嬤嬤頓了頓，又說道：「別說是您，便是侯爺一開始聽了世子的推薦也是不相信的，直到侯爺親自派人去了范水鎮，證實了小寇大夫的確有妙手回春之術，這才令婆子我來請小寇大夫。若是這次婆子請不到人的話，恐怕下次便是我家夫人親自來請了。」

呂老夫人聽了申嬤嬤的話，便知道自己是無法阻攔的了。人家連范水鎮都去查了，恐怕連她們母女倆是什麼時候到南京都摸得一清二楚了。自己再阻攔下去，便是故意跟永昌侯過不去了。

呂老夫人當即說道：「既然如此，就讓彤娘跟申嬤嬤妳走一趟吧。」

申嬤嬤感激地朝呂老夫人福了福身子。「謝老夫人。那咱們這就走吧！」

呂老夫人對寇彤叮囑道：「去了之後，要仔細給侯府老夫人看病，萬萬不可托大，能治好老夫人的病是妳的造化，若是妳能力不夠，千萬不可逞強，知道了嗎？」

「我記下了，四伯祖母。」

出了紫院後，寇彤抱歉地對申嬤嬤說道：「嬤嬤可否稍等片刻？我剛從外面回來，還沒有跟我母親說一聲。」

「嗯，小寇大夫去跟夫人說一聲吧，這半天都等了，也不差這一時。」申嬤嬤十分善解人意。

「好。嬤嬤稍等，我去去就回。」

回到蟬院後，寇彤將懷中的《大劑古方》跟今天買的幾本書一起交給蘇氏，讓她務必要妥善保管，千萬不能弄丟了。

然後簡單地說了一下侯府要請她去給老夫人治病的事情，就揹著藥箱，匆匆出了門。

第二十六章 再遇闕毅

寇彤跟著申嬤嬤來到永昌侯府，朱漆紅門與琉璃瓦相得益彰，粉牆朱戶彰顯著這座府邸的與眾不同，雕梁畫棟，屋簷翹起，小橋流水，亭臺樓閣，侯府果然氣派。

永昌侯夫人親自接待了寇彤，並帶著寇彤去了老夫人的內室。

老夫人的內室很是寬敞，雖然沒有放冰盆，卻非常涼爽。

永昌侯守在老夫人身邊，見寇彤來了便站起來，將地方讓給寇彤。

寇彤也不扭捏，朝他行了個禮，就開始給老夫人診治。

三年多的病痛折磨得永昌侯老夫人枯瘦如柴，她穿著單薄的中衣，身上蓋了一層薄薄的絲綢被。

據永昌侯夫人說，永昌侯老夫人已經病了三年多，兩年前就已經下不了床了，請了無數大夫，居然連病因都查不出來，就是身體突然之間非常虛弱，且越來越弱，連飯都吃不下，如今只能吃人參熬的粥來維持生命。本來就只是靠著人參續命了，沒有想到，前幾天突然發了熱病，咳嗽痰多黏稠，還神智昏瞶，經常昏睡，眼看著就要不行了。

永昌侯焦急不已，請了許多大夫來看，沒想到就連太醫也束手無策，讓準備後事。

闕毅這個時候卻提議，說寇家六房的大小姐能治病。永昌侯想了半天，才知道闕毅說的是誰。雖然六房的大爺原來是太醫院的翹楚，但是也不代表他的女兒就一定醫術高明。為了保險起見，他派人去了范水鎮調查。這一調查可不得了，原來這寇家六房的大小姐不僅家學深厚，更是少遇異人，得他傳授秘方，如今醫術了得。

這就有了申嬤嬤去請寇彤之事。

永昌侯夫人目光不由得移到給老夫人診脈的寇彤身上，這姑娘長得真是漂亮，怪不得毅兒會對她念念不忘。到了年底，毅兒就已經整整二十歲了，卻一直沒有心儀的姑娘。這幾天發現了兒子的異常，她幾乎要擔心壞了，就怕兒子會被外面那些不三不四的東西給勾搭上。沒想到，毅兒喜歡的是正經人家清清白白的姑娘，不僅是南京的望族，還曾救過毅兒的命。

怪不得毅兒會把她記掛在心上了！救命之恩，以身相許，也算是一段佳話了。

他們這樣的人家，也不求聯姻帶來什麼利益了，只要毅兒喜歡，能早日成親，給她生個大胖孫子，她就滿意了。她想著想著，險些就要笑出來。自己真是糊塗，這可是正在給婆婆看病呢！自己居然胡思亂想這些有的沒的，真是太不孝了。

「小寇大夫，怎麼樣？」

永昌侯的話拉回了永昌侯夫人的思緒，她急忙跟著問道：「是啊，怎麼樣了，小寇大夫？」

寇彤想了想，回答道：「這病我能治。」

「真的?!」永昌侯又驚又喜。「妳……妳有幾分把握？」不怪他激動，這三年來，陸陸續續也看了不少大夫，可是像寇彤這麼有信心的倒是頭一個！

「七成到八成。」寇彤說道。

七成到八成？那就是非常大的把握了呀！

「真的？」永昌侯又問了一句，然後說道：「小寇大夫，妳要用什麼藥？人參還是天山雪蓮？或者是冬蟲夏草？只要妳說得上來的藥，我這裡都有。」

聽了永昌侯的話，寇彤失笑地搖了搖頭。很多大夫給人治病，總是喜歡開一些名貴藥材在藥方子裡面，若是不見效，便會說是藥材不夠好。特別是富貴人家，越是富貴越是愛用名貴的藥材，更有甚者，送禮還送名貴的藥材呢！殊不知，這些名貴的藥材若沒有用對地方，身體並無好處。

老夫人脈微細沈遲無力，舌質紅絳而無苔，顯然是陰虛。這麼長時間以來，又不能正常吃飯，只能靠人參續命，別說是老年人，便是正常人都受不了了。

陰虛，服用人參這本沒有錯，但是老夫人卻虛不受補。

如今要治這病，只需要以滋陰為主，老夫人身體差，滋陰的同時還要稍稍清一點熱就行了。

「侯爺不必多慮，老夫人這病不是什麼大症候，不過是虛不受補。若服了我的藥，不過幾天工夫，便可以看見成效了。」

「那太好了！」永昌侯夫人說道：「小寇大夫，妳開方子吧！」

寇彤也不推辭，在紙上寫下了生山藥、白芍、滑石、甘草等藥，不過是一些尋常的藥，並沒有特殊之處。

永昌侯見了，就露出幾分躑躅之色。

寇彤知道，老夫人的病看著凶險得緊，若不是沒有辦法了，他們也不會來請自己這個小小年紀的女大夫了。如今自己又開了這樣簡單的藥方子，他不相信也是情有可原的。

「治病的關鍵在於對症下藥，並不在於藥材是否名貴。」寇彤說道。「老夫人病了這麼久，名貴的藥材想必也沒有少吃，老夫人是陰虛，只需要滋陰就可以了，現在虛不受補，那些名貴藥材吃了也無用。」

永昌侯聽了，突然有種茅塞頓開之感。「小寇大夫說的對，我這就讓人去抓藥。」

還好，永昌侯不是固執之人，否則寇彤還真不知道這病能不能治下去。

「這些藥，煎湯服用，一天一服。今晚跟明早先各服用一次，待我明日早晨再來給老夫人請脈。」

永昌侯夫人說著感激的話，引著寇彤出去。

「小寇大夫的醫術真是了得。」永昌侯夫人笑著說道。「之前毅兒說妳救了他的命，我還不信，今日見了，我方相信妳果然是個醫術高明的。」

「夫人謬讚了，」寇彤說道。「治病救人本來就是醫者本分。」

至於永昌侯夫人口中的毅兒，寇彤卻不知道是誰。聽永昌侯夫人的語氣，應該是與她很親近的人吧？可她並不記得自己之前接觸過永昌侯家中的人啊！

「夫人口中所說的毅兒，是指……」

「小寇大夫不知道？」永昌侯夫人看寇彤一副迷茫的樣子，十分驚訝。

這說話的工夫，兩個人剛好來到了廳堂，永昌侯夫人便指著廳堂中坐著的一個人說道：

「他叫關毅，是我的兒子。妳不認得嗎？」

關毅見寇彤進來了，連忙站了起來。「小寇大夫，多謝妳之前救了我。那日走得匆忙，沒有來得及道謝，還望妳莫要怪罪。」

「喔。」寇彤想起來了。「原來你是永昌侯世子啊！」

關毅聽了，以為寇彤在怪他故意隱瞞，連忙解釋道：「小寇大夫，我並非刻意隱瞞妳。」

寇彤卻不在乎地說道：「就是刻意隱瞞也沒有關係的，那天你我不過是萍水相逢，你不告訴我真名也無可厚非。」

永昌侯夫人看了看關毅，又看了看寇彤，就說道：「天這麼晚了，我也不虛留妳了。毅兒，你替我送送小寇大夫吧！記住，一定要送到寇家。」

「是。」關毅連忙回答道。

兩個人一前一後走出了廳堂。

永昌侯府的院子還是挺大的，此時已經掛上了紅彤彤的燈籠，照得人心裡暖暖的。

關毅突然停下來，走到寇彤身邊說道：「這藥箱挺重的，我幫妳揹著吧？」

寇彤搖搖頭，笑道：「多謝你的好意，只是師父說過，醫藥箱是大夫吃飯的手，就像是將士手中的刀，輕易不能假手他人。」

「喔……」關毅摸了摸自己的鼻子。「我不知道，妳別見怪。」

「我沒有見怪啊！」寇彤說道。怎麼今天的關毅奇奇怪怪的？不過他好像一直都挺奇怪的。

雖然沒能替寇彤揹醫藥箱，但是這樣一來，卻能跟她並肩走在一起了。關毅的心頭美滋滋的，不時轉過頭去，打量著到他肩膀的寇彤。

「世子請回吧，我——」寇彤剛剛說完這句話，正欲與關毅道別，沒想到他卻也上了馬車。

看到寇彤微微驚訝的目光，關毅忙找了個藉口說道：「祖母病了好些時候，若不是小寇大夫妳施以援手，我們幾乎都不知道該怎麼辦了。不知道祖母平日裡飲食、起居有沒有什麼需要避諱的地方？」

「沒有什麼需要特別忌諱的。」寇彤說道。「暫時不要吃大魚大肉及辛辣的食物就成了。」

「喔。」關毅點點頭。「我記下了。」

二人同車，關毅總是會主動說一些寇彤感興趣的話題，這樣便可以多跟她說上幾句話。他是怕自己尷尬吧，所以才會主動挑起話頭。寇彤了然地笑了笑。

另外一邊，永昌侯奇怪地問妻子。「就算是寇家嫡女，派個體面的婆子送回去也就可了，申嬤嬤不就挺好的？夫人妳也真是的，居然指使關毅去送。他這一去，可就代表著咱們永昌侯府。」

「侯爺。」永昌侯夫人嗔怪道：「你怎麼不問問我，為什麼要讓關毅去送小寇大夫？」

永昌侯反問道：「對呀，為什麼啊？這也奇怪了，妳讓他去，他還真就乖乖地去了？」

「你自己的兒子你不清楚，反而來問我？」永昌侯夫人笑咪咪地說道。

「就是因為我清楚，所以我知道，絕對不可能是他自己要去的。他那個性子，見到那些閨秀們都恨不得躲得遠遠的，哪裡會上趕著——」永昌侯說著說著，突然瞪大了眼睛，有些不敢置信。「夫人，妳是說……是關毅他自己想要去的?!」

「嗯。」永昌侯夫人得意地點點頭。

「這、這怎麼可能?!」

「這怎麼不可能？」永昌侯夫人笑得非常開懷。「咱們的毅兒終於開竅了。」

「果然如此？」永昌侯又問了一次。

「那是當然，我騙你做甚？」

「啊呀！」永昌侯懊悔不已。「早知如此，我就該好好看看那小寇大夫長什麼樣子啊！剛才只顧著急母親的病情了，沒有仔細看。」

「你放心，我已經看過了，小寇大夫的模樣絕對沒得說。」永昌侯夫人笑著說道：「你就是不相信我，也該相信咱們兒子的眼光啊！」

「那是。」永昌侯自鳴得意地說道：「關毅可是我兒子，虎父無犬子，有眼光這麼好的老子在，咱們兒子選的人也差不到哪裡去。想當年我求娶夫人的時候，那是——」

「嗯哼！」永昌侯夫人重重地咳嗽了一聲。

永昌侯立馬繳械投降。「好好好，我不說，我不說還不行嗎？」

寇彤剛剛回到寇家，還沒有來得及回蟬院，便再一次被人急急忙忙地請到紫院。

除了蘇氏，寇家四房的長輩幾乎都在，就連二老爺寇俊豪也在。

寇彤向眾人行了一個禮後，便垂首立於一旁。

「彤娘，在永昌侯府妳沒有闖禍吧？」呂老夫人目光如炬，直勾勾地盯著寇彤，語氣非常不善，話也問得很直接。

「謝四伯祖母關心。」寇彤回答道。「永昌侯老夫人的病雖然看著凶險，但是卻沒有大礙。永昌侯及其夫人都是非常通情達理的人，我給永昌侯老夫人看過病之後，便差人送我回來了。」

「嗯。」呂老夫人輕輕點頭，看不出喜怒。

「居然就這麼簡單？」二老爺寇俊豪顯然非常失望。「永昌侯有沒有說其他的？沒有問到寇家嗎？有沒有提到我？還有，有沒有給妳賞金——」

「俊豪！」呂老夫人不悅地打斷他。「彤娘根本不會醫術，又治不得永昌侯老夫人的病，不過是走個過場罷了，哪裡就能有什麼賞金？」

寇俊豪卻有些不相信，仍是眼巴巴地望著寇彤。

寇彤搖搖頭說道：「永昌侯就問了我幾個關於永昌侯老夫人病情的問題，其他的一概沒說。至於賞金，也沒有。」

「難道連杯茶水都沒有讓妳喝？」寇俊豪有些不死心。

寇彤再次搖了搖頭。

「好了好了。」呂老夫人說道。「既然如此，妳先下去吧！」

「是。」

寇彤剛剛轉身，就聽見身後傳來呂老夫人的聲音——

「從明天開始，妳與妳母親就安心待在家中吧，不要隨意出去了。」

寇彤腳步一頓。這是要軟禁自己與母親？

上一世，為了讓她嫁到安平侯府，呂老夫人不惜拿母親來要脅，甚至還意欲軟禁她們母女，想逼迫她不得不嫁。

現在，雖然情況比原來好一些，可是她們依然是在四房的掌控之中。若是四房有意不想讓人知道她們母女，想要將她們軟禁起來的話，那他們的確有能力這樣做。

想到自己與母親又要過那種被人看管、任人魚肉的日子，寇彤不由得方寸大亂。那樣的日子太難熬了，她一天都不想過！

不能急，她告訴自己，千萬不能著急。一著急就會亂了方寸，就會說錯話，做錯事。

「妳傻站著做什麼呢？」呂老夫人不悅地問道。「我剛才說的話妳沒有聽到嗎？」

呂老夫人的話讓寇彤一個激靈，她立馬轉過身來，對呂老夫人說道：「四伯祖母吩咐，按說我不得不從，只是，我已經與永昌侯府約好，明日要去給永昌侯老夫人請脈，若是永昌侯府來人的話，我是拒絕呢，還是……」

「好、好、好。」呂老夫人一時間不知道說什麼才好，只是連說了三個好字。「彤娘真是好樣兒的，居然能幫永昌侯老夫人治病！既然是永昌侯府來請，自然是要去的。」呂老夫人面帶笑容，說道：「若是永昌侯府的人不來的話，這天氣熱，妳還是待在家中不要出去為好。」

她雖然是帶著笑容說的，但是在寇彤看來，這笑容裡面卻帶著幾分警告的意味。

「謝四伯祖母關心。」寇彤行了一禮。「彤娘先回去了。」

二老爺寇俊豪連忙說道：「母親，那我也回去了。」他走到門口又說道：「夫人，為夫有些事情問妳，妳跟我一起回去。」

連氏衝呂老夫人行了一個禮，便跟著寇俊豪匆匆回了自己的院子。

安平侯夫人此刻卻方寸大亂。「母親，這可如何是好？寇彤那小蹄子居然搭上了永昌侯府！這永昌侯府可不是尋常人家呀，這可怎麼辦？」

呂老夫人自然知道永昌侯府不是尋常人家。同樣是侯府，安平侯府靠的是祖上的恩蔭，而永昌侯府靠的卻是實實在在的軍功。

不要說安平侯了，就連現在炙手可熱的穆貴妃的母家承恩侯見了永昌侯，恐怕都要客客氣氣的，更別提像他們這樣一抓便一大把的普通世家了。

「好了！」呂老夫人被安平侯夫人催得心焦。「她不過是幫永昌侯老夫人看病罷了，又沒有怎麼樣，妳怎麼反倒先自亂了陣腳？我不是告訴過妳嗎，遇事要冷靜，要冷靜。」

「對！」安平侯夫人說道。「她不過是幫永昌侯老夫人看病而已，看得好、看不好還不一定呢！最好是看不好，將永昌侯老夫人給治死了，到那時候，看那個小蹄子怎麼辦。」

「妳胡說什麼?!」呂老夫人厲聲說道：「我跟妳說過多少遍了，禍從口出，一定要謹慎行！妳看看妳，這麼多年了，怎麼一點長進都沒有？」呂老夫人繼續訓斥道：「那寇彤是寇家人，她現在還住在咱們家，就算她從咱們家搬走了，那永昌侯還是會認為她們跟咱們是一家人，一旦她真的治死了永昌侯府的老夫人，妳以為那永昌侯不會怪罪咱們家？再說，若是她真的治死了永昌侯老夫人，那她便是個燙手的山芋，妳還怎麼把她娶到安平侯府去？就算妳那婆婆肯答應，恐怕妳自己都不答應。」

「母親，」安平侯夫人被呂老夫人訓斥慣了，倒也不覺得難為情，只是突然有些擔心了。「寇彤那小蹄子，應該不會把永昌侯老夫人治死吧？」

「那倒不會。」呂老夫人沈著臉說道：「永昌侯既然敢將老夫人交給她醫治，可見她的確是有幾分真本事的。妳也知道，她父親當年不是一直病歪歪的嗎？可是卻突然有一天就會醫術了，那個時候好像也是像她這麼大的年紀。說不定，他們六房真的有什麼醫術秘笈也不一定的。」

「她要是真的治好了永昌侯老夫人的病，那該怎麼辦？」

「她要是真的有那本事，倒也是好事。」呂老夫人面沈如水地說道：「橫豎她都是咱們寇家的人，若是能通過她跟永昌侯府搭上關係，也是一樁好事。世人都說永昌侯夫人眼高於頂，尋常女子根本看不上，更別提她寇彤了，妳就不要瞎擔心了。」

「是嗎？」安平侯夫人第一次對母親的話產生了懷疑。自那寇彤來到他們寇家後，母親便有好幾次都料錯了，不知道這一次母親能不能料對？

她已經來到南京大半個月了，這婚事卻遲遲沒有著落。母親的打算一次又一次地落空，若是一直這樣等下去，恐怕等她回京城的時候，那些小賤人連孩子都懷上了！

安平侯夫人自己就是個沒主意的，不知道如何是好，突然，她靈光一現，想出了一個絕妙的法子。她越想越覺得這個主意好，便急忙告訴呂老夫人。

「母親，那寇彤母女恐怕不是個好相與的，不如就算了吧？寇家的姑娘又不是只有寇彤一個，不如咱們重新挑一個吧？我看瑩姊兒就不錯，不如將瑩姊兒嫁到我們府上去。瑩姊兒嫁給那個孽子，妍姊兒嫁給阿軒，姊妹兩個變成妯娌兩個，倒也是一段佳話——」

「住口！」呂老夫人一巴掌拍在羅漢床上，胸口不斷地起伏。「牡丹，妳怎麼這麼狠心?!那是妳嫡親的姪女，妳怎麼就忍心將她嫁給一個瘸子？妳二哥家可沒有人得罪妳，妳怎麼能把他親生的姑娘往火坑裡面推！」

安平侯夫人沒有想到那庶長子被人打斷了腿的事情被呂老夫人知道了，臉上有些訕訕的。

「母親，我就是這麼一說嘛，妳何必這麼生氣？再說了，又不一定非得是瑩姊兒，咱們寇家其他房裡的姑娘不是多得是嗎？妳隨便挑一個不就成了？」

「其他房？」呂老夫人一聽，更是火冒三丈。「其他房裡閨秀多得是，但是人家父母尚在、兄弟俱全，斷不會聽從咱們家的擺布。這寇彤是我千挑萬選為妳挑出來的，誰知道妳一見面就給人家甩臉子！」

「母親，這怎麼能怨我？妳看看那六房母女，一看就知道不是什麼好東西，那寇彤我還真的看不上。母親，妳幫我看看其他家的姑娘吧！那寇彤跟鄭家不清不楚的，現在又沾上了永昌侯府，看樣子就知道是個不安分的，我可不能讓這樣的人進門。況且她要是真的有醫術，那就更不能娶了。萬一將來她憑著醫術來幫扶那孽子，我豈不是拿他更加沒有辦法……」安平侯夫人自顧自地說個不停，待她回過頭時，才看到呂老夫人居然已經僵硬著身子歪倒在一邊了！

「來人哪！快來人哪——」安平侯夫人意識到呂老夫人又犯了病，頓時嚇得手足無措，連忙大聲呼喊起來。

寇彤回到蟬院時，蘇氏早已望眼欲穿，一看見寇彤便喜極而泣。「我的兒，妳可算是回來了。」說著便撲上去拉著寇彤的手，上上下下打量個不停。

寇彤一頭霧水，自己不過出去半天罷了，從前在范水鎮的時候，比這時間更長的都有，也沒見母親怎麼擔心，怎麼今天竟是這樣一副擔驚受怕的樣子？難道是她不在的時候，四房的人給母親氣受了？

寇彤不由得面色一沈，急問：「母親，妳怎麼了？是不是那些人欺負妳了？」

看寇彤這樣一副著急的樣子，蘇氏反倒覺得不好意思了。「沒什麼……因為妳去的是永昌侯府上，又是來去匆匆的，我不由得就想到了妳父親當年也是這般……謝天謝地妳沒事，我真擔心妳會像妳父親那樣一去不回啊！」

原來是這樣啊！

寇彤反握住蘇氏的手，堅定地告訴她。「母親，妳放心，我不會一去不回的。只要妳還在這裡，我無論如何都是要回來的。就算我不回來了，我也要帶著母親一起走。但凡有我在，就絕不會讓母親一個人孤苦伶仃的。」

「妳這孩子……」蘇氏感動地拭了拭眼角的淚水。

驀地，有僕人急匆匆地拍打著蟬院的房門，高呼——

「大小姐，不好了！老太太暈過去了！」

——未完，待續，請看文創風252《醫嬌百媚》下集

醫嬌百媚

她堂姊不識藥材、未讀藥書，夫君卻視如珍寶，唯願娶之；
她努力辨藥、苦讀藥書，卻被棄如敝屣，話不投機。
原來，她這輩子的存在，不過是個笑話罷了……

妙手回春冠扁鵲，起死回生賽華陀／上官慕容

為了討夫君歡心，被公婆貶為妾的寇彤幾年來努力辨藥，
每當夫君需要，而她立即就拿對藥時，總會得來夫君一笑，
這個時候，她便覺得自己真是世上最幸福的女子了，
只要夫君喜歡她，願與她同房生子，她便沒什麼好擔心的。
整日盼呀盼的，終於，離家一年的夫君被她盼回來了，
但，他卻穿著大紅喜袍，還笑容滿面地與人拜堂成親！
她當場吐血身亡，幸得老天垂憐重生，回到未嫁前，
原本她是打算此生鑽研醫術，好好帶著寡母過活就好的，
偏偏，永昌侯世子關毅卻闖入了她平靜的世界，
照理說，他們這輩子應該是很難有什麼交集才對，
壞就壞在她曾一時心軟，救了身上帶傷倒地的他，
說實在的，那就是道小傷，對她來說是個微不足道的小忙，
可自此後他就看上了她，對她百般的好，還要以身相許！
若說對他沒好感是騙人的，但她實在是怕了男人的無情背叛，
面對他這份上天送來補償她的大禮，她是收還是不收啊？

擅寫甜寵文・深情入你心／月半彎

芳草扶疏雁南歸

全套三冊

前世，當她是小菜一碟處理了，
這世，她教你懂得——什麼叫高人不好惹！

文創風 248 1

上一世的姬扶疏，作為神農山莊最後一位傳人，她受盡寵愛。
這一世重生為陸扶疏的她，成了爹和二娘認定的掃把星，
小小年紀就和大哥被送到這貧瘠得草都不長一根的小農莊，
雖然過著自己吃自己的生活，但她卻快樂似神仙！
這世她不想情情愛愛，只想低調過日，
偏偏老天爺讓她遇見前世自己救過的那個小不點兒楚雁南，
竟已長成驚天地、泣鬼神的絕世美男，還對她疼寵得不行，
意外露了一手本事也攪亂了她平靜的日子……

文創風 249 2

神農山莊竟落到了這般境地，攀權附貴，被人嗤之以鼻。
這世雖然身分已是陸扶疏，過著低調的日子，
但身為神農世家真正傳人的她怎能容忍，
該做的、能做的，她絕不逃避……
旁人看她，總是淡定從容、無所不能，
但她還是有怕的人——當朝少年神將楚雁南，
他是她的最佳守護者，可她最怕不聽他的話被他抓個正著……

文創風 250 3 完

未來公公是上一代戰神，親爹是這一代戰神，
準夫婿十有八九是下一代戰神，
有三代戰神從旁護持，走出去就算公主都沒有她威風！
可就是有不長眼的，居然跑來欺負她。
這位目中無人的千金小姐的義母——
偏偏是前世謀害她、奪她未婚夫、又背叛神農山莊之人，
既然全都勾串在一起，就別怪她一併收拾乾淨了……

家有幸福寶貝

寶貝們，are you happy～？

又到了年底探訪我們寵物情人蹤跡的時候啦！
回首過往荊棘路之後，
繼續向前走的寶貝們是否聞到玫瑰花香了呢？
就讓我們來聽聽：
家有幸福寶貝的把拔馬麻們分享和寶貝的點點滴滴，
也為那些還在努力找家的寶貝們加油吧！

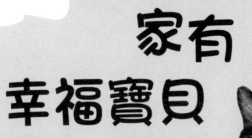

第227期 毛妹

溫暖汪汪 / 中彰地區

雖然由於工作忙碌，和毛妹相處的時間可能不算多，但我還是很慶幸領養了毛妹。我們家有院子、有樹，也有草皮，從熟識的朋友那將毛妹接回家後，就看到牠在空曠無拘的院子探索了起來，接著相當興奮地開始跑步活動。見牠很快就大致熟悉了新環境，我們全家人鬆了口氣。

而之後的日子也證明了毛妹和我們家人之間和諧愉快的相處，偶爾帶牠出去溜溜，牠圓滾滾的可愛眼睛彷彿也在笑一樣；而且孩子騎腳踏車時，活潑頑皮的牠還會跟在旁邊小跑步。我們全家都很高興家裡多了這隻可愛的狗成員！

第228期 查理

查理王子的家人 / 中彰地區

查理在十月來到我們家，高大帥氣的外型，乖巧穩重的個性，就像一位家教良好的優雅王子一樣，讓人很快就喜歡上牠。雖然查理有點年紀了，但或許因為這樣，反而讓牠很多舉動都很貼心——牠會安靜地等我下班，會悠閒不失控地和我一起散步，而吃東西、上廁所等事也都不需要我們擔心。

不過這麼穩重的查理王子其實也會露出孩子氣的一面。當牠撥著玩具玩耍，或者好奇地咬著牠感興趣的東西遞到我們面前時，那可愛的模樣總是使我們微笑；甚至當牠每每不顧形象地翻肚肚賣萌時，那逗趣的樣子更讓我們忍俊不禁。而且我們帶牠出遊，查理一定都會露出非常開心的表情。從牠咧嘴的笑容中，你彷彿可以清楚看到何謂幸福，令我們感動之餘，也隨牠一起覺得真的好幸福！

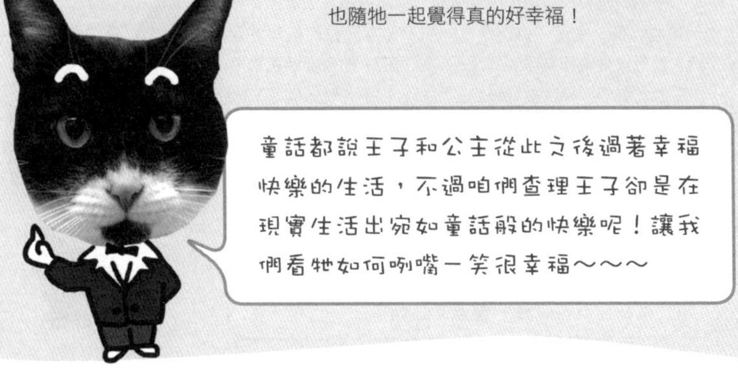
童話都說王子和公主從此之後過著幸福快樂的生活，不過咱們查理王子卻是在現實生活出宛如童話般的快樂呢！讓我們看牠如何咧嘴一笑很幸福～～～

第233期卡妞

李小姐 / 台北市

可愛的卡妞在發出送養訊息後，被工作室樓上的人家相中，帶去結紮。為了先讓卡妞習慣新環境，看看兩方生活起來的情況如何，於是說好讓卡妞暫時住到他們家，等卡妞結紮傷口痊癒了再做出決定。

可惜樓上人家的孩子因為卡妞的關係，夜間作息受到影響，卡妞便又回來我們養貓的工作室，和其他三隻貓一起生活。不過變成前主人的樓上人家還是很愛卡妞，所以他們將之前添購的所有用具和飼料罐頭都轉送過來，並且天天都來探視牠、陪牠玩。而我們也捨不得再送養已經培養出感情的卡妞了。

現在，卡妞接受兩家人的愛，安穩快樂地在工作室裡生活，也陪伴我們工作。工作途中，偶爾瞧瞧卡妞安安靜靜睡在電腦旁邊的身影，真是可愛得心都要融化了呢！

第237期荳荳

徐女士 / 新北市

某天，孩子的朋友宋小姐撿到荳荳，因工作緣故於是請我們代為照顧一陣子。可憐的荳荳來前便因車禍骨折，開刀過後不久，卻不小心被我們家養的貓傳染長了癬，後來還拉肚子。

那段時間對荳荳來說簡直多災多難。才三個月的小小身體，就得承受這麼多病痛，很讓人心疼，卻始終不減牠的可愛程度。幸好宋小姐的朋友有意飼養荳荳，約好一個月後來看看荳荳的情況，然而一個月後卻是毫無消息。詢問了才知道：原來他們等不及，早已先行領養了其他隻貓。

荳荳因此繼續待在我們家，但家裡已經有了四隻貓，所以當時並未考慮領養荳荳。後來，黑貓妹妹過世了，年紀最小的旦旦因此顯得很寂寞，因為老貓早就不大理會年輕人，另一隻則是腳行動不便。剛好那時荳荳腳傷漸漸痊癒，開始能活潑好奇地跑來跑去。

不知不覺中，兩個小小毛孩子常一起行動，一隻跟著另一隻地玩在一塊兒，彷彿成為好朋友。本來我們抱起荳荳時，荳荳只肯臉和身體朝外、不向著我們，如今卻願意乖乖趴在我們胸前。甚至當我呼喚荳荳時，牠不再轉頭就跑，而是回過頭來靠近我，偶爾還會親暱地用頭輕輕拱拱我的腿。

荳荳從此真正走入我們家，成為旦旦的好朋友，也成為我們的小家人，用牠的可愛驅散了妹妹死後的寂寞。

同為ㄉㄡˋ家人，荳荳果然也有這種堅強又療癒的能力～姊妹一定要幸福啊！

牠們都還在找家中！

如果願意給牠們一個機會，歡迎聯絡

229期 Lucky

Lucky雖然曾被主人遺棄在荒涼山區，但有著狼犬般俊俏外型的牠，對人類是一如既往地信任，如果你願意，牠將是你最忠實顧家的good boy！（聯絡人：李小姐→celiamimidudu@yahoo.com / 0987627488）

234期 迪弟&西瑟

善解人意的乖寶貝迪弟，和開朗近人的好朋友西瑟。兩隻狗不一定要一起領養，但希望領養人不要關籠飼養，給牠們一個無拘無束的快樂環境，讓牠們天天可愛地對你撒嬌。（聯絡人：宋小姐→a5454571@yahoo.com.tw / 0922572023）

235期 黑黑&白白

還記得流浪在菜市場裡的黑黑、白白嗎？親人且很會自己找樂子的牠們相當適合第一次養貓的人。現在牠們正眨巴著純真眼睛，殷殷期盼有人帶牠們回家喵喵～（聯絡人：宋小姐→a5454571@yahoo.com.tw / 0922572023）

風 文創 251

醫嬌百媚 上

國家圖書館出版品預行編目資料

醫嬌百媚 / 上官慕容著. --
初版. -- 臺北市 : 狗屋, 2014.12
冊 ; 公分. --（文創風）
ISBN 978-986-328-392-8（上冊：平裝）. --

857.7 103022414

著作者	上官慕容
編輯	黃淑珍
校對	黃薇霓　馮佳美
發行所	狗屋出版社有限公司
地址	台北市104中山區龍江路71巷15號1樓
電話	02-2776-5889～0
發行字號	局版台業字845號
法律顧問	蕭雄淋律師
總經銷	知遠文化事業有限公司
電話	02-2664-8800
初版	103年12月
國際書碼	ISBN-13　978-986-328-392-8
原著書名	**《重生之医娇》**，由北京晉江原創網絡科技有限公司授權出版

定價250元

狗屋劃撥帳號：19001626

網址：love.doghouse.com.tw　E-mail：love@doghouse.com.tw